5

ウィル様は今日も魔法で遊んでいます。

Ayakawa Rarara
綾河ららら
Illustration ネコメガネ

will sama ha
kyou mo mahou de
asondeimasu.

ウィル

王都レティスにてトルキス家の長男として生まれる。家族や使用人達の愛情を受け、すくすくと成長中。魔力の流れを見て、それを再現する能力に目覚め、急速に魔法を覚えている三歳児。

シロー

【飛竜墜とし】の二つ名を持つ元凄腕の冒険者。ウィルの父親。

レン

トルキス家のメイドだが、その正体は複数の二つ名を持つ元冒険者。

セシリア

フィルファリア王国公爵オルフェスの娘でウィルの母。回復魔法が得意。

エリス

ウィルが魔法を使えることになりオルフェスに派遣されたメイド。

一片

トルキス家の守り神である風の幻獣。ウィルを気に入り力を貸す。

トマソン

過去には【フィルファリアの雷光】と恐れられたトルキス家の執事。

一度見ただけで魔法を再現できる少年ウィル。カルディ伯爵家が企てた王家への謀反として起こした魔獣騒動から見事に王都を守ると、ウィルは精霊と仲良くなったり、不完全ながらも新しい魔法を作り出したりと穏やかな日々を送っていた。その才能はシローのかつての仲間であるテンランカーのカルツたちにも認められるものであった。その後、人里に被害をもたらす飛竜の渡りの時期を控えたフィルファリア王国だったが、【飛竜墜とし】の二つ名を持ち、飛竜戦闘における絶対的戦力であるシローを他国への遠征により欠くこととなってしまう。

will sama ha
kyou mo mahou de
asondeimasu.

presented by ayakawa rarara

第一章

精霊魔法研究所

episode.1

will sama ha
kyou mo mahou de
asondeimasu.

シローが旅立って数日経ったある日、トルキス家は少しバタバタしていた。

というものの、それは前もって予定されていたもので、ただ珍しいことに対する段取りというだけのことだ。

「できましたよ、ウィル様」

「おおー……」

着付けられたウィルが鏡の前で自分の姿を確認する。

服装がいつもより豪華だ。

「ふくがいつもとちがう」

そのまんまの感想だった。

「着心地はいかがですか？　苦しかったりしませんか？」

「とてもいーです」

服装の最終チェックをするレンにウィルが笑顔で答える。

ウィルがレンに手を引かれてリビングに戻り、しばらくするとセシリアや姉達がいつもと違うドレスに身を包んで姿を現した。

「ふわぁ……みんな、とってもきれい♪」

年端も行かない弟のお世辞にセレナがはにかむように微笑んだ。

「ありがとう、ウィル。ウィルもかっこいいわよ？」

「えへー♪」

照れたように顔を隠すウィル。その横でニーナは少し不満そうだった。

「動きにくい……」

活発なニーナにはドレスが少々窮屈なようだ。

そんな次女の様子にセシリアが苦笑いを浮かべる。

「お願いだから、スカート持ち上げて走らないでね。ニーナ」

「分かっています、お母様」

頷くニーナのポニーテールがぴょんと揺れる。

傍から見ればニーナの姿もとても愛らしいものなのだが。

ニーナは少しジッとしているのが苦手だ。

一家の様子を微笑ましく見守っていたトマソンがセシリアの前に進み出た。

「セシリア様、馬車の準備はできております」

「ありがとう、トマソン。それでは参りましょうか」

セシリアに率いられ、ウィル達が赴くのはフィルファリア城。

今日は国王と謁見する日である。

◆

「「ふわぁー……」」

城門を潜り、城の前で馬車を降りたウィルとニーナは巨大な城を見上げてポカンと口を開けた。

「おーきー」

「大きいわね……」

見たままの感想をもらして固まる二人に見守っていたセシリアやセレナ、付き添いであるトマソンとエリスが思わず笑みを浮かべる。

山を背に建つフィルファリア城の歴史は古く、荘厳で見る者を圧倒する。

しかし、その美しさは威圧するものだけでは決してなく、見る者を優しく包み込むような温かさも併せ持っていた。

そんな不思議な魅力を持つ王城を我が子と共に見上げていたセシリアはふと気になって隣で同じように見上げていたセレナに向き直った。

「セレナ、緊張してる？」

「えっ……？」

母の急な問いかけにセレナは視線をセシリアに向け、それから自分の手に視線を落とした。

「ここに来るまでは少し……でも、お城を見上げていたら不思議と落ち着きました」

「そう……」

セレナの答えにセシリアも安堵したように目を細めた。

それはたまたま偶然ではない。

「フィルファリア城は地竜様のお膝元。その加護を一番感じやすい場所なのよ」

「うぃるのおうちといっしょー？」

セシリアの説明にウィルが首を傾げる。

セシリアはその顔を見返して頷いた。

「ええ、そうよ」

「私も……なんとなく分かるわ」

「私も……」

セレナやニーナも理解を示したのは恐らく幻獣と契約した身であるからだろう。

ウィル程ではないにしろ、感じる部分があるのだ。

「さぁ、王様が待っているわ。行きましょう」

セシリアに促されて子供達は並んで城の中へと歩き始めた。


「ようこそ、フィルファリア城へ。お待ちしておりました」

入ってすぐのエントランスでウィル達を出迎えたのは中年の執事であった。

「きましたー♪」

笑顔でニコニコ応えるウィルの姿に執事の顔が綻ぶ。

しかし、横にいたトマソンが咳払いをするとすぐに表情を引き締めた。

「控室へご案内致します。どうぞこちらへ……」

執事の先導で一行が城内を歩く。

ウィルがいる為、あまり速くもないスピードで。

こんな小さな謁見者など初めてであろうが、歩調を合わせてくるところはなかなかの執事であった。

「かいだん、しんどいー」

「ウィル、頑張るのよ！」

「がんばるー」

ニーナに励まされ、ウィルが懸命に階段を登る。

すれ違う者達がウィル達を見るなり、頬を綻ばせた。

ウィルのような幼子が城を歩いて驚かれない事からも、今日の謁見は皆の知るところなのだろう。

「ついたー！」

「「おおー」」

階段を登りきったところでウィルがガッツポーズをすると何故か周りから拍手が巻き起こった。

その様子にセシリアが思わず苦笑する。

「さぁ、ウィル。もう少しよ」

「はーい。またねー」

セシリアが拍手に手を振って応えるウィルを促して、一行はようやく応接室へ辿り着いた。

執事がセシリア達に座って待つよう伝え、自らは部屋を出ていく。

セシリアはソファに腰掛けると小さく息を吐いた。

今回はウィルがいる為、トマソンとエリスも謁見に同席する許可を得ていた。

だが二人が付き添うとはいえ、やはりウィルのような幼子が謁見するのは心配でしかない。

子供達が不安にならないよう、顔に出すようなことはしないが。

だが、それでトマソン達の目まで誤魔化せることはない。

「大丈夫でございます、セシリア様」

セシリアを気遣ったトマソンから声がかかる。

「爺がついております」

「そうね……」

セシリアが表情を和らげた。

オルフェスに長く付き従っていたトマソンは何度も謁見した経験がある。

そんな彼が付き添ってくれるのだ。問題ない。

それを見ていたウィルがトマソンの横に並び立った。

「だいじょーぶ、かーさま。うぃるがついてる！」

「そ、そうね……」

ウィルは知らない。

一番の心配の種が自分であることを。

それが分かっているからか、セレナとニーナ、エリスも苦笑いを浮かべるしかなかった。

しばらくすると応接室の扉が開いて先程の執事が姿を現した。

「皆様、準備が整いました」

「……行きましょう」

どうせここまで来たのなら引く選択肢はない。

セシリアに促されて一行は謁見の間へと足を運んだ。

謁見の間は豪奢な扉の先にある。

扉の前で待たされることしばし、両開きの扉が重々しく開かれた。

中に広がる空間が徐々にその姿を現す。

広い部屋の奥の高い位置に王座があり、その下に貴族達が並んでいた。

「………………」

ウィルがその一糸乱れぬ光景に魅入っているとセシリアが前を歩き出した。

「さぁ……」

エリスに小声で促された子供達が一列になり、貴族達の間を通る。

その一番前まで出ると誘導されるまま横一列に並んだ。

「面を上げよ」

王座に腰掛けたアルベルト国王が声を発し、並ぶセシリア達とそれぞれ目を合わせていく。

それが終わるとセシリアはドレスのスカートを広げ、うやうやしく一礼した。

「アルベルト国王陛下におかれましてはご機嫌麗しく。国王陛下の召喚によりシロー・トルキスが妻、セシリア・フィナ・トルキス、参上致しました」

堂々とした作法にアルベルト国王が目を細め、一つ頷いた。

「久しいな、セシリアよ。息災であったか？」

「はい、国王陛下もお変わりないようで」

「うむ。して、そちらがシロー殿とセシリアの子供達だな？」

アルベルト国王がセレナに視線を向けるとセレナは一歩前に進み出た。

「お初にお目にかかります、国王陛下。シロー・トルキスとセシリア・フィナ・トルキスの長女、セレナ・トルキスと申します。この度はお招き頂きまして誠にありがとうございます」

母を真似て優雅に一礼してみせるセレナに貴族達の唸る声が聞こえる。

アルベルトも少し驚きを見せ、口元に笑みを浮かべた。

「その年で、大したものだ」

「ありがとうございます」

アルベルトに褒められたセレナが今度は小さく一礼し、一歩下がる。

本来であれば平民の身分のセレナが貴族の、それも大人達に目通しが叶うのは十歳を過ぎた頃だ。

今の年頃でこれほど堂に入った礼儀作法は教えられたとしてもなかなか取れるものではない。

国王に対する作法だけで国王も貴族達もセレナの優等ぶりが推し量れた。

満足そうに頷いたアルベルトが今度は視線をニーナに移す。

「は、はい！　お初お目にかかります！　次女のニーナと申します！」

少し緊張したニーナのはきはきした様子にアルベルトがまた頷く。

姉と比べれば、当然作法などはまだまだだが、十分に好感が持てる。

その元気な姿にアルベルトも目を細めた。

「して、最後が……」

アルベルトが待ちに待ったウィルへと視線を向ける。

「ささ、ウィル様……」

隣にいたトマソンが小声でウィルを促すとウィルはこくんと頷いた。

人の身ではおいそれと扱う事のできない精霊魔法を操る幼児。

その口からどのような言葉が飛び出すのかとアルベルトを始め、貴族達が固唾を呑んで見守った。

ウィルが一歩進み出てアルベルトを見上げる。

「こんにちは！」

「「「ブフォッ！」」」

素で挨拶し始めたウィルに貴族達が思わず吹き出した。

「うぃるはうぃるべる・とるきすです。さんさいです。よろしくおねがいします」

子供らしくペコリとお辞儀するウィル。

その姿にアルベルトは顔を背けて肩を震わせた。

「あの、陛下……？」

「な、なんでもない……ぷっ」

傍に控えたフェリックス宰相が声をかけるがアルベルトは笑いそうになるのを堪えるので精一杯

だった。

普通だ。三歳児に謁見の作法などできるはずもない。

そんな事は当たり前なのに身構えた大人達の滑稽さとウィルの純真な姿にアルベルトはあてられてしまった。

謁見の間だというのにこの時ばかりは威厳もへったくれもなかった。

それでも。

「うぃるはおーさまにあえて、とってもうれしーです」

懸命に謁見できた喜びを伝えようとするウィルにアルベルトは参ってしまった。

と、同時に納得した。

きっと精霊達もそんなウィルの姿に参ってしまったのではないかと。

「そうか、そうか」

ついには声を出して笑い始めるアルベルト。

その前で恥ずかしそうにしているセシリアの姿もアルベルトの笑みに拍車をかけた。

「私もウィルベルに会えてとっても嬉しいぞ」

「ほんと？　よかったー♪」

ウィルがアルベルトの言葉に安堵の息をつく。

その姿がまた微笑ましくて、王だけではなく貴族達も頬を緩ませた。

「ウィルベル、近うよれ」

王座から立ち上がり手招きするアルベルトにウィルが首を傾げてトマソンを見上げる。

トマソンが頷いてみせるとウィルは王座へ続く階段を登り始めた。

傍に来たウィルをアルベルトが抱き上げる。

「陛下、お召し物が……」

「よいよい」

アルベルトが服の汚れを気にするフェリックスの注意を一蹴し、ウィルと視線を合わせた。

「ウィルベル、色々と噂を聞いておるぞ？」

「うわさー？」

「大活躍だそうじゃないか」

「それほどでも～」

照れたように身をくねらせるウィル。

その姿に満足したのか、アルベルトは笑みを浮かべてウィルを地面におろした。

「実はな、ウィルベル。今日お前達をこの場に呼んだのは褒美を取らせたかったからでな」

「……ごほうびくれるのー？」

「そうだ」

アルベルトが視線をウィルの高さに合わせる。

ウィルは王座の前に控えるセシリア達を見下ろし、それからアルベルトに向き直った。

「かーさまとねーさまたちもー？」

「ああ、そうだ。家族全員に、だ」

「だったらもらうー♪」

ウィルが嬉しそうな笑みを浮かべる。

（だったら、か……）

ウィルの頭を撫でながら、アルベルトは素直に感心した。

恐らく控えている貴族達も同様だろう。

ウィルは子供ながらに『自分だけならいらない』『家族みんなだったらいる』と言っているのだ。

そんなところは爵位も欲さず力を尽くすシローや身分を気にせず愛する者のもとへ嫁いだセシリアにそっくりだ。

（まったく、王の叙勲をなんだと思っているのか……）

そうは思っても心地よい笑みが収まらないアルベルトだった。

「わかった。では、ウィルベルよ。母達と共に並ぶがよい」

「はーい♪」

ウィルが元気に返事をして元の場所へ戻っていく。

並び直したウィルを確認したセシリアがもう一度頭を下げた。

「申し訳ございません、陛下」

「何を言う。年端も行かぬ幼子を呼び寄せたのは私だ。面を上げよ、セシリア」

「はい……」

アルベルトに促されてセシリアが顔を上げる。

その顔を見返してアルベルトも笑みを深めた。

「よい子に恵まれたな、セシリア」

「勿体のうございます」

我が子を褒められたセシリアの表情が優しげに綻ぶ。

アルベルトは一つ頷くと貴族達にもよく聞こえるように告げた。

「此度の働き、誠に大儀であった。お主らがいなければ、カルディの謀反で苦しむ民はもっと多かったであろう。その働きに免じて褒美を取らす」

居並ぶセシリア達や控える貴族達が背筋を伸ばす。

一拍おいて、アルベルトは続けた。

「シロー・トルキス、並びにセシリア・フィナ・トルキスとその子供達よ。フィルファリア国王アルベルトより『ハヤマ』の名を与える」

「…………はっ？」

言っている意味が分からず、セシリアが硬直する。

この時、セシリアの頭の中には爵位の授与や過大な金銭の授与を断ろうという意識が働いていた。

シローのことを必要以上に王家に縛らせない為だ。

だが、アルベルトから告げられたのは全く別のことだった。

セシリアの反応を見たアルベルトがしてやったりと口の端を歪める。

「セシリアよ。そなたは今日よりセシリア・ハヤマ・フィナ・トルキスと名乗るがよい」

「えっ……？　あっ……」

驚きに目を瞬かせたセシリアがアルベルトを見上げ、それから子供達の方へ視線を向けた。

子供達もよく分かっていないのか、セシリアの方を見ている。

「現在、ミドルネームを名乗れるのは他国においても由緒ある血筋の者か王に下賜された者しかありません。今回、ご家族に名を下賜される事はシロー様にとってもお子達にとっても一廉《ひとかど》の人物であるとの証明になります」

フェリックスの説明に段々と意味を理解し始めたセシリアの頬が朱に染まっていく。

『ハヤマ』は言うまでもなくシローの旧姓である。

身分の違いからセシリアが名乗れなかったもう一つの姓だ。

嬉しくないはずがない。

顔に出すまいと堪えるセシリアの頬がプルプルと震える。

「なぁ、セシリア。名乗ってはくれぬか？」

「……ズルいですわ、アルベルトお義兄様」

困り顔で窺うアルベルトの目の前で、セシリアはぷくりと頬を膨らませて。

唇を尖らせた子供のような顔でアルベルトを昔の呼び名で責めた。

「そんな顔、するな。後は奥の間でゆっくり話をするとしよう」

苦笑したアルベルトが合図を送るとフェリックスが一歩進み出て謁見の終了を宣言した。

謁見の間を出たウィル達は執事の案内で城の更に奥へと進んだ。

その先は王族のプライベートスペースになっている。

「こちらへどうぞ」

執事に促されるまま室内に入ると中にはアルベルトと王妃、そして彼らの娘達である王女がウィル達を待っていた。

「よく来たな」

「お待ちしておりましたわ」

アルベルトの隣で美しいドレスに身を包んだ王妃がウィル達を出迎える。

その後ろで王女達がスカートを広げてお辞儀をし、更には控えていたメイド達が頭を下げた。

「王妃様がた、ご機嫌麗しゅうございます」

前に出たセシリアがスカートを広げて礼をするとトルキス家の子供達もそれに倣う。

「ウィル……」

「ウィル様……」

「ん！」

ズボンの端を広げて挨拶のポーズを決めるウィルにアルベルトもトマソンも困ってしまった。

それを見た王妃と王女達が思わず笑みを浮かべ、セシリアが恥ずかしそうに頬を赤らめる。

「ウィル様、男の挨拶はこうですぞ」

トマソンがウィルの横で礼をしてみせる。

軽く握った右の拳を左胸に当てて頭を下げる貴族式のスタイルだ。実に様になっている。

「こー？」

「そうです」

「こー」

ウィルがトマソンを見倣って、もう一度お辞儀をした。

「上手にできましたね」

「えへー」

王妃に褒められたウィルが恥ずかしそうに顔を隠す。

その無邪気な仕草に王妃は思わず頬を緩ませた。

「まぁ座ってくれ」

王妃と同じように相好を崩したアルベルトが一番奥にあるソファーへと腰掛ける。

続いて王妃や王女達もソファーに腰を下ろし、倣ってウィル達も腰を下ろした。

ちょうど両家が向かい合う形になる。

「子供達は初対面であったな。アルティシア、簡単でいい。紹介を……」

「はい、お父様」

アルベルトが促すと年長の王女が立ち上がった。

王家の子供達はトルキス家の子供達と同じ年齢なので、彼女はセレナと同じ七歳だ。

「初めまして、第一王女のアルティシアと申します。隣に座っているのが妹のフレデリカとテレスティアです。以後よろしくお願いします」

アルティシアがペコリと頭を下げる。

それを見たアルベルトは満足そうに頷いた。

「うむ。ではセレナもよろしく頼む」

「は、はい！」

アルベルトから指名を受けたセレナが少し緊張したように返事をして立ち上がる。

「お初お目にかかります。トルキス家の長女、セレナと申します。隣に座っているのが妹のニーナと弟のウィルベルです。こちらこそよろしくお願い致します」

「はは、身内にする挨拶としてはまだ固いな」

お辞儀をするセレナにアルベルトが笑みを浮かべて頷く。

「セシリアが嫡女ではなかったにせよ、私達とお前達に血の繋がりがある事に変わりはない。どうかそれぞれが良き友であってほしい」

「は、はい」

セレナの固い返事に大人達が笑みを浮かべていると不思議そうな顔をしたウィルがこくんと首を傾げた。

「おともだちー？」

「そうだ。ウィルにも私の子供達と仲良くして欲しいのだ」

「わかりましたー♪」

アルベルトの言葉に満面の笑みで応えたウィルは、目の前に座る第三王女のテレスティアに向き直った。

「よろしくね！」

ウィルが嬉しげに微笑んで声をかける。

ウィルもまだ精霊を除けば友達は少ない方だ。

新しく友達ができるのは大歓迎だった。しかし——

「…………！」

ビクリと肩を震わせたテレスティアは慌てて王妃にしがみついてウィルから隠れてしまった。

ショックを受けて肩を落とすウィル。

「あぁっ……！　ウィルがしょんぼりしてる！」

「テレス！」

ニーナと第二王女のフレデリカが騒ぎ出すのを見てアルベルトが深くため息をついた。

「ウィルでもだめか……」

なんとなく察したセシリアが小さく笑みを浮かべる。

「少し人見知りをされてしまうのですね」

「うむ。この子だけ、な……」

これには王妃も困っているようで、王妃のスカートで顔を隠してしまったテレスティアをなだめるが、彼女が顔をあげようとする気配はない。

「これくらいの年の頃ならばよくあることでは?」

セシリアの言葉にアルベルトがため息をついた。

テレスティアはウィルと同い年。まだ三歳だ。

人見知りするという事は家族との愛情がしっかりと育まれていて心の拠り所となっている証である。

一人で行動するには時間がかかるかもしれないが、無理に引き離す必要はない。

「そうなのだが……少し心配でな」

「今はよろしいのではないですか?」

アルベルトの心配も将来を思えばこそだ。

だからこれを機にウィルと仲良くなってもらいたいと考えたのだろう。

「お父様もお母様も心配し過ぎなんですよ。テレスは少し怖がりなだけなんですから……」

第一王女のアルティシアがテレスティアを弁護して、しかし落ち込むウィルを放っておけずに席を立ってウィルの頭を撫でた。

「ごめんなさいね。少しずつ仲良くなってあげてね」

「……あい」

ウィルがアルティシアの手に身を任せてからその顔を見上げる。

アルティシアはウィルの顔を見返してにっこり微笑んだ。

「安心して。私とウィルちゃんはもう仲良しよ?」

「ほんとー……？」

「ホントよ」

「うん……」

まだショックから抜け出せていないのだろうが、ウィルは頷くと少し持ち直した。

その様子にアルティシアの笑みが深まる。

そこで部屋の扉が開いて見知った人物達が姿を現した。

ワグナーとオルフェスである。

「おお、来とるな」

「なんじゃなんじゃ、お前達だけで楽しみよって」

顔を綻ばせるオルフェスに対し、ワグナーが拗ねたように悪態をつく。

「「おじーさま！」」

その姿を確認した瞬間、テレスティアとウィルは同時に二人のもとへ駆け出した。

(((そこはシンクロするんだ……)))

並んで走る二人の後ろ姿に見守っていた者達が苦笑する。

二人はそれぞれ己の祖父に抱き上げられ、その腕の中へ収まった。

「どうした、テレス？」

顔を押し付けたまま上げない少女にワグナーが首を傾げる。

ワグナーはテレスティアが心を許す数少ない人物の一人だ。

テレスティアを一通りあやしたワグナーは隣のウィルの様子を見てなんとなく察した。

「お主、照れとるのか?」

ワグナーの問いかけにテレスティアが首を横に振って顔を強く押し付ける。

その様子にワグナーは笑みを崩さず続けた。

「照れとるんじゃろうが。ほれ、隣のウィルの顔をよく見てみよ」

促されたテレスティアがモジモジしながらオルフェスに抱きかかえられたウィルの方を見る。

「見たか? あの顔は今にいい男になるぞ? そのうえ、性格も良いし、魔法の素養も申し分ない。今のうちに手を付けとかんと……」

テレスティアはウィルと目が合うと、また慌てて顔を背けてしまった。

肩に顔を埋めてくる孫にワグナーがくっくと喉の奥で笑う。

「まぁ、よい。それよりもテレス。ウィル達が来たら見せてもらいたいものがあったんじゃなかったのか? もう頼んだのか?」

今のテレスティアの様子を見れば、頼みごとがまだな事ぐらい容易に想像できた。

しかし、なんでも大人の手で解決してしまっては全く進歩がない。

できるできないは兎も角、目的に誘導してやるのが大人の努めだ。

テレスティアが首を横に振るとワグナーはその顔をのぞき込んで口の端を釣り上げた。

「頼んでみよ、テレス。儂も付いておる」

必要なのはきっかけを作るという事だ。

ワグナーに促されて頷いたテレスティアはその腕から降りてウィルに向き直った。

察したオルフェスもウィルを降ろし、ウィルとテレスティアが向き合うように仕向ける。

「あ、あの……」

ワグナーに背を支えられたテレスティアがおずおずと尋ねた。

「げんじゅーさん、みせてもらってもいい？」

一瞬、キョトンとしたウィルの表情がみるみる笑顔に染まっていく。

「いーよ！」

快く頷いたウィルは両腕を広げた。

「れびー、おいで！」

ウィルの呼び声に応えるようにウィルの体から緑光が溢れ、その体からレヴィが飛び出した。

床に着地し、後ろ足で耳の後ろを掻くレヴィを見たテレスティアの表情がパッと華やいだ。

「さわってもいい？」

「やさしくね」

レヴィを囲んで打ち解け始めたウィルとテレスティアに周りの者達からも笑顔が溢れる。

「さて、私達もそろそろ……」

お互いの弟妹を微笑ましく見守っていたアルティシアが腰を上げ、セレナも立ち上がる。

これから二人は子供達の社交会に参加しなくてはならない。

「いいなぁ、お姉様。私も木剣振りたい……」

支度を始めるアルティシアを見たフレデリカが頬を膨らませる。

それにニーナが喰いついた。

「木剣、振れるんですか⁉」

「ええ。私はいつもお庭で剣のお稽古してるから」

「見たい、行きたいです！」

前のめるニーナに目を瞬かせていたフレデリカが我が意を得たりと笑みを浮かべる。

「剣の道は険しいわよ？」

「わたし、お父様のような剣士になりたいんです！」

お互いがっしりと腕を組む少女達に王妃とセシリアが頭を抱えた。

珍しく大人しくしていた二人だったが、とうとう我慢の限界がきたようだ。

「待たんか、フレデリカ……」

深々と嘆息したアルベルトも声をかける。

いつも楽しみにしている習い事だとしても今日ぐらいは自重してほしい、と。

その様子にワグナーが頷いた。

「そうじゃぞ、フレデリカ。そんな格好では剣を振れまい。着替えてからにしなさい」

（違う……）

見当違いな実父の発言にアルベルトが微妙な顔をする。

だが、ワグナーは特に気にした様子もない。

「せっかく歳も近いんじゃ。気の合う友は大事にせねばのう」

「「はいっ！」」

元気よく返事をするニーナとフレデリカ。

結局、二人は揃って剣のお稽古をすることになった。

セレナとニーナの供をする為、トマソンとエリスが席を外す。

「ところでセシリアよ」

子供達のいなくなった席に腰掛けたオルフェスがセシリアの顔を覗き込んだ。

座り直したセシリアが姿勢を正し、正面からオルフェスを見返す。

「はい、お父様」

「ウィルに精霊魔法研究所を見せたいそうだな」

「ええ……」

エリスの進言を得て以前から考えていたことだ。

それによって魔法に対する見識を深めて貰えれば、と。

ただ、精霊魔法研究所は国益に直結している為許可のない人間の見学は原則禁止されていた。

本来なら子供に見学させたところで無害なのだが、見た端から魔法を修得してしまうウィルに見せてもいいものなのだろうか。

「うーむ……」

アルベルトは顎に手を当てて唸りながらウィルの方へ視線を向けた。

自分の娘と楽しそうにしている姿を見ると本当に普通の子供だ。

ワグナーやオルフェスに視線を移すが二人ともアルベルトの判断を待っている。

二人はすでに引退した身であり、全ての決定権はアルベルトにあるのだ。

「……分かった。ゆっくりと見学してくるといい」

結局、アルベルトは国益を損ねる可能性よりもウィルが何を得てくるかという興味の方が勝った。

それに例え国益を損ねたとしても、ウィルにはそれを補って余りある利益を齎《もたら》してもらったのだ。

「ウィル、テレス、こっちへ来なさい」

アルベルトが二人を呼ぶとウィルとテレスティアが並んでアルベルトのもとまで戻ってきた。もうすっかり打ち解けたようだ。

二人を抱き上げたアルベルトがウィルと視線を合わす。

「ウィル、この国で魔法を研究しているところがあるんだが、行きたいか？　少し遠い所にあるんだが……」

「まほー？」

研究という言葉がいまいち分かっていないようだが、魔法がある場所なら行きたいのがウィルである。

なのでウィルは真面目に答えた。

「いくます！」

(((いくます?・)))

それが「いきます」と言いたかったのだと気付くと、大人達は思わず笑ってしまった。


精霊魔法研究所は霊峰レクス山の頂上付近にあり、フィルファリア城内から特別な荷車に乗って行くことができる。

アルベルトに許可を得たウィル達は、その翌日、早速精霊魔法研究所へ赴く事になった。

泊まりになるという事でレン、エリス、アイカの使用人達の他に、ターニャやトッド家の子供達も一緒だ。

「これでいくの～？」

「そうじゃよ」

好奇心に駆られて目を輝かせるウィルに案内役を買って出たオルフェスが笑顔で頷く。

嬉しそうに荷車の周りをクルクルと回って確認し始めたウィルの姿に警備の騎士や御者達が思わず頬を緩めた。

その荷車が往くであろう坂道を見上げたニーナがセシリアの顔を見上げる。

「お山の上？　なんでそんな所にあるんですか？」

いくら国の秘密とはいえ、子供心に不便だと思ったのかもしれない。

実際、行き来の便が良いとは言えない。

だが、それにはいくつか理由があった。

「この山は地竜様の加護があって害のある魔獣が近寄らないの。その上、澄んだ魔力に満たされているから幻獣が姿を見せる事もあるのよ」

「「へー……」」

セシリアの説明にセレナとニーナが揃って感心する。

その横でオルフェスが顎髭を撫でながら自信有りげな笑みを浮かべた。

「建物や景色を見ればもっと驚くぞ」

精霊魔法研究所へ至る道はフィルファリア城の裏の山手を通っていく。

城のテラスから見える街の風景とは違い、大自然を一望する事ができるのだ。

「かーさま！　かーさま！」

「どうしたの、ウィル？」

セシリアが騒ぎ立てる我が子に視線を向けるとウィルは興奮した様子でブンブン腕を振った。

「みてみて！　もーもーさんがいるの！」

「もーもーさん……」

復唱したセシリアはそれがなんであるか、すぐに分かった。

ウィルの指差す先――荷車には牛の魔獣が繋がれていて騒ぐウィルを平和そうに眺めている。

オルクルと呼ばれる牛の魔獣で太い脚が特徴だ。

力が強く、温厚であり、野生のものであっても人に懐きやすい。

その上、走行能力も高く、昔から移動手段として重宝されていた。

「もーもー」

子供らしく声だけの鳴き真似を繰り返すウィルにオルクルが「モー」と小さく鳴いて応える。

傍目から見ていると挨拶のやり取りをしているように見えなくもない。

「ね？」

振り返ったウィルが同意を求めるが、何が「ね？」なのかセシリア達には分からなかった。

だが、見ただけで魔法を真似してしまうウィルである。

「もしや……」

一抹の不安がよぎり、オルフェスはおそるおそる尋ねた。

「ウィルや……」

「なーに？　おじーさま」

「もしかして、ウィルはオルクルの言葉が分かるのか？」

オルフェスの質問にキョトンとしたウィルだったが、はにかんだような笑顔を浮かべた。

「わかんない」

「……じゃよなー」

さすがのウィルも魔獣と会話できる、なんて事はなかったようだ。

当たり前の事だが、思わず安堵のため息をついてしまうオルフェスだった。

ウィルがきゃっきゃっと喜びながらオルクルを撫で回る。

オルクルは撫でられるに身を任せていたが、ウィルの体の下に頭を入れてウィルの体を首の力で持ち上げた。

「おおー」

ウィルが感嘆の声を上げてオルクルの頭にしがみつく。

ウィルはそのままオルクルの背によじ登った。

「あ、危ないわよ。ウィル」

落ち着かない様子で制止するセシリア。

しかし、ウィルはお構いなしでオルクルの背に跨った。

「よーし、しゅっぱーつ！」

勇んで道の先を指差すウィルにオルクルはまだだよ、と言いたげな顔で小さく鳴いた。

モ。

セシリア達を乗せた二台の牛車が縦に並んで山道を登っていく。

「ほら、機嫌直して。ウィル」

セシリアが声をかけると頬を膨らませたウィルが涙目でセシリアを見上げた。

「長い道のりよ。オルクルの背中に乗ってたら疲れてしまうわ」

「むぅ……」

オルクルの背に跨ったまま行きたいと駄々をこねたウィルはレンに怒られてオルクルから引き剥が

された。拗ねているのだ。

「疲れたら研究所で遊べないわよ？」

セレナにも諭されてウィルが口を尖らせる。

分かったけど分かりたくない顔だ。

この顔をすれば一先ず安心である。

とりあえず落ち着きをみせたウィルにセシリアも安堵のため息をついた。

「まぁ、待っておれ、ウィルよ。もう少し進めば凄いものが見れるぞ」

向かいに座ったオルフェスが顎髭を撫でながら笑みを浮かべた。

牛車とはいえ、オルクルの引くそれは山道であろうと馬車と変わらぬ速度を誇る。

山道用に仕立てられた特殊な作りの牛車に揺られる事、しばし――

「「「うわぁ……」」」

子供達が牛車の窓から見える光景に目を輝かせ、感嘆の声を上げた。

山道は視界を遮るような高い木もなく、下界が一望できる。

遥か遠くまで見渡せる美しい景色は子供達をあっさりと魅了してしまった。

「どうじゃ。凄かろう」

自慢げなオルフェスの様子を見ていたセシリアがくすりと笑う。

「この先にある休憩所で一度降りればもっと広く見渡せるわ」

山道には渓谷があり、その手前に休憩所が設けられている。

渓谷を渡った先が研究所だ。

休憩所は渓谷に橋をかけた時の名残りだが、今も使用されている。

「すごくきれい……」

休憩所に降り立ったセレナはその展望に圧倒されてポツリと呟いた。

そこからはフィルファリアの広大な草原地帯、流れる川の煌めきや森の輪郭まで見渡せる。

最高の眺めであった。

「こういう時は『君の方がキレイだよ』って言うのよ、お兄ちゃん」

「何言ってんの!?」

冗談のやり取りをするバークとラティの兄妹にセレナがくすりと笑う。

その横でウィルとニーナは落下防止用の柵にしがみついていた。

「下は森になってるのねー」

「とーさま、みえるー?」

「お父様はもっとずっと遠くよ?」

「えー……」

ニーナがウィルの疑問に答えるとウィルはとても残念そうな顔をした。

「みなさん、そろそろ行きますよ?」

「「はーい」」

メイドのアイカに呼ばれて子供達が牛車に乗り込む。

渓谷に架けられた橋を渡り始めると今度はまるで空を飛んでるような景色になった。

「もーもーさん、こわくないかな？」

「何度も通ってるから大丈夫よ、きっと」

ウィルの子供らしい質問にセシリアが笑みを浮かべる。

牛車は難なく橋を通過してまた山を登り始めた。

「ついたー？」

「到着ね！」

牛車が停止すると早った子供達が立ち上がる。

「御者さんが扉を開けるまで待ちなさい」

「はやく、はやく！」

諌めるセシリアに扉の前で身構えたウィルが待ちきれないと言わんばかりに前のめる。

そして御者が扉を開けると同時に飛び出した。

「うわぁ……」

「おっきい……」

いち早く牛車を降りたウィルとニーナが目の前に現れた建造物を見上げてポカンとする。

円柱形の白い建築物は街でよく見る建物とはまるで違っていた。

塔に近い形であるが高くもなく、横に広い。

外壁は神殿のように豪華だった。

「どうじゃ、研究所の姿は？」

子供達の反応に気を良くしたオルフェスが前に出て、子供達の方へ向き直る。

口を開けたままのウィルを見たオルフェスは一層笑みを深めた。

「ようこそ、未来を担う子供達よ。ここが精霊魔法研究所じゃ」

◆

フィルファリア王立精霊魔法研究所——

その名の通り、精霊魔法や属性魔法を研究する施設である。

新しい魔法から古い魔法までありとあらゆる魔法を研究し、その知識を廃れさせる事なく後世へ伝えていく事を主な役割としている。

「何をしておるんじゃ……？」

研究所の門をくぐったオルフェスは居並ぶ研究者達を見て眉をひそめた。

「何って……お出迎えです」

眼鏡をかけた女性研究者の一人が周りを代表するように答える。

研究者達は皆、ウィル達を出迎えようと各々集まってきたらしい。

その様子にオルフェスはため息をついた。

「いやいや、見学にならんじゃろうが」

「そんな事はございません。皆、お出迎えが済んだら仕事に戻りますので」

女性研究者が悪びれた様子のない笑みを浮かべてオルフェスを見返した。

「それに無理ですよ……新しい魔法を作り出した子供が来るなんて言われたら研究者の我々が興味を持たないはずありませんもの……」

「そうか……そうじゃろうなぁ……」

オルフェスが顎髭を撫でつつ唸る。

彼女らは研究者だ。

いつだって未知のものを探求している。

ただでさえ目を引くウィルに興味を示したとしても不思議ではない。

ただ、ウィルは魔法が使える事を除けば普通の幼子と変わりはない。

あまり特別視して欲しくないという思いがトルキス家の大人達にはあった。

「度を越さんようにな」

「もちろん。心得ておりますわ」

オルフェスの承諾を得た女性研究者は柔らかな笑みを浮かべ、他の研究者達に向き直った。

「さぁ、皆さん。部署の方へは順次ご案内致しますのでお仕事へ戻って下さいな」

手を叩いて告げる女性研究者に他の研究者達が各々返事をして持ち場へ戻っていく。

ウィルがその後ろ姿をポカンと眺めていると女性研究者がウィル達の前に進み出た。

「さぁ、皆様、お疲れでしょう。まずはお部屋にご案内致しますわ」

案内を買って出た女性研究者が踵を返し、ウィル達を先導するように歩き出した。

ウィル達を先導した女性は副所長のシエラと名乗った。

荷物を運び込むメイド達と別れ、ウィル達はシエラについて歩く。

そうして応接室に通されたウィル達は彼女に勧められるままソファに腰を下ろした。

「おちつくー」

不意に漏らしたウィルの呟きに大人達が笑みをこぼす。

「ふふっ。今、水をお持ちしますね」

シエラがワゴンに乗せられた水差しとコップをウィル達の前に運んだ。

「それも魔道具なんですか？」

水差しの意匠を見たセレナの質問にシエラが笑みを浮かべる。

「そうですよ。研究所には色んな魔道具も揃っています」

「へぇ」

シエラは感嘆するセレナの前にソッと水差しを置いた。

銀の意匠が施された水差しの中央に水と土の小さな精霊石が横並びになっている。

「お水なのに土なの？」

ニーナが水差しに嵌め込まれた精霊石を見て首を傾げた。

他の子供達も同じように水差しの精霊石を眺める。

その横にシエラがガラスのコップを順番に並べ始めた。

「皆さんは水を出す初級魔法を使えますか？」

「つかえるー」

シエラの質問にウィルが元気よく手を上げる。

本来ならウィルほどの子供が魔法を使えたりしないので、大人達からすればその様子は微笑ましいものだ。

特に初見のシエラには。

「素晴らしいですね」

子供達全員が手を上げ、それを見たシエラが目を細める。

そしてコップの一つに杖を翳《かざ》した。

「水よ」

分かりやすく言葉を添えて、シエラが初級魔法でコップに水を満たす。

「ご覧の通り、初級の水魔法です。ですが、この水は飲めません」

「えー？　のめないのー？」

コップに注がれた水を覗き込んだウィルが首を傾げてシエラを見上げる。

「はい。正確には、飲むのに適してないんです」

「…………？」

シエラの言い回しが理解できず、ウィルは疑問符を浮かべた。

「普段なにげなく使用されている水魔法は周辺の色んな不純物を取り込んだ状態です。毒ではありませんが、下手をすると水にあたってしまう可能性があります」

「あたる……？」

ウィルが首を傾げるとシエラが小さく笑みを浮かべた。

「簡単に言うとお腹が痛くなったりしちゃうんです」

「あー、あれはやだー」

ウィルが自分の身に起きた事を思い返して心底嫌そうな顔をする。

「そうですね。そうならないようにする為には水を浄化しなければなりません。その水差しの土の精霊石はその為についています」

「へー……」

ニーナが感心したように呟いて土の精霊石を撫でた。

「土の精霊よ、水を浄化せよ」

シエラが先程注いだコップの隣に新たな水を生み出す。

ウィルの目には浄化されたきれいな水の魔力がしっかりと映っていた。

シエラの言葉の意味を理解してウィルが目を輝かせる。

「はい、どうぞ」

シエラからコップを受け取ったウィルがこくこくと喉を鳴らしながら水を飲む。

「とってもおいしーです♪」

コップを置いたウィルが満面の笑みで応えるとシエラも笑みを返した。

それから他のコップにも水を注いで皆に配っていく。

「土属性の他に樹属性でも水の浄化ができますよ」

「きぞくせー……？」

樹属性は上位の魔法なので一般的には土属性の魔法で浄化される。

こうした魔法技術は日々研究が重ねられ、実に様々な場所で人々の生活を支えていた。

「わかった！」

考え込んでいたウィルが何かを閃いて顔を上げる。

「どうかされました？」

シエラが興味深そうにウィルの顔を覗き込むとウィルは目を輝かせ、嬉々として答えた。

「おちゃ！」

「おちゃ……？」

シエラが首を傾げる。

その横でウィルが言わんとしていることに気付いたセレナが笑みを浮かべた。

「たぶん、水と葉っぱでお茶ができると思ってるんです」

「そー、それー」

セレナがシエラに説明するとウィルはこくこくと頷いた。

それを見たシエラが思案げに唸る。

「うーん……樹属性の浄化でお茶を作るなんて話は聞いたことがありませんね」

「やってみる！」

意気込んだウィルが杖と精霊のランタンを取り出してコップの前に立った。

杖でコップを指し示し、シエラが行使した魔法の一部を樹属性に置き換えてイメージする。

ランタンの精霊石が魔力に反応して輝き始めた。

「きのせーれーさん、おちゃをくださいなー！」

ウィルの杖先から液体が溢れ、コップを満たしていく。

「「「…………」」」

見守っていた人々は魔法の発動に驚き、そして生み出された液体を見て言葉を失った。

コップには緑色に濁った液体がなみなみと注がれていた。

「…………ウィル？」

立ち直るのが一番早かったセシリアが代表するようにウィルへ問いかける。

皆と同じように呆けていたウィルがセシリアを見上げた。

「それはなに？」

「お、おちゃ？」

コップに注がれた液体の色を見て自信を失くしたのか、ウィルがセシリアの質問に首を傾げる。

「だ、だいじょーぶ！　じょーかはされてるもん！　……たぶん」

目一杯虚勢を張るウィル。

とはいえ、精製された未知の液体を飲もうというものはなく。

「捨ててもらうしかないかしら……」

「いえいえ。魔法で生み出された全く新しい飲み物かもしれません。成分を研究してみるというのも悪くない考えかと……」

困り顔を浮かべるセシリアにシエラが苦笑いを浮かべてやんわりとフォローを入れる。

ウィルはというと魔法が上手くいかず、少し肩を落としていた。

「どんまいよ、ウィル」

「あい……」

落ち込むウィルをニーナが励ましていると、応接室の扉が開いて、荷物を置きに行っていたレン達が戻ってきた。

室内の微妙な空気を感じ取ったレンが首を傾げる。

「いったい、何事です？」

「レン、実は……」

セシリアがウィルの作り出した飲み物を説明すると、レンはひと目その緑色の液体を見て、それから少し落ち込んでいるウィルに向き直った。

「ウィル様。浄化は上手にできましたか？」

「うん……」

「そうですか」

ウィルの答えにレンがいつもの表情で頷いてみせる。

そして緑色の液体の注がれたコップを手に取った。

「失礼します」

レンはそう言い置くと小指の先を液体につけ、その液体を舐め取った。

「ちょ、ちょっとレン、大丈夫なの？」

「ふむ……」

慌てるセシリアを気にした風もなく、レンが液体を口の中で転がして吟味する。

そしてコップに口を付けた。

「うわぁ……」

子供達が見守る前でレンが緑色の液体を飲み始めた。

一気にすべて飲み干して、コップをテーブルへ戻す。

「……ご馳走様でした。ウィル様」

「………」

驚きにポカンと口を開けたまま固まるウィル。

そんなウィルにレンが笑みを浮かべて続けた。

「お茶にしては少し濃かったですね。今度はもう少し薄くしてみるのはどうでしょうか」

「……うん、うん！」

ウィルは力強く頷くと、またコップに向かって魔力を集中し始めた。

子供達の様子を横目にセシリアがレンに向き直る。

「レン、本当に平気?」

「はい、セシリア様。確かに苦味が強いものでしたが、ちゃんと飲めるものでした。野菜汁に近いでしょうか。冒険者時代に一度、それを健康食として振る舞われた事があります。その時は、もっと内容物が残っていて飲みにくいものでした」

過去に思いを馳せて遠い目をするレン。

その表情を見て、セシリアも少し安堵した。

少なくとも飲み物ではあったようだ。

レンに言わせると魔法で抽出した分、ウィルが作ったものの方が飲みやすかったらしい。

「できたー!」

ウィルの声に目をやると、今度は満足いく出来映えだったのか嬉しそうにはしゃぐウィルと拍手を送る子供達の姿が映った。

コップに満たされた液体も薄茶色のきれいな色だ。

琥珀のように輝いている。

「これなら僕達でも飲めそうだね」

「どーぞー」

「ありがとう、ウィルくん」

ウィルからコップを差し出されたバークが受け取って礼を言う。

彼はそのまま液体を口に含み、目を見開いて噴き出した。

「にがぁぁぁぁあい！」

「お兄ちゃん！　きたない！　もう！」

「水！　みず！」

ラティの叱責を無視してのたうち回るバークにセレナが慌てて水を渡し、その様子を見たニーナがお腹を抱えて笑い転げる。

どうやら薄くなっていたのは色だけだったようで。

「おおぅ……」

思わぬ大惨事を招いたウィルは怯えたように後退ってレンの足にぶつかった。

「ウィル様」

「あい……」

「お茶を作る魔法は禁止です」

「うぃるも、それがいーとおもう」

こうして、思いつきで開発されたお茶魔法はバーク少年の尊い犠牲をもって禁術に指定される事になった。

良薬は口に苦いと言う。

誰が言ったかは知らないが、ウィルのお茶魔法はまさにそれだったらしい。

他の研究者に見せたところ、一部の地域で伝わる飲み物と成分や味などが酷似しているそうだ。

飲んで害あるどころか、健康にとても良いとの事。

「ただし、ウィル様の魔法はお茶としての純度が高く、現地の人達が工夫するような味の調整がされていません。それがウィル様の経験によるものなのか、魔素の作用なのかは分かりませんが……」

そんな風に丁寧に解説してくれた研究員さんだが、ウィルの思いつきで作ってしまったお茶魔法を見て子供のように目を輝かせていた。

「うーん、苦い！　もう一杯！」

興奮したように三杯目を所望する研究者に子供達は戦慄するのだった。

研究所はいくつかのブースに分かれていて、チーム単位で研究していたり、個室を与えられて一人で研究したりと様々であった。

その中にはウィルが先日精霊達と開発した【土塊《つちくれ》の副腕】を研究するチームもあり、ウィルは喜んで実演する機会を得た。

「ウィルや、満足したか？」

「まんぞくー♪」

オルフェスの問いかけにウィルがホクホク顔で頷く。

空属性の精霊スートによって完成に近づいた【土塊の副腕】だが、その魔法はまだ未完成であり、これからさらなる研究が進められていくらしい。

いずれはウィル以外の使い手も現れるかもしれない。

「後世の人はこの魔法が小さな男の子によってもたらされたものだと知ったらどんな顔をするんでしょうね？」

そう呟くシエラの横顔はとても感慨深げだ。

その様子に大人達も遠い未来に思いを馳せた。

「これであらかた、見て回ったかの……」

オルフェスが小さなウィルの頭を優しく撫でながら、笑みを浮かべた。

「お前達、最後に取っておきの場所を見せてやろう」

「ほんとー？」

「お、お父様!?」

嬉しそうに破顔するウィルにセシリアが慌てて待ったをかける。

「子供達にあの場所を見せるのですか!?」

「うむ。国王の許可は得ておる。そう心配するな」

我が子の慌てようにオルフェスは笑みを深めた。

オルフェスに連れられて一行が向かった先には重厚な扉があった。

脇にある魔道具でその扉を開けると階下に降りる階段が姿を現した。

「地下へ……？」

不思議がるセレナにオルフェスがほっほと笑う。

外観からではこれほど大掛かりな下層があるなど想像がつかなかったのだろう。

「足下に気をつけてな」

オルフェスに促されて一行が階段を降りていく。

ウィルは危ないからレンに抱きかかえられた。

ウィルが不思議そうに周りを見回していると階段を降りきった一行の前に不思議な空間が広がった。

「暗い……？　黒い……？」

呆気に取られたニーナが素直な感想を口にする。

階段の明かりも殆ど届いていないというのにその空間は光を失う事なくウィル達を照らしていた。

異様な空間にトッド家の母子も言葉を失っている。

ここに訪れた事があるのは案内したオルフェスとセシリア、それからメイドのエリスだけだった。

「これはな、古代遺跡じゃ」

「「「こだいいせき……？」」」

子供達が揃って首を傾げる。

オルフェスは満足げに頷いて話し続けた。

「そうじゃ。いつからここにあるかは誰も知らぬ。どんな技術で作り上げられたものなのかもな」

「上の建物もですか？　お祖父様」

「いや……」

セレナの質問にオルフェスが首を横に振る。

「記録によれば、上の建築物は初代国王が地竜様の頼みに応じて建てたものじゃ。この遺跡を隠す為にな」

「なんの為に……？」

「分からん。地竜様もその事は教えてくれなんだ。じゃが、調べるな、とも言うておらん……この遺跡はな、フィルファリア王国始まって以来、ずっと研究対象なのじゃ」

「ずっと……？」

「そうじゃ……未だ何一つ解明されておらん」

オルフェスは少し落胆の色を見せると視線をレンに抱えられたウィルへと向けた。

「ウィルならば、儂らには見えない何かが見えるやもと思うてな……」

「うぃるー？」

「さぁ、ウィル様……」

レンから降りたウィルは促されるまま遺跡を見回した。

広い空間の中央に台座があり、天井は球形に閉ざされている。

ウィルは台座に触れたり、地面に触れたりしてうんうん頷いた。

「何か分かったか、ウィルや？」

ウィルの仕草に頬を緩ませるオルフェスにウィルがくるりと向き直る。

その顔は真剣そのものだ。

「くろ！」

はっきり断言するウィルに皆がきょとんとしてから思わず笑みを溢した。

オルフェスもウィルの子供らしい答えに笑みを深める。

ウィルがどれだけ魔法の扱いに長けようとも、ウィルはまだまだ子供なのだ。

大人の欲する答えをいつでも出せるわけではない。

「まぁ、分からずともしょうがない。また一から励むとしよう」

オルフェスとて研究者だ。

出ない答えを子供にばかり頼っていてもしょうがない。

ウィルに見せたのは目先が変えられるかも、という淡い期待だ。

落胆するほどのものではないのである。

「では自由時間にしようかのぅ。子供達よ、好きなところを見回っておいで」

「「「はーい！」」」

オルフェスが促すと、やっと自由に動き回れる機会を得た子供達が元気よく返事をし、メイド達を伴ってその場を後にした。

研究所内は実に広く、魔法の実践場もある。

あらかた見学し終えた子供達は普段あまりお目にかかれない火属性系統の魔法に興味を示していた。

ウィルがいる為、威力の高い魔法はあらかじめ使用を控えていたが、それでも子供達を夢中にさせるには十分だった。

「火の取り扱いには十分注意して下さいね」

焚き木に火を灯す実演はセレナとバークが行った。

小さな火種を生み出す魔法は学舎の初等部でも実習されるものだ。

「ジーン、どう？　あなたの属性よ？」

「ピー！」

ニーナの掌の上で小鳥の雛が嬉しそうに声を上げた。

ニーナと契約した火の幻獣、クルージーンである。

クルージーンがまだ飛べぬ翼を振りながら忙しなく動き回る。

ニーナが焚き木のそばにクルージーンを差し出すとクルージーンは小さな火種を吐き出して見事に火を灯してみせた。

「よくできたわ！　ジーン！」

「ぴぃ！」

見守っていた者達から拍手が起こり、ニーナがどこか誇らしげな雛を労うように優しく撫でる。

そうこうしてると何かを抱えたシエラが戻ってきた。

「さあ、今度は周りを暗くして、これを使ってみましょう」

そう言って彼女が取り出したのは木の枝ほどの棒状のものだった。

先の方には何かを包み込むように紙が巻かれている。

「キョウ国で一般的に楽しまれているハナビというものです。胴の部分に火薬が巻きつけてあるので注意して下さいね。それじゃあ先端に火を灯して」

ラティの手に握られたハナビの先端にバークが火をつけると、その先端から火の花が咲いた。

意図的に暗くされた実践場に咲く火の花を見たウィル達は思わず感嘆の声を漏らした。

クルージーンも興奮してニーナの肩に駆け上がる。

「ふふっ。幻獣様にも気に入っていただけたみたいで……」

シエラがニーナにハナビを手渡しながらクルージーンを覗き込んだ。

「この色合いを魔法で再現するのは難しく、キョウ国ではこのように使い捨ての道具に火をつけて楽しんでいるのだそうです。祭りの時などは、大きなモノを空に打ち上げたりもするんですよ」

シエラから手渡された細長いハナビをウィルがしげしげと眺める。

その様子にセレナがにっこり微笑んでウィルの手を取った。

「この先に火薬が詰まってるんだって。ウィルは危ないからお姉ちゃんと一緒にね」

「はーい」

セレナの誘導に従ってウィルがハナビを構えると、その先にメイドのアイカが火を灯してくれた。

ウィルの持つハナビからシャワーのような光が地面に降り注ぐ。

「はわー」

「キレイね、ウィル」

「とってもきれー♪」

「振り回さないで、ジッとしてて下さいね」

アイカが離れた後もウィルはセレナとハナビを眺め続けた。

流れる光を動かず。

その様子に何か引っかかるものを覚えたウィルは先刻の遺跡を思い出していた。

「うーん？」

「どうしたの、ウィル？」

不思議そうに唸るウィルに気付いたセレナが顔を上げる。

と、同時に燃え尽きたハナビから光が消えた。

「きえちゃった……」

「ふふっ、そうね」

見たまま呟くウィルに気を取り直したセレナが立ち上がる。

そのタイミングで研究所の所員がウィル達のもとを訪れた。

「セレナ、みんなを呼んできて。お夕飯の仕度ができたそうよ」

「はい」

セシリアの呼びかけに応えたセレナが視線をウィルに向ける。

「ちょっと待っててね、ウィル」

「あい」

ウィルがこくんと頷いて、セレナがはしゃぎ回るニーナ達の方へ向かう。

その背を見送ったウィルは消えてしまったハナビへ視線を落とした。

ウィル達が夕食を済ませる頃には研究者達も仕事を終え、ウィル達は再び応接室を間借りしていた。

オルフェスは研究所内にある自室へと引き上げて、ウィル達も食後に一息ついたところだった。

「おといれにいきます」

そう言って立ち上がるウィルを見て、レンが追従する。

「お供致します、ウィル様」

「ん……」

ウィルは頷くとレンと一緒に部屋を出た。

用を済ませ、ウィルがレンの前を歩き出す。

「ウィル様、そっちは帰り道ではありませんよ？」

もと来た道と反対方向に歩き出そうとしたウィルをレンが慌てて呼び止める。

ウィルはちらりとレンの方を振り向くと、また前に歩き出した。

「どちらへ行かれるつもりですか？　ウィル様」

ヒョイ、っと難なく抱き上げられ、ウィルの逃避行は終了した。

「むぅ……」

「ウィル様」

頬を膨らませるウィルの顔を見てレンが小さくため息をつく。

「せめてどこへ行かれたいのか仰って下さい」

「くろのおへや、いきたいの」

「黒の……」

それが古代遺跡の事を言っているのだと、レンはすぐに察した。

本来、遺跡には許可なく立ち入る事ができない。

だが、一度は王家から許された身である。

一度も二度も大差はないはずだ。なにより――

「何か気付かれたのですか？」

だとすれば、王家が断る理由はない。

だが、ウィルは自信があるわけではないらしい。

「んー……わかんない」

ウィルが困ったような顔でレンを見返す。

おそらく、ウィルにとっては気になる事がある程度の些細な事なのだ。

だから、もう一度見てみたい、と。

それを上手く説明するのは幼いウィルにはまだ難しい。

「分かりました」

レンは一つ頷くと、ウィルを抱え直した。

子供には思った通り行動して失敗する事も重要である。

「私もご一緒します。但し、本来は許可を得て足を踏み入れる場所です。せめてエリスさんに相談してからに致しましょう」

「ほんと!?」

レンに反対されると思っていたのか、ウィルが驚いたようにパッと顔を上げた。

「ええ。ウィル様はまだ大人の機嫌を窺うような振る舞いをしなくても良いのです。それがいけない事ならば、ちゃんとレンが止めて差し上げますので」

「わかった！　じゃー、れんが『いいよ』ってゆーときだけきくね！」

結局なんにも分かってないウィルの発言にレンは苦笑すると「それでは困ります」とだけ呟いて応接室の方へ歩き始めた。

◆◆◆◆

一度部屋に引き返したウィル達はエリスを伴って三人で古代遺跡の間へやってきた。

オルフェスにはいつでも通ってよいと許可を得ていたらしく、エリスは二つ返事で同行した。

レンが相変わらず黒いはずなのに見通しの利く不思議な空間をぐるりと見回す。

不思議な建造物には違いないが、レンから見てもそれ以上何かが見つけられるわけではない。

「ウィル様」

「んー？」

レンが呼びかけるとあちこち触り回っていたウィルから気のない返事が返ってきた。

「何が気になっているか、分かる範囲で教えて頂けませんか？」

率直に尋ねるレンにウィルは顔を上げるとパタパタと駆けて戻ってきた。

「ききたい？」

「はい」

「どーしよーかなー♪」

勿体ぶるという高等技術を披露するウィルの横でエリスが笑みを浮かべる。

「私も聞きたいですわ、ウィル様」

「しょーがないなー」

どこか嬉しそうにヤレヤレのポーズを取るウィル。

それから手を横にいっぱい広げた。

「あのねあのね。このおへやね、まほーがつかわれてるの！」

「魔法？」

「そー」

声を揃えるレンとエリスにウィルはこくこく頷いた。

レンが注意深く観察して、しかし不自然な所を見つけられず、ウィルに向き直った。

「それは、どこに？」

「おへや、ぜんぶ」

「部屋中に魔法がかけられている、という事ですか？」

エリスが尋ねるとウィルはまた首を縦に振った。

だが、それなら魔力の流れを目で見て捉えるウィルには最初の段階で分かっていそうなものである。

不思議に思ったレンとエリスが顔を見合わせると答えはウィルの口から紡がれた。

「うぃる、これがまほーってわからなかったのー」

二人は納得した。

気付かなければ発見しようがない。

その辺りはウィルの感覚的なものなのでレンもエリスもどうする事もできない。

「どうして気付かれなかったのか、分かりますか？」

「んー、と……」

レンの質問にウィルが一生懸命考える。

「まそはゆっくりうごいてるのー」

魔素。この世界を満たしている魔力の基だ。

ウィルはゆっくり体を動かしてみせた。

「まりょくはもーちょっとはやくうごいてるのー」

魔力。魔素に触れて膨れ上がった魔法の源だ。

ウィルはもう少し早く体を動かしてみせた。

「まほーはもっともっとはやくうごいてるのー」

魔法。魔素と魔力をかけ合わせて意味を成した力である。

ウィルは髪の毛を振り乱しながら激しく体を動かしてみせた。

ぶるんぶるん。

動きを止めて肩で息をするウィルの髪をレンが苦笑しながら撫でた。

そのレンを見返して、ウィルは続けた。

「でも……ここのまほーはとまってるのー」

「止まって……？」

「そー」

ウィルが遺跡の天井を見上げる。

レンとエリスもそれに釣られて天井を見上げた。

「だからうぃる、これがまほーってわからなかった……」

ウィルがまた視線をレンに戻して申し訳なさそうに肩を落とす。

総合すると、ウィルが今まで見てきた魔法は魔力が激しく流動するのに対し、この部屋にかけられた魔法はそうした流動が見られなかったらしい。

故に、ウィルはこの部屋に満ちる魔力を魔法と認識していなかったのだ。

「いいのですよ、ウィル様。なんでもすぐに理解する必要はないのです」

落ち込むウィルの頬を撫でて、レンが笑みを浮かべる。

後ろから覗き込んでいたエリスも頷いてみせた。

「そうですよ、ウィル様。自信を持って下さい」

「うん」

何も解明されていなかった古代遺跡の秘密を少しでも紐解いてみせたのだ。

それだけでも凄い事なのだ。

「うぃる、もーちょっとしらべてみるー」

気を取り直したウィルはレンとエリスから離れて、またうんうん唸り出した。

その背中を見て、二人が顔を見合わせて笑う。

「そういえば、この部屋に満ちている魔力ってなんの属性なんでしょうね？」

「それは……また、後で聞いてみましょう」

真剣なウィルの後ろ姿を見守りながら、レンもエリスもその時はそのように楽観していた。


（こうかな……それとも、こう？）

満ちる魔力に集中しながら、ウィルは試行錯誤していた。

ウィルは見ただけで魔法を再現してしまう器用な子であったが、その条件は魔法を発動時から見ていなければならない。

今のように発動し終えた魔法を再現する為には、その流れを想像して独力で構築するしかない。

（むぅ……）

当然それは魔力の流れを目で捉えられるウィルをもってしても容易な事ではなかった。

ただ、この意識的に魔力を組み上げようとする方法はウィルの魔力そのものを急速に鍛え上げていた。

詠唱の力に頼って無意識に魔法を使い続けるより、注がれる魔力を意識して魔法を行使する方が遥かに魔力を鍛えられるのだ。

そうとは知らず、ウィルは魔法を真似している。

目で見て。意識的に。

そしてそんなウィルの行動に引っ張られて家族や周りの者達の魔力もまた、気付かない内に鍛えられているのである。

そんなウィルでさえ。

部屋を満たす魔法を再現するのになんの取っ掛かりも得られないでいた。

その理由は——

（これ、なにぞくせー？）

部屋を満たす魔法の属性が分からなかったからである。

ウィルは現在一般的に知られている全ての属性を見た事があった。

だが、目の前に漂う魔法はそのどれにも当てはまらない。

見た事がないのだ。

（そうだ、ぜんぶつかってみよー）

魔法のランタンに魔力を灯す時などは全ての石が光り輝くが、本来の全色発光の魔力の色が違う事をウィルは知っていた。

魔力で全色光らせてみるウィル。

その光を見て、ウィルは唇を尖らせた。

（なんか、ちがうー）

それでも部屋を満たす魔力とは違う属性に変化したようだ。

魔力の形を意図的に変えて、形を近付けていく。

（これ、つかれるー）

全属性同時使用の上で魔力を操作するのは大変疲れるようだ。

それでも、ウィルはある取っ掛かりを見つけた。

（まほーにさわれそー）

魔法を再現する事はできないが、全属性の魔力で魔法の一端に触れる事はできそうだ。

このまま続けていても再現できないのならば、とウィルは方針を変えて魔力を魔法に伸ばし始めた。

（さわれる……）

そろそろと伸ばされる自分の魔力を目で追って、ウィルは遺跡の魔法に自分の魔力を接触させた。

「ふぁっ……！」

急激な魔力の喪失を感じて、ウィルが目眩を起こす。

「「ウィル様!?」」

いきなり声を上げてよろめくウィルを見たレンとエリスが慌ててウィルに駆け寄った。

そのレンの腕の中にウィルが倒れ込む。

「これは、魔力切れ……!?」

「そんな……」

驚きに目を見張る二人。

ウィルは別に魔法を使っていたわけではない。

それに成長著しいウィルは力をセーブする事も覚え始め、最近では簡単に魔力切れを起こすような事もなくなっていた。

「とにかく、お部屋へ！」

「ウィル様、しばしご辛抱を……」

エリスが先導し、レンがウィルを抱え上げる。

その腕の中でウィルは意識を手放した。


(ここは……どこ？)

ぼんやりとした意識の中でウィルはのろのろと周りを見渡した。

暗いがなぜか遠くまで見通せるような気がしてウィルが疑問符を浮かべる。

そこは研究所で見た古代遺跡にそっくりだった。

(うぃる……まりょくなくなっちゃったんだっけー？)

ふわふわと漂うような浮遊感の中でウィルが自分の身に起きた事を思い出す。

「そう……あなたは遺跡の魔法に触れて魔力を切らしてしまったの……」

頭に思い浮かべただけのはずの疑問に明確な答えが返ってきて、ウィルは顔を上げた。

そこにはいつの間にか少女が一人立っていた。

暗い中に浮かぶ少女が静かに続ける。

「驚いたわ……まさか、私の魔法に接触してくるなんて……」

(………おねーさん、だれー?)

「精霊よ。あの遺跡に使用された魔法属性の」

重大な事をさらっと言われた気がするが、ウィルの思考は追いついていなかった。

さして気に留めず、取り留めのない事を聞いていく。

(ここ、どこー?)

「ここはあなたの夢の中。あなたに私の魔力が残っている内に接触したの」

(うぃるのなかにー?)

「大丈夫。すぐに消えるわ……」

(きえちゃうのー?)

残念そうな雰囲気のウィルに精霊の少女が首を傾げる。

「そうよ……」

(それはさびしー……)

「寂しい……?」

(おしりあいになれたのにー……)

無念そうなウィルの様子にきょとんとした精霊の少女はふと頬を緩めた。

「大丈夫。いつも見守っている……それに、いつかまた会える……」

（あえるー？）

「ええ、いつかね……」

少女の言葉にウィルは渋々納得した。

「さぁ、そろそろ目を覚ましなさい……みんな心配しているわ」

精霊の少女がウィルの背後を指し示すと溢れた光がウィル達の方へ近付いてきていた。

「ウィル、私の魔法……覚えているわね？」

（すこしだけ……）

向き直ったウィルが掌に魔力の塊を作る。

それを見た精霊の少女は一つ頷いた。

「それはプレゼント……簡単に使えるものじゃないけど、加護をあげるから練習するといい。単独では扱い難いから……そうね、最初は収納魔法と併せて使ってみるといい……」

（うん）

「それから、遺跡の魔法に触れてはだめ。人の身で扱えるようなものじゃないの。時期がくれば、自ずと使命を果たすわ」

（よくわからないけどー）

「とにかく、触っちゃダメ」

（わかったー）

ウィルが頷いて意思表示をする。

それを見て精霊の少女も頷いた。

ウィルの背後から迫っていた光が二人を照らす。

「時間ね……」

(またね?)

「ええ、また会いましょう。あなたの成長を楽しみにしてる」

(うん……うぃる、がんばるね。えーっと……)

「クロノよ」

(じゃーね、くろの)

「またね、ウィル……私達はいつでもあなた達を見守っている……」

ウィルは光に包まれ、クロノと名乗った少女を見失い、そしてまた意識を手放した。


「あ……」

「ウィル様!」

ウィルが薄っすらと目を開けると、傍に控えていたレンが慌てて顔を覗き込んできた。

「オルフェス様、セシリア様、ウィル様がお目覚めに……!」

エリスの声が聞こえてウィルが周りを見回す。

どうやらウィルはベッドに寝かされているらしい。

首を巡らすとセレナ達も心配そうに駆け寄ってくるのが見えた。

「ウィル！」

横からセシリアに抱き締められて、ウィルが顔を上げる。

「大丈夫？」

「かーさま……」

母を見上げて、また視線を周囲に向ける。

クロノの姿は当然なかった。

やはり夢だったのだ。

だが、夢の内容をウィルはしっかり覚えていた。

「ウィル、心配したのよ？」

「ごめんなさい……」

また心配をかけてしまった。

その事を悔いて、しかしウィルはセシリアを抱き返し、体を起こした。

「ウィルや、すまんかったな……」

オルフェスがウィルの頭を優しく撫でる。

オルフェスの顔にははっきりと後悔が浮かんでいた。

「わしが軽率であった……」

オルフェスもウィルの才覚を知る身である。

だが、今回ばかりはその才覚を見誤っていた。

オルフェスにとってはその類稀なる才覚で研究対象のヒントが掴めないかと思ったわけだが、よもや魔力切れを起こすほどの何かに接触するなど思いもしなかったのだ。

頭を垂れるオルフェスの頭をウィルはよしよしと撫でた。

そして、セシリアとオルフェスを見て告げた。

「かーさま、じーさま、あのね……うぃる、くろのにあったの」

「「くろの……？」」

二人が顔を見合わせる。

「ゆめのなかで」

ウィルの言っている事が分からず、大人達が首を傾げた。

それがどういう事なのか、簡単に説明しようとウィルがレンに視線を向ける。

「れん、おみずちょうだい」

「は、はい……」

ちょうど水を入れて持ってきていたレンからコップを受け取ると、ウィルはベッドの縁に腰掛け、右手にクロノから授かった魔力を練った。

夢と変わらぬ感覚を確認したウィルがその魔力の上に水を零す。

「な、何……を――」

ウィルの行動に驚いたレンがそれを止めようとして言葉を失った。

零れた水はウィルの魔力に触れると水玉となってゆっくりと降下し始めたのだ。

その不思議な現象に一同が唖然と成り行きを見守る。

「みずのまほーじゃないよ」

断ってからウィルが零した水を今度はコップで受け止めた。

「これがあのおへやのまほーだよ」

「それは、どういう……」

辛うじて尋ねるオルフェス。

同属性の魔法が使えるようになった今なら、ウィルはあの部屋の魔法の属性がはっきりと分かった。

「あのおへやのまほーはね、ときぞくせーのまほーだったの」

四大属性と相反属性、それらが交わる複合属性。

さらにその全てを包むと言われる太陽、月、時の属性。

その内の一柱。

使い手の存在すら知られていないぃ、お伽噺に出てくるような魔法をウィルは目の前で使ってみせたのだ。

「時属性……」

辛うじて呟くセシリアにウィルは照れ笑いを浮かべた。

「うぃるがつかえるの、これだけだけどー」

「いや、まぁ……」

オルフェスも二の句が告げないでいる。

正直、理解不能だ。

「くろのにあのおへやのまほーにさわったらだめ、っておこられちゃったの」

照れ笑いを浮かべたまま、ウィルは夢の中での出来事を語った。

クロノという時の精霊の少女に出会った事。

遺跡の魔法に触った事を驚かれた事。

簡単な時属性の魔法を使えるだけの加護を与えられた事。

遺跡の魔法に触ってはだめと注意された事。

遺跡の魔法は時が来れば自ずと使命を果たすと告げられた事。

内容が内容だけに、ウィルの言葉足らずの説明では解読に難があったが。

「さいごに、くろのたちがいつもみててくれてるって。それでうぃる、ばいばいしてきたのー」

「「「はぁ……」」」

徐々にテンションを上げ始めるウィルと解読に疲れて気のない返事を返す大人達。

「ウィル、そろそろ寝ましょう。あなたは魔力切れで倒れちゃったのよ？」

「はーい♪」

皆の心配は何だったのか。

嬉々とした返事を返したウィルは興奮冷めやらず、ベッドに潜り込んだあともしばらく話し続けていた。

第二章

ドラゴン襲来

episode.2

will sama ha
kyou mo mahou de
asondeimasu.

街道を四足歩行の騎乗獣に跨り、獣人の青年がひたすら駆ける。

昼も夜もなく、休みもせず、目的地を目指して。

体力の限界など、とうの昔に迎えている。

それでもなお、その使命を果たさんと、手綱を取り、駆け続けていた。

「みんな、どうか無事で……！」

仲間の無事を祈りながら、その不安を振り切るように前だけを見る。

「もう少しだからな……頑張れ……頑張れ……！」

限界なのは騎乗獣も同じ。

それでもよく走ってくれている。

この分なら予定よりも早く街につく。

そうすれば、自分が今抱えている不安も消し飛ぶに違いない。

「くそっ……なんでこうなったんだ……」

自分達に降りかかった災難に悪態をつきながら、彼は二日前の事を思い出していた。


シュゲール共棲国竜域観測拠点――

ここはシュゲール共棲国に面する竜域を監視する拠点だ。

国と領域の森を隔てるように高く頑丈な壁が張り巡らされている。

竜の生息域というのは大体決まっており、通常はその領域に足を踏み入れなければドラゴンの方から人を襲う事はない。

唯一の例外が生息域から押し出されたドラゴンによる渡りと呼ばれる現象だ。

特に飛竜の渡りは広域に被害が出る可能性が高く、その脅威は他国にまで及ぶ。

観測拠点の役割は、有事の際、迅速にドラゴンの挙動を把握し、冒険者ギルドを通じて各国や街に報告する事を第一としていた。

そんな重要な拠点にまだ若い彼が配属されたのはつい先週の事である。

「いよーう、ルーだったか?」

「あ、はい……！　ドネン副団長！」

食堂に入った所で大柄な猪の獣人に声をかけられた犬の獣人ルーは緊張したように背を正した。

その様子にドネンが大口を開けて笑う。

「がっはっは！　まーだガッチガチじゃねーか、お前さん！」

体格と同じく大きな笑い声だ。

周りにいた同僚もその様子に思わず苦笑した。

「ほれ、こっち座れ！」

先輩騎士――それも観測拠点を指揮する騎士団の副団長に勧められては断る事もできず、ルーはそのままドネンの向かいに腰を掛けた。

気を利かせた給仕係がドネンやルーの分の食事を運んでくれ、ルーが慌てて頭を下げる。

「まぁ、冷める前に喰っちまうか」

「いただきます」

しばらく、お互いが夕食に舌鼓を打つ。

「どうだ、美味いか？」

「ええ、以前の騎士団の食事よりも……」

ドネンの問いかけにルーは素直に頷いた。

前に所属していた騎士団の食事が不味かったわけではないが、この拠点の料理はその頃と比べても全然違う。

「ここは他と比べても強い魔獣を相手にしなくちゃならねぇ。けど、その分いい肉も手に入りやすいんだ。納める分を納めたら、残りは自由、鮮度は最高、ってな」

「なるほど……」

納得しつつ、手が止まらない。

そんなルーにドネンが目を細めた。

「で、お前さん……単身赴任なんだって？」

「ええ、まぁ……はい」

「子供はまだ幼いだろーに」

「そうですが……妻の親も見てくれていますし、ここを経験しておくのなら早い方がいいと上官に言われて……」

「ちげーねぇ……まぁ、ここでの初任務が最近大人しい飛竜の渡りなら大した事ないだろうしな」

腕組みをして唸るドネン。

その横にスッと影が立った。

「ドネン……新人君に油断を植え付けられては困ります」

「ゲッ！　メイゲ団長……！　いつの間に……」

「いつの間に、ではありませんよ……」

ため息まじりに呟いたメイゲはそのままドネンの横に腰掛けた。

現場の最高指揮官と副官の前に座らされる形になったルーが椅子の上で背筋を伸ばす。

その様子にメイゲが相好を崩した。

「ここでは食事の時まで礼をする必要はないですよ、ルー団員」

「は、はい！」

同じ犬の獣人でありながら、自分にはない優雅な振る舞いを見せるメイゲにルーが思わず赤面する。

見慣れた光景なのか、横でドネンはニヤニヤと口元を歪ませていた。

「だんちょー、新人を誘惑しないで下さいよぉ」

「えっ!?　ちょ……！」

「何をまた、馬鹿な事を……」

慌てるルーとは対象的に落ち着いて取り合わないメイゲ。

周りの人達から漏れる笑みを見るにこういったやり取りはこれが初めてではないらしい。

それほどメイゲの容姿は優れており、気性の荒い者も多い獣人の中では温和な雰囲気の持ち主なのだ。

　男も女も関係なく、彼に惹かれる者は跡を絶たない。

「こんな場所にあるからか、殆どの者が単身赴任者です。任期も最短で半年ほど。飛竜の渡りを除けば、今ぐらいの時期がちょうど過ごしやすい」

　そう説明したメイゲが視線をルーからドネンに移す。

「もっとも……ドネンのように妻帯者でありながら、一向に故郷へ帰還しようとしないような変わり者もおりますが……」

「いや、まぁ……それは……」

　ルーが言い淀むドネンの姿に首を傾げていると、周りにいた騎士から声が上がった。

「団長！　ドネン副団長の奥さん、めっちゃ怖いから！　副団長、家に帰れないんですよ！」

　ドッ、と周りが笑い出し、ドネンが所在無げに身を縮こませる。

　その様子が微笑ましく、ルーも自然と表情を綻ばせた。

　嫌味のない団内の空気で分かる。

　みんな気のいい仲間なのだ。

　危険な場所に身を置いてはいるが、その連帯感は新人のルーにも居心地の良さを感じさせる。

「まぁ、気張り過ぎずに……先ずは職務に慣れて下さい。それからです」

「はい！」

　場の空気に背押されて、ルーの返事が弾む。

こんな騎士団なら長く所属していたいと思っても不思議ではない。

「あーもー！　いつまで笑ってやがる！　そろそろ交代の時間だぞ！　持ち場に散った散った！」

笑われる事に我慢ならなくなったのか、ドネンが声を荒げた時だった。

ジリリリリリリリ――

砦内の警報がけたたましい音で鳴り響く。

一瞬で表情を引き締めた団員達が席を立ち上がった。

「なにごとか！　確認急げ！」

メイゲが素早く指示を飛ばす。

だが、確認する間もなく強烈な爆発音と振動が食堂を揺らした。

砦の外から聞こえてくる甲高い鳴き声にドネンが舌打ちする。

「団長、これはワイバーンの鳴き声だ！」

「わ、ワイバーン……」

ルーが思わず呟いてツバを飲み込んだ。

ワイバーンはドラゴンの亜種で、竜種と一括りにされればその下級に当たる。

しかし、下級でもドラゴンはドラゴンだ。

その戦闘力は並々ならぬモノがあり、装備の整ってない状態では一部隊投入してもまともな戦果は挙げられない。

初めて竜種を間近で感じて戦慄するルーを他所に騎士達が次々と食堂を飛び出していく。

「ルー団員！」

「は、はい！」

メイゲに呼ばれて我に返ったルーが慌ててメイゲを向き直る。

「先ずは落ち着いて。我々と一緒に来なさい」

「りょ、了解です！」

姿勢を正して一礼したルーはそのままメイゲとドネンに続いて食堂を飛び出した。

「くそっ！　見張りは何をしていやがった……！」

廊下を駆けながら悪態をつくドネン。

その横を並走するメイゲの表情も険しい。

「しかし……渡りにしては、なんの予兆もありませんでした。いったい……」

本来、飛竜の渡りはその前兆としてワイバーンが騒ぎ立てる傾向にある。

その様子から渡りの規模を察して準備するのであるが、今回はその前兆がまるでなかった。

「くっ……！」

爆発音と鳴き声の中を外に向かって懸命に走る。

やがて赤く染まる夕暮れの中へ三人は飛び出した。

「何事で……」

空を見上げて固まる団員に現状報告を求めようとしたメイゲが彼らと同じモノを見て、絶句する。

それは隣にいたドネンも後ろに続いたルーも同じだった。

「なんじゃ……こりゃ……」

　ドネンが辛うじてそれだけを吐き出す。

　空を埋め尽くす竜、竜、竜の群れ――拠点から上がる火の手が夕闇を舞うワイバーンの群れを紅く照らし出していた。

「くっ……迎撃準備、急いで！」

　信じられない光景に固まる騎士達をメイゲが焚き付ける。

　我に返った騎士達が慌てて持ち場に駆け出した。

「渡りなのか？　これは……」

　かつてない規模の群れに戦斧を構えたまま、ドネンが唸る。

　メイゲも上空を油断なく見上げたまま、小さく首を振った。

「分かりません……これ程の群れなのに兆候はまるでありませんでした。もしかしたら、誰かが竜域に足を踏み入れた可能性もあります」

「我々に気付かれずにか？　馬鹿な……」

　竜域に足を踏み入れてドラゴンの怒りを買えば、報復としてその周辺の街や村が真っ先に襲われる。

　その為、許可なく竜域に足を踏み入れる行為は犯罪として取り締まられるのだ。

　観測拠点はその取り締まりを担当する部署でもあり、侵入を妨げる為に特殊な防壁を張り巡らせていた。

「来ますよ、ドネン！　ルー！」

動き出した騎士団に気付いて、何匹かのワイバーンが地上へと首を向ける。

そんな中、ルーの視線はずっと一点に注がれていた。

「ルー！」

「団長……アレ、なんですか……？」

ルーの指差す先をメイゲが注視する。

ワイバーンの群れの隙間から、明らかにそれではない影が滞空していた。

その正体はシルエットを見れば一目瞭然だ。

明らかにワイバーンより巨大な体躯。

天に昇ったその影が自らの存在を誇示するかのように巨大な咆哮を上げた。

ガァァァァァァァッ!!

大気を震わせるような強烈な音に圧倒された騎士達が思わず後退る。

「飛竜種……ブラックドラゴンだと……」

ドネンの呟きがルーの耳に届く。

ブラックドラゴンはその身に強大な魔力を宿す、極めて危険度の高いドラゴンだ。

ワイバーンの群れも己よりも高位な存在の声に急き立てられて、その場を飛び去り始めた。

「不味い……！　防御準備!!」

ドラゴンの口元に火の気配を感じたメイゲが叫ぶ。

慌てて騎士達が共同で防御魔法を展開する。

同時にドラゴンが大きく口を開け、膨大な火球を吐き出した。

空気を焼いて落下してくる火の玉が空中を旋回していたワイバーンに直撃する。

爆発に巻き込まれたワイバーンが錐揉みしながら拠点の屋根に墜落し、瓦礫を巻き込みながら崩れ落ちた。

「ワイバーンを一撃で……」

よく見れば、その一匹だけではなく何匹もワイバーンが地に落ち、拠点に寄り掛かっていた。

何度か吐き出された火球は拠点だけではなく、ワイバーンをも焼き焦がしていたのだ。

圧倒的強者から受ける圧力と熱気に当てられて、メイゲの頬を汗が伝う。

この状況下においても、彼は騎士団長として最適な指示を出さねばならなかった。

「ルー団員。申し訳ない……慣れる暇は与えてあげられそうにない」

「えっ……」

ルーがメイゲに向き直ると彼は微かに笑みを浮かべていた。

「ルー団員、拠点を離脱して、この事を一刻も早く街に報せるのです」

「そんな……」

メイゲの言葉にルーは弱々しく反発した。

「通信の魔道具を使おうにも機材は燃える拠点の中……ドラゴンを前にして引き返すのは不可能に近い。もしもの時の為に手段は講じておかなければならない」

メイゲはルーに仲間達を置いて去れと言っているのだ。

今し方、心地よい居所だと思わせてくれた仲間達を見捨てて。

「わ、私も残って戦います！」

強大な飛竜相手に残って何ができるか、など思いつくわけもない。

だが、自分ひとりこの場から立ち去るのを受け入れられるはずも無かった。

「ルー、これは命令です」

「しかし……！」

納得がいかず、食い下がるルーの肩をドネンが叩く。

「副団長！　自分は……！」

「気持ちは分かるが、命令は絶対だ」

ドネンは肩を落とすルーの頭をくしゃくしゃと撫でると、ニカリと歯を見せて笑った。

「なーに、上手い事立ち回るさ。こちとら何年ドラゴン相手にしてきたと思ってんだよ」

「そうです。時間をなるべく稼いで足止めしますので、騎乗獣でひとっ走りして来て下さい。まぁ、こちらが上手く行けば無駄足になってしまうかもしれませんが……」

ドネンに続いてメイゲもルーの肩を叩いて笑みを浮かべる。

ルーも分かっている。

いつまでも時間を無駄にしていて良いワケはないのだ。

「分かり……ました」

言葉を詰まらせながら、ルーが頷く。

　メイゲも頷き返すとルーの背中を叩いた。

「報せを届けて私達が先に連絡を入れていれば笑い話にでもしましょう。しかし、もしなんの連絡も入ってなければ拠点が壊滅したと伝えて下さい。どの道、救援は必要です」

「はっ……！」

　自らの迷いを断ち切るようにルーが踵をそろえ、姿勢を正す。

「ご武運を……！」

　無言のまま頷くメイゲとドネンに騎士としての礼を取ったルーはそれ以上何も言わず、踵を返して走り出した。

「くそ真面目だなぁ……」

「好感の持てる良い青年です」

　一瞬だけルーの背を見たメイゲとドネンが視線を前方のドラゴンへと向ける。

　散らばったワイバーンの大部分は飛び去ったのか、かなりの数が減っていた。

　もともとワイバーンは自分達より高位のドラゴンが現れると餌場を譲って移動を開始する。

　この場は上空に滞空するブラックドラゴンに譲られたのだ。

「ドネン、あなたも退避してもらっても構いませんよ？　妻子があるんでしょう？」

「冗談でしょ？　こんなとこで団長を見捨てたとあっちゃぁ、それこそ女房に合わせる顔がなくなる」

　ドネンがメイゲの提案を蹴って戦斧を構え直す。

他の団員も意を決して飛竜に向き直っていた。

飛竜も姿を現した以上、逃がしてはくれないだろう。

「総員、持ち場についたな！　標的はブラックドラゴンのみ！　ワイバーンは捨てて！　竜種にシュゲール騎士団の力を見せつけてやるのです！」

「「「おおっ！」」」

メイゲの檄に足並みを揃えて飛竜と対峙する騎士達。

その姿が煩わしいのか、睥睨《へいげい》したブラックドラゴンが再び大口を開けた。

ガァァァァァッ！

圧倒的な魔力の波動が飛竜を中心に拡がっていく。そして。

ギャァァァァァッ！

飛竜の咆哮に呼応して、二匹目のドラゴンがシュゲールの空を舞った。


ルーは騎乗獣を走らせ続けた。

ルーの向かった東の方角にはワイバーンの姿はなかった。

確認はしていないが、ワイバーンの進行方向はおそらく西か北。習性を考慮すれば北だ。

闇夜に紛れ、戦域を脱したルーは街道をひたすら東へ進んだ。

二晩休まず。

騎乗獣はよく走ってくれた。

運良く西へ向かう旅人には巡り合わず、道中追い越した商人に事態を告げて西へ向かう者があれば引き止めるようにお願いした。

そうして前だけを見て走り続けたルーはようやく目指す街を視界に収めた。

「み、見えた……！　もう、少しだ……」

バテバテの騎乗獣に触れて、最後の一走に力を込める。

「あれは……」

街に近づくと、その入り口に見覚えのないモノが映り、ルーは目を細めた。

それは列を成す人々の姿だった。

ルーはそれが街に駐屯している騎士団だとすぐに気が付いた。

ルーの姿に気が付いた指揮官と思しき人物が数名を引き連れてルーの前に出る。

「止まれ！」

騎士の停止命令にルーは騎乗獣を止めた。

崩れ落ちるようにうずくまる騎乗獣の背からルーが転がり落ちる。

「お、おい……大丈夫か!?」

「はっ……ありがとう……ございます」

ルーは支えてくれた騎士に礼を言い、指揮官の顔を見上げた。

「おまえ……！　観測拠点の所属か！」

年若いルーのくたびれた様子に驚いていた指揮官がその所属に気付いて声を荒らげる。

「いったい何があったんだ⁉　いきなりワイバーンとブラックドラゴンの襲撃が始まって国中が大混乱だぞ！」

「…………っ」

ルーは指揮官の言葉に声を詰まらせた。

なんの連絡も伝わってない。

ブラックドラゴンまで移動を開始したというのに、拠点からなんの連絡もなかったのだ。

その事を知って、ルーを支えていた気力はプッツリと切れた。

力無くその場に膝をつく。

皆ならなんとかしただろう、という甘い希望は早々に打ち砕かれた。

「お、おい……！」

「ご報告……申し上げます……」

崩れ落ちたまま続けるルーに戸惑いを隠せず、騎士達が顔を見合わせる。

「竜域観測拠点は……壊滅致しました」

「ば、ばかな……」

「本当です……なんの前触れもなく、ドラゴンの強襲に遭い……拠点が破壊され、連絡を取る事もできず……メイゲ騎士団長の命令で、わ……」

様々な感情が一気に溢れ出してルーの言葉が震える。

気付けば、ルーは涙を溢していた。

「私、だけが……」

若い騎士の無念を感じ取った指揮官がルーの肩に手を添える。

そして一瞬だけ力を込めた。

長く感傷に浸っている場合ではないのだ。

やるべき事は他にある。

「よく聞け！　予定を変更する！　斥候と主力、救護班は先行しろ！　迅速に観測拠点を目指せ！

伝令！　今の話を騎士団本部にと冒険者ギルドに伝えろ！　行け！」

「「はっ！」」

指示を受けた騎士達が素早く行動を開始する。

指揮官は項垂れたままのルーにもう一度向き直った。

「任務、ご苦労だった。後は我々に任せておけ」

「わ、私も観測拠点に……」

「馬鹿を言うな」

なんとか立ち上がろうとするルーを指揮官が手で制する。

「おまえ、飲まず食わずで走り続けてきたんだろう？　今はゆっくり休むんだ。いいな？」

尋ねる口調ではあるが、選択の余地はない。

ルーは騎士に支えられながら、そのまま治療院へ担ぎこまれた。

真っ白なローブに身を包んだ女が空に立っていた。

深く被ったフードで顔は見えず、縁取りは金の刺繍がある。

「いい眺めね」

飛竜の群れに襲われて焼け焦げる街を見下ろして、女はポツリと呟いた。

これで名乗りを上げられればさぞかし愉快だろうと思うのだが、今はまだその時ではない。

「まぁ、いいわ……」

できない事に執着していても仕方がない。

今は与えられた魔道具の力で隠密と空中散歩を楽しめればいい。

それにしても、である。

(予想外だったわね……)

流石に竜種を魔道具の筒で捕獲する事はできず、彼女は代わりに用意した特別な香水を竜域で使用した。

使用者を主と誤認させ、香水の匂いにあてられた魔獣を攻撃的に変化させる特殊な道具だ。

だが、習性が勝ったのか匂いを嗅いだ竜種達は一斉に渡りを開始してしまった。

開発部の話では古代の技術を用いた開発段階の香水らしいので実用化できるのはまだ先のようだ。

（私にお似合いの道具ではあるのだけどね）

虜にできるというのは気分がいいものだ。

それほど、彼女は自分の容姿に自信を持っていた。

だから、自分の事を受け入れない男達が気に食わなかった。

自分になびかない世界なら滅んでしまえばいい、と。

「フフッ……見ていなさい。いずれ私がこの世界を支配する側になる」

自らの野望を口ずさみ、彼女はしばらく傷ついた街の風景を楽しんでいた。

◆

「……ねむいの」

セシリアに手を引かれたウィルが空いた手でまぶたを擦る。

その様子にレンがため息をつき、メイド達も苦笑いを浮かべた。

「こうなるだろうと思っていたけど……」

困った顔をしたセシリアがウィルの顔を覗き込む。

「昨日、寝るのが遅かったからよ？」

「うんー」

まぶたの半分落ちた目で頷くウィル。

ウィルは昨夜テンションが上がり過ぎてなかなか寝付けなかったのだ。

大人達から見たらこの結果は予想できた事で、案の定といったところだろう。

昨日と変わらず午前中は研究所を見て回り、大はしゃぎしたウィルは帰りの牛車を待つ間にとうとう船を漕ぎ始めた。

「ほら、ウィル」

「んー……」

セシリアに抱き上げられたウィルがその肩に顔を埋める。

セシリアはよいしょ、と我が子を抱え直した。

「いかが致しましょうか、セシリア様」

レンがウィルの様子を見てセシリアに伺いをたてる。

彼女は少し思案するとレンに向き直った。

「牛車を分けましょう。レン、申し訳ないけど私達と一緒に乗って」

「かしこまりました、セシリア様」

オルフェスが仕事で残る為行きよりも人数が少なく、セシリアはレンとウィルを連れて後方の牛車へ、他の者を前の牛車へと振り分けた。

ウィルがゆっくり眠れるようにとの配慮である。

「さぁ、帰りますよ」

「「「はーい」」」

セシリアの言葉に子供達が返事をし、見送りに出てきたオルフェスとシエラに別れを告げ、研究所を後にした。

セシリアがウィルの頭を膝に乗せ、横向きに寝かしつける。

それを手伝ったレンがセシリアと向かい合うように座った。

元々坂道を行く事を想定して作られた牛車は乗っていて普通の馬車と大差のない乗り心地になっている。

ウィルの姿勢の安全を容易く確保できて、二人はひと心地ついた。

「ゆっくりおやすみなさい、ウィル」

「ん……」

無抵抗で眠りに落ちていくウィルの頭をセシリアが優しく撫でる。

レンはその様子をしばらく無言で眺めていた。

お互い何も言葉を交わさぬまま、しばらく牛車の揺れに身を任せる。

「レン……」

ややあって、セシリアが口を開いた。

セシリアが少し悩んでいる事に気付いていたレンは落ち着いた様子でセシリアを見返した。

「はい、セシリア様」

「ウィルの事なのだけど……」

「……クロノ様という時の精霊様のお話ですか？」

レンの言葉にセシリアが小さく首肯する。

他のメイド達とは違い、友人としての側面を持つレンはセシリアからこうして相談を受ける事も多い。

元は有名な冒険者であるレンの経験はセシリアにとって大きな助けになっていた。

「時の精霊様の存在は言い伝えでは有名だけど……」

「確かに、使い手の存在は確認されておりません」

国によって秘匿されている可能性がなくはないが、冒険者ギルドでの公式な発表でもそういった話は聞いた事がない。

もっとも、冒険者ギルドも個人の能力を公表するような事はしないが。

「日に日に、ウィルへの心配が膨らんでいく……」

最初こそウィルの才能に驚きこそすれ行き過ぎた力というのは嬉しい反面、不安も感じずにはいられない。

それが贅沢な悩みだったとしてもだ。

その事を感じ取ったレンがセシリアを安心させるように表情を緩めた。

「確かに、ウィル様のお力は計り知れないものがあります。ですが、私はそれほど心配はしていませんよ」

「レン……？」

気休めにしてははっきりと断言するレンにセシリアが不思議そうな顔をする。

「ウィル様は魔法や精霊様の事が大好きで、慈しむ心を持っておいでです。好奇心が勝ってたまに失敗したりもしますが、無邪気で素直。他の子供達と何も変わりありません」

「そうね……」

「で、あれば。それを教え導くのは私達大人の仕事です。ウィル様のお力が強かろうと弱かろうと関係ありません」

「ええ……」

「だから気に病まないで下さい。私達がついています」

「ありがとう、レン」

「どういたしまして、セシリア」

友人として振る舞うレンにセシリアが顔を綻ばせた。

レンがその表情に頷き返して続ける。

「それに時の精霊様の話が本当だとして……時の精霊様がウィル様に危険な真似を促すような事はしないと思います」

ウィルの話では遺跡の魔法に触れた事をクロノに嗜められている。

裏返せば時の精霊もウィルの心配をしているという事である。

「その存在が本当に時の精霊かどうか、私には分かりませんが……そういう事は一片《ひとひら》か精霊様に尋ねてみるのがいいかと」

「そうね」

セシリアの表情にも普段の柔らかさが戻ってきた。
もう大丈夫だと、レンが椅子に座り直す。
二人はそのまま他愛もない話をしながら外の景色を楽しむのだった。
牛車が渓谷の橋に到達した頃、ウィルはまどろみの中にいた。
（ここは……？）
はっきりしない頭で周りを確認しようとするがどうも上手くいかない。
（うむぅ……）
もどかしさを覚えてウィルは魔力を込めた。
ツチリスのブラウンの真似をして周辺を調べる魔法を発動する。
周囲探知と言うらしいがウィルにはまだよく分かっていない。
（かーさま……れん……）
自分の頭に触れる優しい気配と近くにいる力強い気配。
馴染み深い気配にウィルが安堵する。
（おそとは……はし。おやまとおやまのまんなかくらい……）
そして山はとても強い地属性の魔素で満たされている。
（おうちとおんなじ……）
トルキス邸も同じように風の一片の魔素に包まれていた。
この山もそれと同じような感じだ。

おそらく、これがセシリアが言う地竜様のものなのだろう。

ウィルから少し離れたところにはセレナ達の気配がある。

なんとなく違う牛車に乗っているのが分かる。

そしてそれを引く牛の魔獣に御者。

地属性だけではない、様々な属性の魔素。

ウィルを包む世界はどれもとても優しい。

(あれ、なんだろー……)

その中で、ウィルは空に浮かぶ黒い塊を見つけた。

ウィルが感じ慣れない気配に意識を伸ばしていく。

滲み出るような淀み、いや暗い感情。

それはこちらに向けられた、明確な悪意――

「きゃっ⁉」

いきなり跳ねるように起き上がったウィルにセシリアが短く悲鳴を上げる。

「ウィル、いったいどうー―」

「れん!」

セシリアの声を遮って、ウィルがレンを見る。

レンもセシリアと同じように驚いていたような顔でウィルを見ていた。

「おそらからわるいまりょくがくる!」

「「────っ！」」

ウィルの言葉で事態を察したセシリアとレンが同時に動く。

「来たれ樹の精霊！　深緑の境界、我らに迫る災禍を阻め樹海の城壁！」

セシリアが牛車の周りに防御壁を張り巡らせる。

と、ほぼ同時に何かが防御壁に直撃し、爆音を響き渡らせた。

「しまった……防御壁が！」

広がりきる前の防御壁が相殺されたのを感じてセシリアが顔をしかめる。

その間にレンが扉を押し開いて上空に視線を向ける。

「アレか！」

空に浮かぶ人影を見つけてレンが目を細めた。

見覚えのある白いローブに金の刺繍。

遠目には分かりづらいが先日起きた魔獣騒動の時とは別人に見える。

「不味い……！」

その手に握られた筒が魔力の光を帯びて、次の瞬間、召喚された魔獣達がウィル達の乗る牛車の側面に姿を現した。

「魔法は防がれたか……まぁ、いい」

フードの奥で口の端を吊り上げた男が手を前にかざす。

「ゆけっ！　下僕達よ！」

男の声に反応した四足歩行の魔獣達が咆哮をあげる。

中央に召喚されたひと際巨大な牛型魔獣が角を牛車に向けて地面を蹴った。

その体躯からは想像できないような速度で牛車に迫る。

「こっ、のぉ！」

レンが牛車の床を踏みしめて片膝を上げる。

黒炎を纏《まと》った足裏が扉の外に真っ直ぐに突き出され、魔獣の顔面を捉えた。

「――――っ！」

勢いに乗った魔獣がレンの蹴りを喰らいながらも牛車に激突する。

ブルゥァアアアアアアッ！

「っっっ！」

「危ない！　ウィル！」

衝撃の瞬間、セシリアが腕を伸ばしてウィルの体を捕まえる。

牛車が吹き飛ばされ、橋の欄干にぶつかって止まった。

「ぐっ……!?」

「かーさま！　かーさま！」

ウィルを庇った事で無防備になったセシリアが牛車に強く頭を打ち付けてそのまま意識を手放した。

焦るウィルの声を背後で聞きながら、レンが目の前の魔獣の対処に追われる。

「放せ！」

幾度目かの蹴りを喰らって、巨躯の魔獣がようやく牛車から後退する。

だが、それは再度突進する為の準備行動だ。

付き合って牛車の中で迎撃するわけにはいかない。

そう判断したレンが牛車から身を乗り出す。

その横から猛スピードで別の魔獣が跳びかかってきた。

「くっ!?」

咄嗟に反応したレンが魔獣の一撃を腕で捌く。

レンの障壁を突破した魔獣の爪が捌くレンの腕を僅かに切り裂いた。

「ハァッ!」

交差するように放たれたレンの拳が魔獣の胴体を捉え、吹き飛ばし、燃え上がらせる。

それを目の端で捉えながら、即座に牛車から降りようとしたレンが思わずたたらを踏んだ。

全身を激痛が駆け巡り、膝から力が抜ける。

(しまった……毒……)

朦朧とする意識の中で自分に起こった異変をすぐに察する。

だがそんな異常を気にしている暇はない。

魔獣の突進をもう一度でも喰らえば牛車はバラバラに砕け散る。

当然、中にいるウィル達は一溜まりもない。

霞む視線の先で巨躯の魔獣が前脚を掻く。

その時、横から飛来した魔法の球が魔獣達に直撃して爆炎を上げた。

「セシリア様、ウィル様！」

後方の異変に気付いたアイカとエリスが牛車から降りて引き返してくる。

彼女達の乗っていた牛車は橋を渡り切ったところで止まり、彼女達とレンの間には振り落とされたレン達の牛車の御者が横たわっていた。

（いけない……）

痛みに苦しみながら、レンが声にならない声を発する。

アイカの火属性魔法を受けた魔獣が態勢を整えていく。

大したダメージがないのはアイカの能力が低いからではない。

レン達がいる場所が橋の上だからだ。

アイカがまともに魔法を放ったら橋が崩れる。

そうならないように加減をしているのだ。

それでなくても、レン達メイドは護身用の精霊石以外持ち合わせていない。

強力な魔法をコントロールするのは難しい。

魔獣が出現するはずのない場所で強襲を受けて、レン達は完全に後手に回ってしまった。

（せめて、ウィル様達……だけでも……）

レンが懸命に思考を巡らせる。

だが、レンもセシリアも動けないとあってはウィルだけをアイカ達のもとに向かわせるわけにはいかない。

「構うな！　壊れかけた牛車が先だ！」

アイカ達に向きかけた魔獣達の注意を上空の男が押しとどめる。

魔獣達はまたレン達の牛車へ向き直った。

「来たれ水の精霊！　さざ波の剣、我が敵を薙ぎ払え飛沫の斬撃！」

エリスが二つ三つと魔法の斬撃を放つが巨躯の魔獣はウィル達の牛車に狙いを定めたままだ。

このままではウィル達が危ない。

ブフォォォォォ！

焦燥にかられるアイカ達の前で巨躯の魔獣が咆哮を上げ、牛車に襲いかかる。

「くっ……」

レンが両足を踏ん張り、巨躯の魔獣を迎え撃つ。

だが、毒に侵された体でそれ以上何かできるわけでもない。

捨て身で飛び出したところで魔獣の巨体を支えるだけの余力は今のレンにはない。それでも――

（かくなる上は……）

最後の切り札をもって刺し違えようとレンが前に乗り出す。

躊躇っている暇はない。

だが、それをウィルが許さなかった。

「れん、どいてー！」

レンの覚悟は後方から響いたウィルの声にかき消された。

否、物理的に消された。

「…………！」

土塊の副腕で襟首を捕まれたレンが奥の座席に放り込まれる。

（ウィル、様……）

ままならぬ体でウィルに視線を向けると、ウィルは杖と精霊のランタンを手に気絶したセシリアの前に陣取っていた。

（危ない、ウィル様……）

もがくようにレンがウィルに手を伸ばす。

そんなレンに気付きもしないで、ウィルは牛車の外に迫る魔獣を見返していた。

（かーさまとれんをいじめたな！）

ウィルは怒っていた。

いきなり襲い掛かってきて大切な人達を傷つけた。

目の前の魔獣達に。

「あっちいけー！」

突き出した杖の先端から眩い緑色の光刃が放たれる。

一直線に伸びたそれが牛車の入り口ごと吹き飛ばして巨躯の魔獣に襲い掛かった。

ゴアァッ!?

いきなり目の前に迫った大出力の魔法に巨躯の魔獣が身をひるがえした。

魔獣をかすめた風の光刃が橋の石畳を破壊して突き抜ける。

「にげるなー！」

魔獣の動きを感じ取ったウィルが杖先を動かして魔獣を追う。

回避行動に切り替えた魔獣のあとをウィルの光刃が牛車と石畳と他の魔獣を巻き込みながら追尾する。

焦れたウィルが魔獣に向かって吼えた。

「なんでにげるのよー！」

当たったら死ぬからである。

必死に回避行動を取る魔獣達を追ってウィルの魔法が乱れ飛ぶ。

興奮した魔獣達も危険過ぎて牛車に近付くことさえできない。

「な、なんだ、ありゃー……」

上空から窺っていたローブの男もそう呟くのがやっとであった。

なにせ牛車は橋の上である。

放たれる魔法の規模には驚かされるが、あんな恐ろしい威力の魔法を所構わず撃ち込めば橋が崩落するのは火を見るより明らかだ。

(死に直面して錯乱したのか？　それとも相当な馬鹿なのか……？)

彼がその魔法の使い手が三歳の子供だと知っていたら、あるいはその行動もすぐに納得したかもしれない。

「あぶねぇ!?」

とばっちりを喰らってフードの男が慌てて身をひるがえす。

この威力の魔法を喰らえば障壁を展開していたとしてもただでは済まない。

背筋に冷たいものを感じながら、男は強力な魔法を吐き出し続ける牛車を見下ろした。

「ウィル様！　お止め下さいまし！」

「危ないです！　ウィル様！」

崩落の危険を思って叫ぶエリスとアイカの声も魔法の破壊音にかき消されて届かない。

残念ながら、ウィルの傍にはその行動を止める者がいなかった。

そして、とうとうその時は訪れた。

「あや……？」

がくん、と牛車が傾いてウィルが間の抜けた声を上げる。

軋むような耳障りな音が響いて、牛車の傾きが段々と大きくなり――

ガコォォォン！

何かが外れるような音がして橋が崩落した。

「あー！」

「ウィルッ……！」

最後の力を振り絞ったレンが傾く牛車の中で体を伸ばし、ウィルとセシリアを抱え込む。

ブモォォォォォ！

同時に牛車は巨躯の魔獣もろとも谷底へと落下していった。

「セシリア様、ウィル様！　そんな……」

「なんて事……」

あまりの出来事に顔を蒼白にするエリスとアイカ。

だが、彼女達に悲しんでいる時間はない。

残った魔獣の群れがゆっくりと二人の方へ向き直った。

次なる標的に狙いを定めるように。

◆

レクス山の渓谷はきれいな景色といい風が吹いており、風の精霊達のお気に入りの場所の一つになっている。

（ひまだなー……）

そよぐ風を感じながら空に寝そべっていた風の精霊シュウは大きく一つ伸びを打った。

（カシルはどっか出かけてるし、アーシャはいつも通りウィルの家に行ったし……）

馴染みの精霊達の顔を思い浮かべてシュウが鼻で笑う。

アーシャとはアジャンタの愛称である。

（アーシャなんてウィルに真名まで教えちまって……）

シュウもカシルも、ほとんど毎日のように人間の男の子の家に出かけるアジャンタの様子を微笑ましい気持ちで見送っていた。

（いい加減、契約しちまえばいいのに……）

精霊達はその人間と契約しても問題ないか見定められる目を持っている。

シュウの目から見てもウィルとアジャンタは契約可能だ。

だが、アジャンタは躊躇っているのかなかなか契約に踏み切ろうとしない。

カシルが言うには、どうも土の精霊シャークティに気を使っているようなのだ。

ウィルとシャークティが契約するにはもう少し時間がかかる。

それが抜け駆けしているようで気が引けてるのではないか、と。

（わっかんねー……）

カシルと違ってシュウはその手の沙汰に疎かった。

（できる時にやればいいんじゃねーの？）

そもそも、精霊の契約には共にあるという意味の他に契約者を護るという意味がある。

その人間に惹かれていて契約できるのであれば傍にいて護ってやればいい、とシュウは思うのだが。

『ねー、シュウー』

「ん……？」

物思いにふけっていたシュウに呼ぶ声がかかり、シュウが体を起こす。

見れば風の精霊の小さな子供が二人、シュウのもとへ飛んできていた。
『シュウー、あそぼー?』
『ねぇ、一緒に遊ぼーよー』
「分かった分かった」
しょうがないな、とシュウが頭を掻いた時だった。
大きな爆発音が響き、大気が震える。
「なんだ……?」
『上からだよー』
『なんだろー?』
精霊の子らが指差す先には人間の造った橋がある。
シュウはそこで魔力の波動を感じた。
嫌な魔力と妙に澄んだ魔力だ。
パラパラと砂埃も落ちてくる。
シュウが注視していると、今度は風の魔力が解き放たれた。
見慣れた槍の魔法が橋をぶち抜く。
シュウはその魔力の気配に覚えがあった。
「……ウィル?」
不思議に思うシュウ達の前で乱れ飛んだ魔法が橋ごと破壊していく。

「おいおい……？」

『橋、壊れちゃうよー？』

『ねー』

橋が石の破片を撒き散らして軋む。

予想違わず、シュウ達の目の前で橋が崩落した。

と、同時に牛車と魔獣が落ちてきた。

『えー!? こんな所に魔獣!?』

『うそー!?』

「いいから、牛車を受け止めるぞ！」

『『はーい』』

驚いていた精霊の子供達がシュウの言葉に揃って手を上げる。

落下してきた牛車が精霊達の魔力に触れて減速する。

その横を巨躯の魔獣が素通りして落ちていった。

「おーい、誰かいるかー？」

シュウが声をかけながら壊れた牛車の入り口を覗き込む。

予想通りの小さな子供が目をぱちくりさせて、シュウを見上げていた。

「やっぱりウィルだった」

「しゅう！」

シュウを確認したウィルの表情がパッと華やぐ。

「いったい何があったんだ？」

「まじゅーさんがおそってきてはしをこわしちゃったのー」

悪びれた様子もなくそう告げるウィルに精霊達が見た光景を思い出す。

明らかに橋を壊していたのはウィルである。

シュウは頭を掻いてとりあえずウィルの発言を不問にした。

彼は細かい事をあまり気にしないタイプだ。

「大丈夫か、ウィル？」

「うぃるはへーき。でも、かーさまとれんが……」

ウィルが表情を曇らせてセシリアとレンを見る。

シュウからも二人が怪我をしているのが見えた。

意識も失っているようだ。

「ちょっと待ってろよ。今、引き上げてやる」

シュウが魔力で牛車を支えながら、空いた手でウィル達を浮かせる。

シュウの魔力に導かれたウィルは牛車から出て平坦な屋根部分にセシリアとレンを寝かせた。

「傷を治さないと……ウィル、できるか？」

「できるよ……でも……」

確認するシュウにウィルが応えて空を見上げる。

「うえにねーさまたちがいるの……まじゅーもいっぱいなの……」

「そんなにか……？　ここは魔獣が立ち入らない事で有名なのに……」

「うん……」

心配そうにウィルが頷く。

シュウも見上げるが、この場所からでは上の様子が確認できない。

「わかった」

シュウが視線をウィルに戻してその肩に手を置いた。

「俺が上の様子を見てくる。その間にウィルは二人の怪我を治しておいてくれ」

「うん」

頷くウィルにシュウが頷き返す。

それから視線を隣にいる精霊達に向けた。

「俺が行ってる間、二人で牛車を支えといてくれ」

『えー!?　シュウ抜きでー!?』

『無理だよー！』

「なんとか頑張れ！」

シュウはそう告げると自身の魔力を解いた。

『わー！　やっぱり重いー！』

『沈んでっちゃうー！』

「まってて！　うぃる、かーさまとれんのおけがなおしたらおてつだいするからー」

『ウィルー、はやくー』

ウィルと精霊達のやり取りを聞いて、一先ず安心したシュウは上空にかかる壊れた橋に視線を向けて一気に上昇した。

◆

「お母様！　ウィル！」

「いけません、ニーナ様！　戻って！」

「ニーナ！」

いてもたってもいられず牛車から飛び出したニーナの後を追ってターニャとセレナも飛び出した。

その様子を察したエリスとアイカが後方を一瞬確認して、油断なく魔獣と対峙する。

飛び出したいのはエリスもアイカも同じだったが、魔獣はこちらの事情を察してはくれない。

当然、上空の男も。

ウィルの魔法で数を減らしたとはいえ、魔獣はまだ五匹残っており、目標をエリス達に定めている。

ウィル達の牛車は橋の下へと転落し、魔獣とエリス達の間には牛車から振り落とされた御者が一人地に伏していた。

ウィル達を確認するにも御者を救出するにも魔獣が邪魔だ。

（戦闘になれば、子供達が巻き込まれてしまう……）

エリスが歯を噛みしめる。

状況は最悪と言っていい。

装備のない二人では目の前の魔獣を圧倒できない。

圧倒できない以上、後方の子供達にも危険が及ぶ。

ウィルやセシリアの安否が分からない現状、エリスとアイカはせめて子供達だけでも無事に逃さなければならなかった。

「エリスさん、あの魔獣……マンティコア、ですよね？」

「ええ……間違いないでしょう」

マンティコアとは密林に潜む魔獣で人のように見える頭部と獅子の体が特徴で強力な毒も有している。

冒険者ギルドでも高難易度に指定されるような魔獣である。

だというのに――

「減らされてしまったな」

上空のローブの男が新たな筒を取り出して魔獣を召喚する。

新たなマンティコアが姿を現し、その数が十四に増えた。

エリス達はますます不利な状況に陥っていく。

取れる手段はそう多くはない。

こちらが動けば相手も黙ってはいないだろう。

御者を見捨てて子供達を牛車に戻し、子供達だけを逃がす。

それが最善に思えるが、エリス達が突破を許せば子供達を守る手段はない。

守る為には同時に撤退する隙がいる。

それを上空の男と魔獣が許してくれるかどうか。

（やるしかない……）

セシリア達と御者を見捨てた誹《そし》りは自分が引き受けよう。

エリスがそう心に決めてアイカに目配せしようとした時だった。

「狩れ！」

ローブの男が魔獣達に指示を出し、魔獣達が身構える。

その横を何かが上空へ突っ切った。

「うげっ!?　魔獣、めっちゃいいんじゃん！」

「なっ……!?」

突然現れた精霊にローブの男が驚愕する。

エリスもアイカも驚きこそすれ、その精霊に見覚えがあって歓喜した。

「「シュウ様！」」

「おりゃあっ！」

シュウが腕を振り上げ、突風を巻き起こす。

エリス達に意識を向けていたマンティコアの群れがその不意打ちに体勢を崩した。

「そら！」

その隙をついてシュウが足下に伏せる御者に魔法をかける。

ふわりと浮いた御者の体が風に運ばれてエリス達の方まで流されてきた。

《ウィル達は無事だ！　少しだけ足止めするからこっちは任せて、今のうちに逃げろ！》

エリス達の頭の中に直接シュウの声が響いてくる。

ウィル達の無事を知れたエリス達は一瞬安堵して吐き出しかけた息を呑んだ。

シュウがこのまま長く足止めすれば上空のローブの男の矛先がウィルに向く可能性が出てくる。

それは危険だ。

目配せをして頷きあったエリスとアイカはすぐに踵を返した。

「セレナ様、ニーナ様、牛車に戻って下さい！」

「ターニャ様、お手を！」

アイカがセレナ達を促して、エリスは気を失った御者に肩を貸し、ターニャと牛車の中に運び込んでいく。

「逃がすか！」

シュウの風にあおられながらもローブの男は手を伸ばし、牛車に向けて魔法の矢を放った。

「通しません！」

アイカの無詠唱の防御壁が男の魔法を阻む。

その間にエリスは自らも牛車に乗り込んだ。

「アイカ！」

「任せて下さい！」

エリスと短いやり取りしたアイカが飛び上がって牛車の屋根に着地する。

「何をしている！　牛車を追え！」

「出して下さい！」

男の苛立った声を聞きながらアイカが屋根の上から御者に指示を出す。

急かされた御者は安全確認もままならぬまま、手綱を操って牛車を走らせた。

その後を追おうと魔獣が向きを変える。

「簡単に追わせるか！」

シュウが溜めた魔力を解放する。

一直線に伸びた緑光の刃が牛車を追おうとしていたマンティコアを貫いた。

（潮時だ……）

これ以上は矛先がこちらに向きかねない。

そう判断したシュウが身を引いて谷の下へ降りる。

「くっ……」

シュウの後ろ姿を見送って、精霊に強襲されるという未知の経験をしたローブの男が苦々しげに吐き捨てた。

「牛車を追うんだ！　逃がすんじゃねぇ！」

阻む者のいなくなったマンティコアの群れが我先にと牛車を追いかける。

（このままじゃ気が済まねぇ……絶対に狩ってやる！）

暗い欲望を吐き出して、ローブの男も牛車の後を追い始めた。


「よし、追ってきてないな……」

追手の有無を確認したシュウが宙に漂いながら一息つく。

こっちが追われていないという事は諦めたか、牛車の方を追ったかどちらかだろう。

後者であった場合、心配も残るがなんとか逃げ切ってもらうしかない。

「急がねーと……」

自分は自分でやるべき事がある。

シュウは注意を払いながらも保護されている筈のウィル達を探した。

「いた」

眼下に広がる谷をゆらゆらと揺れて、半ば壊れた牛車が降下している。

シュウは急いで牛車のもとへ飛んでいった。

「ウィル！」

「しゅーうー」

シュウに気付いたウィルが大きく手を振る。

牛車には精霊達の魔力の他にウィルの魔力も感じられた。

上手く協力して浮かしているところを見るとウィルも物質を浮遊させる魔法を覚えたようだ。

「しゅうー」

「ん？　どうした、ウィル？」

シュウが近寄ると、ウィルは今にも泣きそうな顔をしていた。

「れんが……れんが……」

目に涙を浮かべて声を詰まらせるウィル。

ただ事ではない様子にシュウがレンを覗き込むと、レンは苦しそうに唸ってびっしょりと汗をかいていた。

「かーさまはなおったの……でも、れんはおけがなおしてもくるしそーなの……れん……れん……」

ウィルはそう言うとレンの横に座ってレンの名前を呼び続けた。

シュウにはレンの不調の理由がすぐに分かった。

「ウィル……レンは毒に冒されてる」

「どく……」

「ウィル、解毒の魔法は使えないか？」

シュウの問いかけにウィルは首を横に振った。

「うぃるはまだちっさいから、ごびょーきなおすまほーとかはだめって……」

毒や病気を治療する魔法はあるが、そういったモノの中には空気感染したり、接触感染したりする

なのだ。

　いくら魔法が使いこなせるからといって体力も免疫力も弱いウィルがその手の治療を施すのは危険なのだ。

ものも多い。

「かーさまがおきてくれれば……」

　ウィルの中でセシリアは回復魔法の天才だ。

　きっと毒を浄化する魔法も知ってるに違いない、と思っていた。

　しかし、いつ目を覚ますか分からないセシリアを頼るのもリスクがある。

「しゅう、どーしよー……」

　グスグスと泣き始めたウィルの頭をシュウが撫でる。

　シュウの目からもレンに余裕があるようには見えない。

（やれる事は全てやっておくべきだな……）

　シュウが上空の壊れた橋を見上げる。

　ウィル達を山の上に戻したところでそこからの行き道はない。

　何より先程のローブの男に見つかれば大変危険だ。

　シュウ達がなんとか山越えするのも同じ理由で危ない。

　それにこの人数を運ぶのは今のシュウ達では時間がかかりすぎる。

　シュウは一通り考えを巡らせてウィルに向き直った。

「ウィル、川を下ろう」

「……かわ？」

涙を拭いて見返してくるウィルにシュウは一つ頷いた。

「そうだ。川を下れば森がある。その中には精霊が集まる場所があるんだ」

「せーれーさん……」

「ああ、精霊の中に毒を浄化できるヤツがいるかもしれない」

「…………わかった」

ウィルはシュウの提案に頷いた。

それを見てシュウが笑みを浮かべる。

「大丈夫だ、ウィル。俺達がなんとかしてやるからな」

「うん」

こくんと頷くウィルの表情が少し晴れる。

それを横で見ていた小さな精霊達がはやし立てた。

『ウィルを精霊の庭にごあんなーい』

『でも大丈夫かなー？』

『なにがー？』

『他の精霊、怒んないかなー？』

『わかんなーい』

結論に至らず、ウィルと精霊達がシュウを見る。

その視線を受けてシュウが胸を張った。

「友達が困ってるのにほっとけないだろ」

『そだねーウィルは友達だもんねー』

『私達もお願いすればいっかー』

「そういう事。任せなって」

「うん……！」

力強く頷くウィルに精霊達も笑みをこぼす。

ウィルと精霊達はそのままゆっくりと谷を降りていった。

谷の底には川が流れており、その先は森に繋がっている。

「もーもーさんもいっしょ」

「ああ……」

ウィルの視線の先にはまだ牛車を引いていたオルクルが繋がれていた。

精霊の一人がそれを解いてやるとオルクルは満足そうに鳴き声を上げた。

谷を下へ下へ。川がだんだんと迫ってくる。

「しゅう、あれー？」

「ん……？」

ウィルが指差す先を見たシュウが目を細める。

上流の方から何かが流れてくるのが見えた。

「おんなのこ……？」

流れてくるのは折れた木であった。

その上に女の子が座って顔を伏せていた。

「ありゃぁ……樹の精霊だな」

『周りに水の精霊もいるよー』

『面白そー。何してんだろー？』

降下するウィル達と折れた木の距離がだんだんと近付いてくる。

「おーい！」

ウィルが立ち上がって木の方に両手を振る。

それに気づいた精霊達がウィル達を見上げてポカンと口を開けた。

よく見れば、木に腰を下ろした精霊の周りを三人の水の精霊が囲んでいる。

「何してんだ？」

シュウが精霊達に近付いて声をかけると水の精霊達が顔を見合わせ、順番に答え始めた。

『樹の精霊が落石に巻き込まれて川に落ちちゃったんだってー』

『泣いてたから心配して声かけたのー』

『僕達で精霊の庭まで運んであげるつもりー』

全然面白そうじゃなかった。

樹の精霊は川に流されて困っていたのだ。

が、シュウ達からすれば都合が良かった。

水の精霊の助けが借りられて樹の精霊までいる。

「悪いけどさ、俺達も助けてくれね？」

『えー？　だってあの子、人間の子だよー？』

不思議そうにする水の精霊にシュウが笑みを浮かべた。

「そうだ。あの子は俺達の友達なんだ」

そう言うと、シュウは着水した牛車に魔力を込めて沈まないようにした。

「ウィル、こっちへ来な」

「ん……」

ウィルが促されるまま牛車の縁に立つ。

「うぃるべる・はやま・とるきすです。さんさいです」

ぺこりとお辞儀するウィルに精霊達はまたポカンとしてしまった。

代表して今度は樹の精霊の少女が尋ねる。

『私達が見えているの？』

例外はあるが、精霊というのは認めた人間の前にしか姿を現さない。

当然、精霊達は初見のウィルの前に姿を晒すような真似はしておらず、ウィルには見えない筈だった。

「みんな、みえてるよ」

『うそー』

「ほんとー」

『かわいー♪』

水の精霊の一人が牛車に乗り上がってウィルに抱き着く。

川の中にいたのに不思議と濡れていなかった。

「ウィルの家には強い幻獣がいてな。その子供を託されてるからそのせいじゃないかな？」

「あっ、れびー！」

呼ばれたと思ったのか、ウィルから緑光が溢れてレヴィが姿を現した。

珍しい幻獣の出現に精霊達が目を輝かせる。

『あれ？　この人、毒……？』

牛車に立った水の精霊がレンの様子に気付いて顔を覗き込む。

それにウィルがハッと顔を上げた。

「そーなの！　れん、どくになっちゃったの！」

「ああ、上の山に魔獣が現れてな」

シュウが精霊達に掻い摘んで説明すると精霊達は不安そうに表情を曇らせた。

「れん……」

しょんぼりと肩を落とすウィル。

それを見た樹の精霊が決心したように口を結んだ。

『私に見せて……』

顔を見合わせた風の精霊達が樹の精霊をウィルの横へと運ぶ。

樹の精霊はすぐにレンの状態を見た。

『大変……でも、これなら……』

樹の精霊が両手をレンにかざすと柔らかな淡い緑色の光がレンを包み込んだ。

その輝きにウィルが目を見張る。

苦しげだったレンの表情が次第に落ち着いたものへと変わっていく。

『これで毒は浄化したわ。でも、毒のダメージは治りが遅いから、しばらくは安静にしておいて……』

樹の精霊の言葉にウィルがシュウを見上げる。

するとシュウは笑みを浮かべてウィルの頭を撫でた。

「良かったな、ウィル。レンはもう大丈夫だってよ」

シュウの言葉にウィルが今度は樹の精霊の方へ向き直る。

すると目の合った樹の精霊は遠慮がちにはにかんだ。

ウィルの表情が見る見る明るさを取り戻していく。

「ありがとー！」

『きゃっ……!?』

「ありがとー！　せーれーさん！　とってもありがとー！」

ウィルが樹の精霊に正面から抱きついて喜びを爆発させる。

樹の精霊は戸惑いつつも落ち着くとウィルを抱き返した。

見守っていた精霊達も安心して涙をこぼし始めたウィルに温かな視線を送る。

その中でシュウも満足そうに頷いて次の方針を固めた。

「ウィル、このまま精霊の庭を目指そう。来た道は危険で引き返せないし、魔獣が出た事はどのみち他の精霊達にも伝えなきゃならない」

「……うん」

樹の精霊の腕の中から顔を上げたウィルがシュウに顔を向けて頷く。

それを横から見守っていた水の精霊が『あっ……』と思い出したように顔を上げた。

「そうそう、言い忘れてたんだけど……」

「……ん？」

『『なになにー？』』

向き直る風の精霊達に水の精霊はしれっと言ってのけた。

『この先、滝があるから。風の精霊がいてくれると助かるよ』

『「…………！」』

思わず固まるウィルと精霊達。

いつの間にか大量の水が放出される音が響き、川の流れが速くなっていた。

「そっ……！」

牛車が宙に投げ出されるのとシュウが慌てて浮遊の魔法を発動させるのはほぼ同時だった。

「そういう事は先に言えーっ！」

『いやーははは』

わめくシュウに水の精霊が照れ笑いを浮かべる。

ウィル達は滝をゆっくり降り始めた。

「おーっ♪」

周囲に広がる広大な世界を見渡して、不安から解放されたウィルは感嘆の声をもらしていた。

◆◆◆

山の勾配を牛車が猛スピードで下っていく。

小さな小石で車輌が跳ね、カーブの度に振り回される。

そんな車内で御者の治療に努めていたエリスがひと息ついた。

「なんとか回復できました。命に別状はないでしょう」

「よかった……」

御者の体を押さえていたターニャも安堵する。

子供達は椅子から振り落とされないようにお互いを支え合い、身を縮こまらせていた。

そんな中、ニーナは思い詰めたような表情をしていた。

「お母様……ウィル……レンさん……」

ニーナの呟きに気付いたセレナが優しくその背中を撫でる。

谷底へ落ちていった母と弟。家族同然の使用人。

風の精霊が一緒にいるとはいえ、心配するのは当たり前だ。セレナもその気持ちが痛いほど分かる。

「大丈夫よ、ニーナ。シュウ様も一緒なんだから……」

「……はい」

ニーナがセレナの腕の中でこくんと頷く。

その様子を横目で見ていたエリスが牛車の外に視線を移した。

「来ましたね……」

エリスの言葉に子供達が窓越しに外を見る。

「魔獣……！」

セシリア達を谷底へ追いやった魔獣の群れを見たニーナが歯噛みする。

人面に似た四足歩行の魔獣がよだれを振り撒きながら牛車との距離を徐々に詰めてきていた。

「不気味……」

「マンティコアです。普段は森の奥深くに生息している魔獣なのですが……」

セレナの率直な感想にエリスが簡単な補足をつける。

「このままじゃ追いつかれちゃう！」

焦るラティの声に、しかしエリスは余裕を崩さなかった。

「問題ありません。屋根の上でアイカが待機しています」

「でも……アイカさんは剣士じゃ……」

「アイカさん、武器を持ってないわ！」

セレナとニーナがエリスを見上げる。

アイカは戦闘において片手剣と盾を用いている。

剣士になりたいニーナもアイカに剣の指導をしてもらっていた。

幾度かアイカの戦う姿を見た事のあるセレナとニーナだが、アイカが障壁を展開する以外で魔法で行使しているところを見た事がない。

慌てる姉妹を見下ろしてエリスは笑みを浮かべた。

「アイカはただの剣士ではありません。あの子には普段魔法を使えない理由があるんです」

そう答えて、エリスが視線を外に向ける。

「もうすぐ見れますよ」

「「……………？」」

子供達もエリスの視線を追って窓の外に視線を向けた。

マンティコアの群れが一匹、また一匹と牛車から見えるところまで近付いてくる。

子供達が固唾を呑んで見守っていると頭上を飛び越えるように飛来した火球がマンティコアの足元で爆発した。

吹き飛ばされたマンティコアが追走から脱落する。

その脇を別の個体が駆け抜ける。

今度は火属性の弾丸が大量に吐き出され、マンティコアを火だるまにした。

近づく度に撃退されていく魔獣を見た子供達がポカンとしたまま、感嘆の息をもらす。

「アイカは火属性魔法の使い手です。基礎を疎かにせず、とても丁寧な魔法を使います。揺れる牛車の上で姿勢制御できるのも訓練の賜物です。ですが……」

説明するエリスの前で爆発がマンティコアを吹き飛ばした。

逃走中だというのに全員がその光景を見て苦笑いを浮かべる。

「ウィル様がこの魔法を見たら……」

派手な火属性魔法を見てウィルが真似しないはずがない。

下手をすれば屋敷が吹っ飛ぶ。

子供達はアイカが魔法を使わない理由を理解した。

「剣術と魔法の高い技能……アイカは攻防力の高い魔法剣士なのです」

返り討ちにされる魔獣を見ながら子供達が目を輝かせる。

どうやら安心してくれたようである。

後はどれほどの魔獣が追走してくるのか、上空にいたローブの男が戦闘に加わってくるかだが。

(アイカ……頼みましたよ)

エリスは胸中で呟くといつでも動き出せるように戦況を見守った。

◆◆◆◆

「クソが……」

次々とマンティコアを撃退するアイカを見下ろしてローブの男は舌打ちした。

魔獣をけしかけて相手が逃げ惑う姿を眺めたかったがあてが外れたようだ。

ローブの男がアイカに向けて手をかざす。

「来たれ、風の精霊！　突風の魔弾、我が敵を撃ち抜け疾風の砲撃！」

「来たれ、火の精霊！　灼熱の境界、我らに迫りし災禍を焼き尽くせ炎の壁！」

男から放たれた風属性の魔弾がアイカの障壁に阻まれる。

凌いだアイカは素早くマンティコアに手をかざした。

「来たれ、火の精霊！　火炎の魔弾、我が敵を焦がせ焔の砲火！」

アイカの魔弾に触れたマンティコアが勢いよく燃え上がる。

上空からの牽制だけでは大した成果を挙げられない。

迎撃の手を止めるなら男自らアイカと相対するしかない。

「やるか……」

抵抗するなら自らの手で始末する。

それは男にとって当然の判断だった。

牛車に乗り込もうと決断した男が忍ばせてある曲刀に手をかける。

幾度となく血を吸った愛刀だ。

これから訪れる惨劇を想像した男は舌なめずりをした。

そのまま牛車に乗り込むタイミングを計っていると男の懐から唐突に音が鳴り響いた。

「ちっ……」

苛立たしげに舌打ったた男が懐から通信用の魔道具を取り出す。

「なんだ？　今いいところなんだぞ……」

『す、すいません……ですが、厄介な事に……』

魔道具から響く部下の声に焦燥が混じっており、興を削がれた男が曲刀から手を離した。

「何があった？」

『ワイバーンの群れです。それも、もの凄い数の……』

「はぁ？」

『誰かが竜域に手を出したんじゃ……』

部下からの報告に男が顔をしかめる。

竜域と聞いて真っ先に頭に浮かんだのはその地域の担当になっている鼻持ちならない同僚の女の顔だ。

「あのクソババァ……余計な事を……」

『どうしますか？』

「……すぐ戻る」

部下からの通信を切って、男が眼下を見下ろした。

牛車は逃走を続けており、その後をマンティコアの群れが追っている。

男も追えばすぐに追いつける距離だが、深追いしてワイバーンの群れに見つかるのは厄介だ。

(まさか、味方の……それも違う地域の担当に水を差されるとはな)

結局、男は撤退する事に決めた。

お楽しみを邪魔されて気分が悪い。

「命拾いしたな」

男はそう言い捨てると別の魔道具に魔力を込めて忽然と姿を消した。

「消えた……？」

魔獣と男の双方を警戒していたアイカが訝しげに呟く。

上空で留まったと思ったら突然消えたのである。

(奇襲……？)

あくまで魔獣を警戒しつつ、男の襲撃に備えるが特に襲ってくる気配はない。

(諦めたの……？)

迷いが生じるがアイカの疑問に答える者はいない。

アイカは意を決すると近付いてきた魔獣に手をかざした。

「来たれ、火の精霊！　火炎の魔弾、我が敵を焦がせ焰の砲火！」

一斉に放たれた魔弾がマンティコアを直撃し、炎に包まれて怯んだマンティコアが後退する。

アイカは即座に魔力を練り直し、男の襲撃に備え直したが奇襲はなかった。

周りに男の気配もない。

どうやらこの場を去ったと判断しても良さそうだ。

原因は分からないままだが。

（今は気にしていてもしょうがない）

男は去ったが脅威がなくなったわけではない。

マンティコアの群れから逃げ延びなければ。

しかし、アイカにとって上空を気にしなくて良くなったのは好都合だ。

「やってやるわ」

気合を入れ直したアイカが両手をマンティコアに向ける。

「来たれ、火の精霊！　爆炎の乱舞、我が敵を包め緋色の嵐！」

圧縮された魔力がマンティコアの群れを包み込み、一際大きな爆発音がレクス山に響き渡った。

◆◆◆◆

カルツはフィルファリア城にある客員室にいた。

先日の騒動に使用された魔道具に興味を持ったところ、アルベルト国王の厚意により解析の一助を担う事になった。

もっとも王国側からすればカルツほどの知識人が解析に加わるのは願ったり叶ったりだっただろう。

そうして城に招かれたカルツは王国の客員として一室を与えられ、こうして未知の魔道具と向き合っていた。

（装着型は一先ず置いておくとして、こちらは一度試しておく必要がありますか……）

カルツの目の前のテーブルには件の魔道具が所狭しと並べられている。

中にはヤームの手によって綺麗に解体された魔道具もあった。

カルツがテーブルから筒型の魔道具を手に取る。

「試すにもまずは許可を得てからですね……スート、行きますよ」

「んあ……？」

プカプカと宙を漂いながら居眠りしていたスートに声をかけ、カルツは客員室を出た。


「カルツ様、スート様」

「これはこれはフェリックス宰相」

廊下でばったり出くわしたフェリックスにカルツが笑みを浮かべる。

その表情を見てフェリックスも笑みを返した。

「どうですか？　進んでますか、解析の方は」

「ええ」

カルツが解析に加わって、まだ日が浅い。

フェリックスに急かすつもりはなかったが、カルツは笑顔のまま続けた。

「魔獣を召喚していた魔道具の方はいくつか仮説が立てられましたよ」

「……もうですか？」

驚きに目を瞬かせるフェリックス。

「はい。ただ、まだ仮説ですので……どこかで実験できないかと」

「はぁ……」

「できれば害獣がいて人気のない所がいいのですが」

「分かりました。場所を見繕いましょう」

「お願いします」

約束を取りつけたカルツが丁寧に頭を下げる。

その姿にフェリックスがまた表情を綻ばせた。

「本当に食えないお人だ」

フラッとやってきたかと思えば宮廷魔術師が頭を抱えるような問題に道筋をつけ、かといって驕る事なく相手を敬う。

決して頑なでなく、ときにユーモアを感じさせる所作で相手の警戒も解いてしまう。

カルツからすればそれは最大の賛辞だ。

「まぁ、レンにはよく胡散臭いと言われますが……」

「ふふっ……」

容易にその場面が想像できて、フェリックスは思わず笑ってしまった。

「それでは、実験の場所の候補は近い内に……」

そう言ってフェリックスがその場を辞そうとした時である。

急に廊下が騒がしくなり、数人の騎士が血相を変えてカルツ達の方へ走ってくるのが見えた。

騎士達の中に見知った顔を見つけた、フェリックスが表情を強張らせる。

「ダニール殿、何事ですか？」

先頭を切って走る第一騎士団長ダニール・コトフがフェリックスの前で足を止めて姿勢を正した。

「失礼、フェリックス様。物見から研究所に至る山道で魔力光と爆発音を確認したと連絡が」

「なんですって！」

思わぬ報告にフェリックスが声を上げる。

レクス山には魔獣がおらず、許可のない魔法の使用は禁止されている。

フェリックスが驚くのも無理からぬ事だった。

「行きましょう」

「私もご一緒します」

駆け出すフェリックス達の後をカルツも追走する。

研究所に至る門は城内にある。

中庭を抜けたカルツ達はすぐに門へと辿り着いた。

それに気付いた騎士達が敬礼をして出迎える。

「様子はどうか？」

「はっ！　未だ断続的な魔力光を確認しております」

ダニールの言葉に騎士の一人が答える。

門の位置からでは確認し辛いが、確かに遠雷のような爆発音が響いていた。

「他には？」

「そ、それが……」

ダニールの疑問に騎士が躊躇いがちに告げる。

「研究所からの連絡では二台の牛車が出たそうなのですが、物見からでは一台しか確認できず……」

「誰が乗っていた」

「その……」

騎士はチラリとカルツを見た。

嫌な予感を覚えたカルツが目を細める。

「まさか……」

「はい。セシリア様御一行でございます」

その報告に他の騎士達も微かにざわついた。

王家の血筋の女子供達に異変が起こっているのだ。

忠誠心の高いフィルファリアの騎士達が何も思わないはずがない。

だが、そこは精鋭の騎士達である。必要以上に取り乱したりはしなかった。

「せめて状況を確認したいが……」

「時間がありません、フェリックス様。私が騎士を率いて出ます」

山道を見上げるフェリックスにダニールはそう言い置くと騎士を指揮しようと向き直る。

そんなダニールにカルツが待ったをかけた。

「お待ち下さい、騎士様」

「なんでしょう、カルツ殿」

「私が見ます」

「…………？」

カルツの言葉の意味が分からずダニールが振り返る。

カルツは気にした風もなく両手を広げた。

「従え、スノート。虚空の絵画、我が前に映せ千里の眺望」

真名で呼ばれたスートが魔力を正しく導いて、カルツの前に板状の魔力が展開されていく。

その板に上空から見た風景が映し出されて騎士達が驚きの声をもらした。

「カルツ殿、これは……」

「空属性魔法の一つです。遠くを見渡せるので索敵や情報収集に便利で……見つけました」

カルツがフェリックスの質問に答えながら魔力を操作する。

魔力光の原因となる牛車を拡大するとダニールが目を見開いた。

「ア、アイカ……!?」

牛車は猛スピードで走行し、その屋根の上にはメイドが立っている。

更には牛車を追走するように駆ける魔獣の姿も確認できた。

魔力光はその魔獣を追い払う為に放たれたモノだった。

「トルキス家のメイドさんですね」

「そ、そうです！　私の姪っ子なんです！」

カルツの言葉にダニールが慌てて返す。

映像では今にも牛車が取り囲まれそうであった。

(おかしい……あのメイドさんはウィル君に魔法を真似されないように魔法の使用を控えていたはず……)

状況は思った以上に悪いのかもしれない。

疑問に思いつつ、カルツはダニールに向き直った。

「騎士様、救援には私が参ります。騎士様は駆け下りてくる牛車を迎える準備を」

「しかし！　あ、いや……」

食い下がろうとしたダニールが空属性魔法の特徴を思い出して留まる。

「かたじけない、カルツ殿」

素直に謝るダニールにカルツは笑みを浮かべた。

「お任せを」

そう短く告げるカルツの体が魔力操作で宙に浮かび上がると、騎士達がざわめいた。

「スート！」

「任せろぃ」

「従え、スノート！　空転の瞬き、我が身よ踊れ蒼穹の回廊」

呆然と見上げる騎士達の前でカルツとスートの姿が転移魔法によって忽然と消えた。

◆◆◆◆

「くっ……！」

爆炎でマンティコアを追い払うアイカの表情が固い。

アイカ自身に問題はない。

走り通しのオルクルに限界が近いのである。

牛車を引きつつ全力で走っているのだ。

いかに屈強な騎乗獣とはいえ無理がある。

(囲まれたら中の子供達が危ない……)

そうなる前に手を打たなければならない。

なんとかエリスに合図を送って自分は牛車を飛び降りるか。

魔獣の数はかなり減っている。

ふた手に分かれて魔獣を分散させた方がまだ安全な気がした。

（一人でなんとかなるかな……）

正直怖い。

アイカにはまだ戦闘経験が少ない。

武器もなく護身用の精霊石でどこまでやれるかは未知数だった。

だが、やるしかない。

アイカは意を決して中への連絡をしようと足元に視線を落とした。

エリスなら靴を鳴らせばアイカの意図に気づいてくれるだろう。

（エリスさん、後は……）

そう思ってアイカが足を上げようとした時、突然何者かがアイカの背後に姿を現した。

「間に合いましたね」

「カルツ様！　スート様！」

振り向いたアイカが驚きに目を見開き、安堵して緩みそうになった頬を無理やり引き締めた。

「大変なんです、カルツ様！」

アイカの剣幕にカルツは目を瞬かせ、それから微笑んでアイカの肩に手を置いた。

「まずは魔獣を片付けてしまいましょう。こちらも相応に大変そうですよ」

「あ……」

落ち着きを取り戻したアイカが頬を朱に染める。

カルツはスートと共に前に出て牛車の最後尾から見下ろした。

狂ったように追走してくるマンティコアを一瞥し、目を細める。

「これが召喚された魔獣ですか……」

カルツはふむ、と小さく唸ると片手を前にかざした。

「サンプルに一匹くらいとも思いましたが……止めておきます。ちょっと醜悪過ぎです」

カルツの掌に魔力が凝縮されていく。

その様を背後から見ていたアイカが息を呑んだ。

「従え、スノート。隔離の狭間、我が敵を捕らえよ空列の牢獄」

静かな詠唱が型を成し、空属性の囲いが牛車に迫っていたマンティコアの群れを捕獲する。

高く持ち上げられた魔獣達が隔離の狭間から逃れようと暴れまわった。

「無理ですよ。あなた達如きではその囲いを破る事はできません」

カルツがそう告げて残った手をマンティコアに向ける。

「従えスノート。断空の刃、我が敵を切り裂け大気の光剣」

魔法の斬撃が隔離の狭間の中で荒れ狂った。

逃げ場を失い為す術もないままマンティコアの群れが切り刻まれていく。

「すごい……」

瞬く間に全滅したマンティコアに、圧倒されたアイカがポツリと呟く。

カルツはいつもの笑みを浮かべてそんなアイカに向き直った。

「さぁ、帰りましょう。みんな心配しています。そこで何があったのか説明して下さい」

「は、はい……」

アイカが思い出したかのように表情を曇らせる。

スピードを落とした牛車が城の門に辿り着くまで、もうしばらく時間を要した。

第三章

精霊の庭

episode.3

will sama ha
kyou mo mahou de
asondeimasu.

不審者による安全地帯での襲撃。

そして、セシリア達の転落。

アイカ達からもたらされた情報はフェリックス達に衝撃を与えるには十分だった。

「幸い……居合わせた精霊様がセシリア様達についてくださっておりますが……」

「なんて事だ……」

沈痛な面持ちのメイド達の前でフェリックスは頭を抱えた。

絶対に安全だと思っていた場所での魔獣襲撃――それも人の手で行われたなどと。

まるで先日の騒動そのままだ。

ダニールが報告を終えて顔を伏せるアイカの肩に手を置く。

「……とにかく、お嬢様達が無事であった事を今は喜ぼう」

「はい、叔父様……」

ダニールも自分の言葉が適切でない事は理解している。

だがまだ何も終わってはいないのだ。

下を向いている場合ではない。

「元気出せよ。精霊が任せろって言ったんなら絶対に大丈夫さ」

「…………」

アイカと同じように下を向くニーナにスートが声をかける。

ニーナは下を向いたまま、自分のスカートを握り締めた。

「……私、お母様もウィルも、ピンチだったのに……何もできなかった」

涙を滲ませて言葉を詰まらせるニーナにスートとカルツが顔を見合わせる。

実力者であるエリスやアイカが何も動けないまま起きた事態だ。

幼いニーナに何かできる筈もない。

「ニーナさん、君はまだ幼い。これからですよ。これから強くなればいいのです。その為に今は私達大人がいるのです」

「……はい」

ニーナが小さく頷いて涙を拭う。

その頭を隣にいたセレナが優しく抱き締めた。

心配したのか風狼のゲイボルグも彼女の肩の上に姿を見せてニーナの頬に擦り寄る。

カルツがその様子に目を細め、それからフェリックスに向き直った。

セシリア達の救助に向かうなら早いにこした事はない。

精霊の力で空を飛べるカルツ以上の適任はこの場にいないだろう。

「フェリックス宰相――」

自分がセシリア達の救助へ行く、とカルツが告げようとした時だった。

「伝令っ！」

息を切らせて飛び込んできた騎士にカルツの言葉は遮られた。

「次から次へと……何事ですか？」

渋面を作るフェリックスの前で踵を揃えた騎士が略式の礼を取る。

「冒険者ギルドより報告です！　シュゲールの竜域観測拠点が壊滅致しました」

「なんですって!?」

詳細を聞かんと詰め寄るフェリックスのもとに更に騎士が駆け込んできた。

「伝令！　南の砦の物見より報告！　ワイバーン接近中！　数、十！」

次々ともたらされる報告にフェリックスが奥歯を噛みしめる。

彼の人となりをよく知るダニールでさえ、その表情はあまり見た事がなかった。

フェリックスは一度大きく息を吐くと落ち着いて頭を働かせた。

「陛下への伝令は？」

「すでに別の者が向かいました！」

「同じく！」

フェリックスの質問に居並んだ騎士達が答える。

フェリックスは頷くとカルツに向き直った。

「カルツ様、お力添えをお願いできませんでしょうか？」

「どちらに、です？」

カルツとフェリックスの視線が交差する。

セシリア達の救助か、ワイバーンの迎撃か。

問いを理解したフェリックスは言葉を濁さずはっきりと答えた。

「ワイバーンの迎撃です」

全員の視線がフェリックスに集中する。

カルツがセシリア達の救助に向かえばどれほど心強いか、子供にだって分かる。

だが、フェリックスはその視線を真っ向から受け止めた。

「わけをお聞かせ願えますか？」

沈黙してしまった場でカルツが静かに促す。

フェリックスは小さく息を吐くと口を開いた。

「王都にこの規模を抑える対竜装備がありません」

「え……？」

驚きに声を漏らしたのはターニャだった。

王都には城もある。当然一番の防衛機能が備わっていると考えるのが普通だ。

「飛竜の渡りの災害は波状に訪れます。そしてその規模は第一波の飛来数に比例します。もしこれが飛竜の渡りであるなら、その規模は計り知れません。今までは地竜様の加護で渡りの被害を最小限に抑えていましたが、今回も同様に抑えられると考えるのは虫が良過ぎでしょう。例外は既に二度、起きております」

先日の魔獣騒動で地竜の加護が全く機能しなかった事は記憶に新しい。

「大規模の飛竜の群れが王都を襲うという事ですか？」

アイカの質問にフェリックスは首肯した。

「飛竜の渡りによる災害の殆どが炎のブレスによる火災です。森林とて例外ではありません」

「渓谷の下は川……そして森が広がっている……」

エリスの言葉に全員が押し黙る。

もし森林火災に発展すれば探索どころではない。

セシリア達の身も当然危ない。

「少なくとも迫りくるワイバーンの群れを南の砦に釘付けにし、他への被害を抑えなければ……」

飛竜の渡りの被害が他に拡大しないように。

「シローの不在が完全に裏目に出ましたね……」

カルツが小さく嘆息する。

だが、今回の事態を予見するのは難しかっただろう。

あまりに時期が早く、規模が大き過ぎる。

竜域観測拠点も破壊され、気付くのが遅れて準備する時間もなかった。

そういう意味ではシローの判断は正しかったと言える。

ここにカルツ達を残した事だ。

セシリア達の遭難というアクシデントはあったが、戦力として王都にカルツを残していた事は大きい。

「分かりました。ワイバーンは私が抑えます」

カルツはフェリックスを見返して頷いた。

ワイバーンの飛行速度を考えても、これ以上判断に迷っている時間はない。すぐにでも行動を起こさなければ。

「ありがとうございます」

深々と頭を下げるフェリックス。

カルツはエリス達に向き直って申し訳なさそうな笑みを浮かべた。

「申し訳ございません。そういう事で私はワイバーンを迎え撃ちます」

「いえ、こちらこそ、お気遣い感謝致します」

エリスとアイカが頭を下げる。

「代わりと言っては何ですが、王都は必ず死守します。皆さんはこの事を一刻も早くトマソンさんに伝えて下さい」

「はい……」

カルツはメイド達と視線を交わすと彼女達の傍にいたセレナとニーナの頭を撫でた。

「少し騒がしくなりますが、大丈夫です。あなた達の母上や弟君ともすぐに再会できますよ。大人達の言う事をよく聞いて、今自分に何ができるかを考えてみて下さい」

「「はい！」」

揃って返事をする姉妹の表情に力強さを感じたカルツは眩しいものを見るように目を細めた。

「後はよろしくお願いします」

フェリックス達にそう言い置いたカルツは魔法を発動して虚空へと消えた。

『いやー、ホント。一時はどうなるかと……』

「ほんとにな」

頭を掻きながら笑い声を上げる水の精霊をシュウが半眼で睨む。

滝を無事に下りたウィル達は急拵えの筏《いかだ》に揺られていた。

寄せ集めの材料で安定性を欠く為、精霊達の魔力に支えられているがなかなかの乗り心地である。

重量のあるオルクルは載せられないが、そのオルクルは気持ちよさそうに筏の横を泳いでいた。

「はー……」

ウィルが周辺を見回しながら感嘆の声を漏らす。

陽の光が高い木々の隙間から差し込んで所々を照らしている。

幻想的な風景にウィルの目は奪われた。

『樹と光が織り成す風景よ……綺麗でしょ？』

ウィルの視線の先に気付いた樹の精霊の少女がウィルに微笑みかける。

ウィルは精霊の少女と風景を交互に見た。

（たしか、らてぃおねーちゃんが……）

ふと山の上での事を思い出したウィルが真面目な顔をして精霊の少女に向き直る。

ウィルの様子を不思議に思った少女は笑みを浮かべたまま首を傾げた。

「きみのほうがきれーだよ！」

『ゴフッ!?』

いきなり爆弾を投下された精霊の少女の顔が見る見る朱に染まる。

その反応を不思議に思ったウィルが首を傾げた。

「……どうしたのー？」

『な、なんでもないわ……なんでも……』

あわあわしながら顔を隠してしまう樹の精霊。

ウィルが気になってその顔を覗き込もうとしていると、水の精霊の少女がニヤニヤしながら顔を出した。

『いいないいな、クララ！　私も言われたいなぁ』

『そ、そんなんじゃ……』

水の精霊の言葉に樹の精霊がモジモジする。

その表情には嬉しさと恥ずかしさが混在していた。

（よろこんでるー♪）

ウィルの目にもそれは明らかで、ウィルはラティの言っていた事が正しかったのだと学習した。

だから、その後の言葉も躊躇いがなかった。

「だいじょーぶ！　みずのせーれーさんもきれーだよ！」

『あ、あらあらあら……』

臆面もなく告げてくるウィルに今度は水の精霊の少女が赤面する。

「ふたりとも、とってもきれー！」

『『あぅぅ……』』

ウィルが大きく手を広げて嬉しそうな笑みを浮かべる。

それだけでも精霊の少女達はまいってしまった。

「やれやれ、何やってんだか……」

シュウが耳まで赤くして羞恥に耐える精霊の少女達を見て肩をすくめる。

「ウィルにデレデレするのは勝手だが、気は緩めないでくれよ？　ここはまだ危険なんだ」

「しゅうー、まだきけんー？」

ウィルがシュウに向き直ると彼は首を縦に振った。

「ああ、ウィル達を襲った魔獣の動向も気になる」

ウィルの魔法で橋から落下した魔獣が死んでいるとは限らない。

ウィル達のいる場所はまだ見通しが悪く、魔獣に見つかって狙われると大変危険だ。

「このまま何事もなきゃいいケド……」

そう呟かずにはいられないシュウである。

しかし、そんな判断をウィルができるはずもなく。

「せーれーさん、まかせて！」

ウィルは精霊の少女達に向き直って力強く言い放った。
「うぃるがせーれーさんたちをまもってあげる！」
『『は、はい……』』
謎の自信を披露するウィルに精霊の少女達が思わず頷く。
セシリアやレンはまだ目を覚まさない。シローとの約束もある。
ウィルはやる気満々だった。
（みんなみんな、たすけないと！）
しかし、そこは幼いウィル。何をすれば助けになるのかはよく分からない。
「しゅうー、うぃるなにしよっかー？」
「んー？　そうだなー、静かに周りを見といてくれると助かるかな？」
シュウにはウィルの魔法の凄さも幼さ故の危うさも分かっていた。
だから今は少し大人しくしておいて欲しいというのが本音だ。
なにせ加減を知らずに魔法を放って橋から牛車ごと落ちてきてしまう子である。
そんな魔法、この場で使われたら見つけて下さいと言っているようなものだ。
（しずかに……まわりを……？）
シュウの言葉を反芻したウィルが周りを見回す。
木々が生い茂り、どこから魔獣が現れるか分からない状態だ。
（あ、そうだ！）

ウィルは閃いて意識を集中し始めた。

そして魔力的な知覚を一気に広げる。

幻獣ブラウンの真似をした探知魔法である。

この魔法ならウィル達以外の動いているモノがあればすぐに感づける。

驚いたのは特に期待して発言したわけではないシュウだった。

「器用な事すんなぁ……」

シュウがウィルの魔法の概要を理解して、その再現力に思わず目を丸くする。

ウィルはそんなシュウに気付いた風もなく、意識を魔力の感覚に集中した。

そして、見つけた。

「しゅー！　うしろになんかいる！　みずのなか！　わるいの！」

「――――っ！」

ウィルの言葉にシュウが筏の後方へ回る。

同時に川の中心から気泡が現れ、次いで巨大な何かが飛び出してきた。

ブモォォォォッ！

川の底から姿を現したのはウィルと共に橋から落下した牛型の魔獣であった。

「あーっ！　こいつ、うぃるたちをおとしたやつだー！」

違う。ウィルが落とした魔獣である。

見当違いな憤慨を見せるウィルとは対象的にシュウは焦った声を上げた。

「やべぇ！　こんなところで暴れられたら他の魔獣が来ちまう！」

『みんな、逃げるわよ！』

すぐさま反応したのは水の精霊の少女であった。

かざしたその手で魔法を放ち、魔獣を水の鎖で絡めとる。

「もーもーさん！」

『任せて！』

悠々と筏の隣を泳いでいたオルクルが風の精霊により宙に浮かされる。

「よし、脱出！」

『『ガッテンだ！』』

シュウの合図で筏の両脇を支えた水の精霊が一気に速度を上げた。

「ひゃー！」

風を切って爆走を始める筏にウィルが喜声を上げる。

その声を残して筏は瞬く間に魔獣から離れていった。

◆

住処としている洞穴を出て体を伸ばす。

空は晴れ渡っており、日差しが少し鬱陶しいくらいだ。

深い森の中、この場所だけはくり抜かれたような広場になっている。

澄み切った魔素が広場と外界を隔て、自然の結界として外敵を阻む。それ故、この場を好む精霊も多い。

『ん……』

体をほぐし終えた私は広場をゆっくりと歩き始めた。

思い思いに過ごしていた精霊達に声をかけられ、返事をする。いつもの光景だ。

一通り広場を散策し終えると水を浴びに川へと向かう。

これもいつの頃からか、私の日課になっているものだ。

知り合いの水の精霊が勧めてきたのだが、案外気に入っている。

精霊の身で汚れたりはしないが気分の問題だ。

衣服を構成している魔素を解いて川へ入る。

程よい深さになったところで水に体を預けた。

時折、楽しげに泳ぐ水の精霊の子供達を見かけるのだが、今日はいないようだ。

しばらく川の流れを堪能していると上流から何かの気配を感じた。

(なんだ……?)

精霊のものとは違う。だが、邪気はない。

不思議な感覚だ。

段々と近付いてくるその気配が気になって岸へ上がる。

程なくして、その気配の持ち主は姿を現した。

どんぶらこ、どんぶらこ、と。

寄せ集めの木材で作った筏の先頭に小さな人間の男の子が立っていた。

よく見れば風の精霊や水の精霊、樹の精霊も一緒だ。しかし、周りの精霊達が警戒している様子はない。まるでお互い一緒にいるのが当たり前のように振る舞っている。

そんな男の子や精霊達の後ろには人間の大人が横たわっており、さらに筏の横を温厚そうな魔獣が気持ちよさそうに泳いでいた。

(なんだ、これは……？)

ある種、異様な光景に思わず呆けてしまう。目で得た情報を正しく理解しようとするが、できなかった。

しばらくその様子を眺めていると顔を上げた男の子が私の方を振り向いた。

基本、精霊は心を許さなければ人の目に見える事はない。その子供から私が見えないのが道理だった。

「おおーい！」

目を輝かせた男の子が見えないはずの私に向かってブンブンと手を振る。

まさか。そう思い、わたしは背後を振り向いた。誰もいない。

もう一度、子供の方に向き直るとその子はまだ私の方に手を振っていた。

(私なのか……？)

半信半疑で自分自身を指差すと、子供は一生懸命首を縦に振った。

「おおーい！」

男の子がまた私に手を振る。

『はぁ……？』

釣られた私は思わず、小さく手を振り返した。

それを喜んだのか、男の子が一層激しく手を振る。筏から落ちそうな勢いに慌てた精霊達が男の子をなだめた。

精霊達に誘導された筏が私の方に向かってくる。

「せーれーさん、こんにちは！」

『ああ、こんにちは……』

元気いっぱいに挨拶してくる男の子に釣られてつい返事をしてしまう。

それに気を良くしたのか、男の子は嬉しそうにお辞儀をした。

「うぃるは、うぃるべる・はやま・とるきすです！　さんさいです！」

男の子が顔を上げ、そして邪気のない笑みを溢す。

それが私——闇の精霊ライアと不思議な男の子ウィルの初めての出会いだった。

ウィルが接岸した筏から降りようと弾みをつける。

寄せ集めの材料を用いた筏は陸に上がればそこそこの高さがあった。

「せーの……」

腕を振って飛び降りようとしていたウィルがピタリと動きを止めた。

どうやら飛ぶには少し高かったらしい。

「ちょっとびみょー」

困り顔で振り向くウィルに精霊達が苦笑する。

『手を貸そう』

ライアはそう申し出るとウィルに手を差し出した。ウィルがその手に掴まって筏を降りる。

「ありがとーございます。えーっと……」

『ライアだ』

「ありがとー、らいあさん」

『ライアでいい』

礼をのべるウィルにライアはそう告げるとウィルはコクコク頷いた。

そんなウィルの頭を一撫でしたライアがシュウ達に向き直る。

『これはいったいどういう事だ？　誰か説明してくれ』

「ちょっと待って、ライア」

シュウがライアに応えて魔力を操る。セシリアとレンの体が風の魔力に包まれて浮き上がり、それを風の精霊達が岸へと誘導した。

「おまたせ」

作業を終えたシュウが筏から降りてライアを見上げる。

「ライア……？」

『しっ……』

川の上流の方に視線を向けたまま、ライアが人差し指を口の前で立てた。

『余計なモノまで連れて来たな』

ライアの目が細まる。視線の先の水面で気泡が上がり、巨躯の魔獣が飛び出してきた。

「結界の中まで⁉　なんで⁉」

『さぁな。滅多にない事だが、まったく無いわけでもない』

驚くシュウに対してライアが冷静な言葉を返す。

その横でウィルが頬をプクリと膨らませた。

「あいつ、まだおっかけてくるー！」

「ライア。アイツが山の上でウィル達を襲ったんだ」

『そうか……』

シュウの言葉にライアが短く応じる。

本来、シュウの言う山の上に魔獣は生息していない。

それだけでウィル達が異常な事態に巻き込まれたのだと想像ができた。

『詳しい話は後で聞こう』

ライアはそう告げるとウィル達を庇うように前へ出た。

興奮した魔獣が咆哮を上げ、岸へと迫る。

『招かれざる客よ、控えよ』

ライアが白い手を掲げると魔獣の周囲から何かが飛び出し、その体を拘束した。

「やみまほー！」

今度はウィルが興奮して目を輝かせる。

影から伸びた闇の魔力が魔獣を絡め取って離さない。巨躯の魔獣が一歩も動けなくなった。

ライアがそのまま魔力を込める。

『闇よ、断罪せよ』

拘束していた闇の魔力が鋭利な刃へと姿を変え、身動きの取れない魔獣に襲い掛かった。

次々と闇の刃に突き刺された魔獣が断末魔の声を上げ、川の中に崩れ落ちる。

「おつよい！」

ライアを見上げたウィルがパチパチと拍手した。

そんなウィルを見てライアが微かに笑みを浮かべる。

『そうか？』

「とーっても！」

大きく手を広げて凄さを伝えようとするウィルに周りの精霊からも笑みが溢れた。

「ライアは闇の上位精霊だ。とても強いんだぜ？」

「うぃるはかんしんしました！」

シュウの言葉にウィルがうんうんと頷いて、精霊達から笑い声が漏れる。

『さて……』

ウィルと精霊達のやり取りを見ていたライアが視線をセシリア達の方へ向けた。

『そのままにはしておけないな。歓迎しよう、ウィルベル』

「うぃるってよんでー、らいあ」

『分かった、ウィル』

愛称で呼ばれたウィルが嬉しそうな笑みを浮かべる。

そうしてライアに促されるまま移動しようとしたウィル達の横から声が上がった。

『なんですの、なんですの？　水の精霊達が騒がしいと思って来てみれば！』

声を上げた女性の精霊がライアの方をキッと睨む。

『またあなたですの、ライア⁉　こんな不細工な魔獣の死骸を川に放置しないで下さいまし！　川が汚れてしまいますわ！』

『まぁまぁ……』

騒ぎ立てる精霊の横に並んだもう一人の精霊が笑顔のまま騒ぐ精霊をなだめる。

その笑顔の精霊を見て表情を綻ばせたのはクララと呼ばれていた樹の精霊の少女だった。

『フルラ！』

『クララ、ここにいたのね。川に流されてしまったと聞いて心配していたのよ？』

フルラと呼ばれた精霊に抱き締められて、クララがその体に顔を埋める。

いきなり現れた精霊にウィルがポカンとしているとシュウがソッと耳打ちした。

「クララが抱き着いているのが樹の精霊のフルラ。その横でキーキー言ってるのが水の精霊のネル。どっちも上位精霊だ」

「ふるら……ねる……」

ウィルが反芻するように呟く。

するとネルと紹介された水の精霊が鋭い視線をウィル達の方へ向けた。

『聞こえていましてよ！　誰がお猿さんですって！』

「言ってねぇ！」

思わぬ言いがかりにシュウがわめく。

ウィルはというとネルの勢いにびっくりしてライアの後ろに隠れてしまった。

ヒョコ、っと顔を出したウィルとネルの視線が合う。

そんなウィルの様子に怖がらせてしまったと理解したネルが気まずそうな顔をした。

『それで？　なんで人間の子供がこんなところにいるんですの？』

後ろに隠れたウィルと視線を逸らすネルを見たライアが小さく嘆息する。

『それを今からねぐらで聞くところだ』

怯えたウィルを抱き上げて、ライアが歩き出す。

他の精霊達もその後に追従した。

渋々、ネルも歩き出す。

『その気絶した人間、ゴツゴツの岩場に寝かせる気ですの？』

『ちょうどフルラがいるだろう。草でも敷いてもらうさ』

『それは構わないけど……』

ライアとネルのやり取りに笑みを浮かべたフルラが後ろを振り返る。

『さっきの魔獣、もらっていいかしら？　後で御馳走したいから』

『げっ!?　正気ですの？』

『もちろん。アレ、人間は食べるのよ？』

『……理解できませんわ』

フルラの言葉にネルがげんなりした表情になる。

そのやり取りをウィルはライアに抱えられて不思議そうに眺めていた。

小さな崖にできた洞穴へ案内されたウィルはその中をキョロキョロと見回した。

精霊達から溢れる仄かな魔素が微かに中を照らしているのでウィルの目にも中の様子がよく分かった。

「なにもない……」

確かに何もなかった。

あるのは洞窟の壁と僅かばかり敷き詰められた草のみ。

「精霊の住処とはそんなものだ」

ウィルの呟きを聞いたライアが小さく笑う。

だが、その横でネルが不満げに眉をひそめた。

「あなたの住処には何も無さ過ぎですわ。偽りの情報を人の子に与えないで下さいまし」

「ふぇ？」

ウィルが疑問符を浮かべてネルを見る。

「はいはい、それくらいにしましょう。この方達を寝かさないといけないわ」

フルラが洞窟の奥まで進んで掌に魔力を込める。

柔らかな淡い緑色の光が洞窟の床に落ち、幻想的な草花を芽吹かせていく。

瞬く間に二人分の寝床が完成してウィルが目を見開いた。

精霊達が運び込んだセシリアとレンを寝かせる。

それを確認したライアがシュウに視線を向けた。

「それじゃあ、シュウ。何があったか説明してくれ。ウィルの事も詳しく」

「ああ」

シュウは頷くと静かに話し始めた。

ウィルが風の幻獣に認められ、自分達風の精霊や土の精霊の間で噂になっている事。

今日、山の上で人間が魔獣を使ってウィル達に襲いかかっていた事。

橋が崩れ、落ちてきたウィル達を保護して川へ降り、そこでクララ達と合流してこの場所を目指した事。

「ウィルが私の姿を見れたのも、その幻獣の力か……」

「れびーていうのー」

ウィルの横には話の途中で姿を現したレヴィが行儀よくお座りをしていた。

「レヴィ、な」

訂正する者が不在の為、代わりにシュウが訂正してやる。

「人間達の話じゃ、ウィルは目で魔力の流れを捉えられるらしいぜ？　俺達が姿を隠してても見えるのはその力か、幻獣の力か……俺には分かんねぇ」

「そんな人間、聞いた事もありませんわ」

シュウの言葉にネルが呆れたように嘆息する。

ライアは思うところがあるのか、黙ったまま考え込んでいた。

代わりにフルラがシュウに尋ねる。

「山に魔物が放たれたのも問題だけど……ウィルが襲われたのは、そのせい？」

「分かんねぇケド、違うんじゃねぇかな……ウィルの力は秘密にしてるらしいし……」

「その辺りは大人達が起きてから聞いてみるしかないな」

ライアが結論づけて視線をセシリア達に向ける。

草でできた寝床に花が一輪咲いている。どちらも淡く白い輝きを放っていた。

「命に別状はなさそうよ。ただ、奥の使用人は少し衰弱しているようだけど……」

ライアが尋ねる前にフルラが答える。

それを聞いてウィルがしょんぼりと肩を落とした。

「れん、うぃるたちをまもるためにどくに……」

「毒はクララが診てくれたから、大丈夫だと思うけど」

シュウが付け足すとフルラは笑みを浮かべた。

「大丈夫よ。クララが診たのなら間違いないと思うわ」

樹の上位精霊の太鼓判にシュウも胸を撫で下ろす。

「良かったな、ウィル」

「うん」

シュウに頭を撫でられたウィルがこくんと頷いた。

その様子を見たフルラが笑みを浮かべる。

「慣れない事続きで疲れたでしょう？　ウィル、飲み物を用意してあげるわね」

そう言うと、フルラはまた手に魔力を込め、木で小さなコップを作り出した。

続けて使用された魔法を見て、ウィルが目を見開く。

「おちゃまほー!?」

「………？」

予想外の反応にフルラを始め、精霊達がウィルを見る。

ウィルはガクガクと震え始めた。

自分がバークにした事を思い出したのだ。

「どうした、ウィル？」

ライアがウィルの顔を覗き込むとウィルは視線を泳がせながらもライアを見上げた。

「あれ、とってもにがいのー……」

「ああ、なるほど……」

ウィルの言葉に納得したフルラが小さく笑った。

「失敗したのね」

「しっぱいしましたー」

ウィルが昨日使ったお茶の魔法を説明するとフルラは少し驚いた顔をした。

「初めての魔法でちゃんと飲める物が出せるなんて凄いわ」

「そういうものなのか？」

「失敗していたらとても飲めたものじゃないわ。浄化もされないし」

不思議そうに尋ねるライアにフルラが嬉しそうに答える。

しっかり浄化されていた為、ウィルの魔法はほぼ成功していたと言えるようだ。味はともかく。

「ウィルの言うお茶魔法は結構難しいのよ？　付加される効果の選定に薬草の知識がいるし、決まった詠唱もないし……魔力の操作だけでも相当難易度高いのよ？」

上機嫌に説明するフルラ。

どうやら自分の属性を高いレベルで使いこなすウィルにご満悦だ。

笑顔のフルラからコップを受け取ったウィルが中に満たされた液体とフルラの顔を交互に見る。

「にがいー?」

「少し、ね。でも、味の調整はしてあるし、ウィルはとても気にいると思うわ」

自信有りげなフルラに後押しされて、ウィルは意を決してコップの液体を少し飲み込んだ。

我慢できないほどではなかったが、液体は確かな苦味をウィルの舌に伝えてきた。

「……にがいー」

渋い顔をするウィル。

だが、それも次の瞬間には驚きに変わっていた。

「まそが……」

ウィルの周りを巡っていた魔素が目に見えてウィルに吸収され始める。

「今飲んだお茶は魔力の回復を早めるのよ」

「おー……」

フルラに説明されたウィルが自分の体を確認するように見回す。

少しすると魔素の吸収量が元に戻った。

「魔法のお茶の効果時間は短いわ。しっかり癒やす為には魔法ではなく正しい薬草を調合して飲まなければいけない事も覚えておいてね?」

「あい……」

ウィルが頷いて、もう一度お茶を飲み、また渋い顔をする。

「にがいー」

「苦かったら飲まなければよろしいのですわ」

繰り返し渋い顔をするウィルにネルがそう言うとウィルは笑顔でネルを見上げた。

「えへへー」

「なんですの？」

「まそがね、すーって」

自分の中に吸収される魔素を表現したのか、身を小さくするウィル。

「それにおちゃまほー、おぼえたもん」

「あらあら」

ウィルの自信に今度はフルラが口に手を当てて笑った。

「そんな簡単に魔法を覚えられるのなら、誰も苦労しませんわ」

ネルが呆れ顔で肩をすくめる。

それを見たウィルが小さく頬を膨らませた。

「ほんとだもん！　らいあのやみまほーもおぼえたもん」

「だったら、私もすんごいのを見せて差し上げますわ。真似できまして？」

ネルからすれば、それはできると言い張るウィルに当てつけるような軽い気持ちであった。

できるものならやってみなさい、と。

しかし、ネルの言葉を聞いたウィルは一転して目を輝かせ始めた。

「ほんと!?　ねるのすごいの、みせてくれるの!?」

「えっ？　ええ……」

ネルがしがみつくような勢いのウィルに気圧されてコクコク頷く。

それを見たウィルが表情を綻ばせた。

「みたい！　ねるのすごいの！」

「そ、そこまで言われましては……悪い気はしませんわ」

照れたように視線を逸らすネル。

どうやらおだてられるのに弱いようだ。

「分かりましたわ！　でしたらとっておきの魔法を見せて差し上げましょう！　真似をできるものならなさりなさい、ウィル！」

「あい！」

ネルがその場で立ち上がり、ウィルが元気よく手を上げて応える。

「おいおい……」

自分の寝床で盛り上がるウィル達にライアは呆れたような表情を浮かべ、フルラとシュウも苦笑いを浮かべた。

「つどえきのせーみずのせー、たいじゅのあさつゆ、なんじのりんじんをいやせせいめいのしずく」

手をお椀のような形で上向けたウィルが目の前のフルラとネルに手を差し出した。

詠唱が意味を成し、発動した魔法がウィルの掌に少量の水を生み出す。

その様子を見ていたフルラとネルは徐々に対照的な表情へ変わっていた。

歓喜のフルラと絶望のネル。

そんな二人にウィルがニコリと笑みを浮かべる。

「できましたー♪」

『ちょっと失礼……』

少し前へ出たフルラが長い髪をかき上げて、ウィルの手の中の水に口をつけた。

緊張した面持ちで見守るウィルに魔法の効果を確認したフルラが顔を上げて微笑む。

『合格。素晴らしいわ、ウィル』

『あああああ……』

やったー、と喜びに手を上げるウィルの横でネルがガックリと項垂れる。水の上位精霊、完全敗北の図である。

「これで、おてておるかなー？」

ウィルから回復魔法へのこだわりを聞いていたフルラが困ったような笑みを浮かべた。

『その魔法では無理ね。やっぱり世界樹の恩恵を受けた樹の精霊に再生魔法を教わらないと……』

「そっかー」

『でも、その魔法は大怪我をした人をあっという間に治すことができるわ。消費する魔力も大きいけれど、きっとウィルの事を助けてくれるはずよ』

「うん」

少し肩を落としたウィルだったが、新しい魔法を習得した喜びが勝ったのか、再び笑みを浮かべる。

それを少し離れて見ていたシュウは視線をネルへと向けた。

「だから言ったろ？　ウィルには魔力の流れが目に見えてんだ、って……」

『有り得ません、有り得ませんわ……』

うわ言のように呟くネルをライアが静かに見つめる。

（確かに有り得ない……）

ライアもまたネルと同じ気持ちでいた。だが、その理由は別だ。

（ウィルが魔力を目で見て捉えている事は疑いようのない事実だろうが……）

シュウの言葉には一定の理解を示せる。

見ただけで魔法を再現可能にする方法はそう多くない。

問題はその手段である。

（ウィルは魔力を手足のように使っている……我々、精霊と同じように）

本来、人間種というのは魔力を知覚する訓練を得てようやく魔法を使えるようになる。

だが、ウィルはその過程を飛ばしているように見える。

まるで生まれた時から魔力を扱う力を有しているかのようだ。

その証拠に、ウィルは初見の魔法を無詠唱で発動する事がある。

無詠唱は魔力を正しく操作しなければ発動しないのだが、詠唱の補助を体験した事のない状況で成功させるのはとてつもなく難易度が高い。

ウィルの再現レベルは異常なのだ。

（この事をウィルの身内に話しておくべきなのかどうか……）

ライアが未だ眠ったままのセシリアとレンに視線を向ける。

人間の社会に疎いライアではその判断を正しく行う事が難しかった。

（どちらにしろ、二人が起きてからだな）

セシリア達に話を聞いてから判断しても遅くはないと結論づけたライアの横にウィルが歩み寄る。

「らいあ、みてた？」

『ああ、凄かったぞ。ウィル』

覗き込んでくるウィルの頭をライアが優しく撫でる。

ウィルはご満悦な様子でライアに身を任せた。

ウィルの視線がふとセシリア達の方へ向く。

「かーさまたち、まだおきないね……」

『そうだな。だが、大丈夫だ。私もフルラも見ている。安心していい』

「うん」

ウィルは少し心配そうな表情をしていたが、ライアたちへの信頼は厚く、コクリと頷いてみせた。

その様子に頷き返したライアが視線を洞穴の外へと向ける。

『ウィル、せっかくだ。気分転換に広場を見てきてはどうだ？』

「おそとー？」

『そうだ。ネルとシュウを連れて一緒に見ておいで』

『ちょっ!? 何勝手に決めてるんですの!?』

打ちひしがれた状態から立ち直ったネルが顔を上げる。

その顔を見返してライアが目を細めた。

『こんな小さな人間種の子供を世界最高峰の回復術師に仕立て上げた責任は誰が取るんだ、ネル?』

『ううう……いつもと立場が逆ですわ』

観念したようにノロリとネルが立ち上がる。

ウィルが先程詠唱した魔法は樹の回復魔法と水の回復魔法を同時に発動した相乗魔法だ。

同種の魔法を同時に発動する事でその効果を何倍にも高める事ができる。

ここまでウィルに見せる必要はなかったのだが、単体の水魔法をモノにされてしまったネルの願いでフルラが協力したのだ。

結果は見ての通りである。

「ねる、いっしょにおそといってくれるのー?」

傍に来たネルを見上げてウィルの表情が華やいだ。

そんなウィルの反応に観念したネルが手を伸ばす。

『えーえー、どこへでも一緒に行って差し上げましてよ?』

「えへー♪」

嬉しそうにネルの手を取るウィル。

「しゅうも、はやくー」

「分かった分かった」

ウィルがパタパタ手招きすると笑みを浮かべたシュウがウィルの手を取った。

三人が並んで歩き出す。その後ろをついて歩くようにレヴィが追いかけた。

ウィル達が洞穴を出ていくのを見送って、フルラが笑みを浮かべる。

『ウィル、ホントに凄い子ね……』

『そうだな』

『何か気にかかる事でも？』

『ん……』

フルラに見透かされてライアが言葉を濁す。

だが、フルラは無理に追求してこなかった。

『気が向いたら話してね』

『分かった』

ライアの返事を聞いたフルラが笑みを深めて立ち上がる。

『いつまでも川に魔獣を放置しておくわけにもいかないから回収してくるわね』

『ああ……』

ウィル達の後を追うように洞穴を出ていくフルラを見送って、ライアはまた黙々と思考を巡らせた。

「すごーい♪」

小高い場所にある洞穴の前から一望したウィルは日に照らされた広場に歓声を上げた。

『さぁ、降りますわよ』

ネルがウィルの手を引いて歩き出す。

広場にいた精霊達は興味深そうにウィルの事を眺めていた。

その中に見知った顔を見つけてウィルが立ち止まる。

ウィルと一緒に川を流れてきた精霊達だ。クララの姿もある。

「あれー？」

『なんか様子が変ですわね』

精霊達が集まって、何やら言い争いをしているように見えた。

「行ってみようぜ」

シュウに促されてウィルが歩き出す。

クララ達と向かい合っているのはどうやら風の精霊達のようだが、ウィルはその顔に見覚えがなかった。

「なんだ。ボレノか」

「かぜのせーれーさん？」

ウィルがシュウを見上げる。

シュウの冴えない表情から察するに、あまり仲のいい精霊ではないようだ。

ウィル達が近付くとボレノと居並んだ精霊が声を荒らげているところだった。

『なんで人間なんか連れてきたんだよ！』

『『そうだそうだ！』』

『しょうがないでしょ！　ウィル達、困ってたんだから！』

ボレノと真っ向から対峙しているのは水の精霊の少女でその影にクララが隠れるように立っている。

周りの精霊達も何事かと遠巻きに様子を窺っていた。

ネルはため息をつくと、様子を窺っていた精霊達の中でも一人で佇んでいた精霊に話しかけた。

『何の騒ぎですの、マーク？』

『一部の精霊が人間を招き入れた事に反発してるんだよ』

マークと呼ばれた火の精霊が赤い髪を揺らして向き直り、ウィルを見下ろす。

なんとなく自分達が責められてると気付いたウィルがしょんぼりしてネルを見上げた。

「ねるー、うぃるたち、きちゃだめだった……？」

『そんな事、ありませんわ。ウィル達は精霊に誘われてこの地に辿り着いたのです。ですからそんな顔、なさらないで下さいまし』

「うん……」

『騒いでいるのはいつもの連中さ。気にする事ないよ』

マークの言葉には自分に言い聞かせるようなニュアンスも含まれている。

火属性の精霊であるマークは森においては滅多に現れない存在だ。そんな精霊に対してはぐれ者扱いする精霊もいる。

そんな連中から見ればウィルもマークも似た者同士だ。

尚も横柄な態度で水の精霊と言い争いを続ける風の精霊ボレノ。

堪りかねてウィルと一緒に川を下った風の精霊達が口々に抗議した。

『ウィルはアーシャのお気に入りなんだよ！』

『そうだそうだ！　アーシャに言いつけてやるー！』

『ふ、ふんっ！』

若干旗色を悪くしたボレノがそっぽを向く。

それを見たシュウが思わず噴き出した。

「ブフッ！　ボレノも惚れてるアーシャには告げ口されたくないよな」

「あーしゃ、だれー？」

不思議そうに見上げてくるウィルにシュウが「悪い悪い」と笑みをこぼした。

「アーシャはアジャンタの愛称だ」

「あじゃんたー？」

納得したウィルを見て、ネルが驚きの表情を浮かべる。

こんな幼いウィルにもう真名を告げてしまった精霊がいるのか、と。

ボレノがそんなやり取りをしていたウィル達の存在に気付いて口の端を歪めた。

わざとらしく声を大にして言い放つ。

「アーシャもバカだよなっ！　あんな人間に肩入れするなんて！」

横柄な態度でウィルを見下すボレノに、ウィルと関わりのある精霊達が眉根を寄せる。

ウィルに肩入れしているのは、何もアジャンタだけではない。

あからさまな敵意を向けられたウィルの手に力が篭もる。

手を繋いでいたシュウとネルがその事にすぐ気付いてウィルに視線を向けた。

先程歓迎されてない雰囲気に落ち込んでいたのだ。シュウ達が心配するのも無理はない。だが――

『ウィル……？』

ネルはウィルの表情に僅かばかり戸惑った。

頬をプクリと膨らませ、眉を釣り上げていたからだ。

あからさまな怒りを顕わにしたウィルがシュウとネルの手を振り切る。そのままボレノに向かって駆け出した。

『なんだよ？』

宙に浮いたまま、ウィルを見下ろすボレノ。

ウィルは両足を広げ、肩を怒らせてボレノを睨みつけた。

「あじゃんたをばかにするな！」

『『『…………？』』』

精霊達の間に妙な沈黙が訪れる。

ボレノでさえ、ウィルの言葉の意味が分からなかった。

『おまえ、何を言ってるんだ？』

「あじゃんた、ばかじゃないもん！　うぃるのたいせつなおともだちだもん！」

ボレノがフンフンと鼻息を荒らげるウィルを見て呆気にとられる。

確かにアジャンタを引き合いには出したが、馬鹿にしたのはウィルの事である。アジャンタを見下したわけではない。

しかし、その辺りのニュアンスが幼いウィルにはまったく伝わっていなかった。

ウィルは言葉通り、アジャンタが馬鹿にされたと思って怒ったのだ。

さらにボレノを混乱させたのはウィルがアジャンタの真名を発した事だった。

『おまえ、なんでアーシャの真名を……』

「だいすきなおともだちだからだぃっ！　うぃる、せーれーおーになるんだもん！」

『なっ……!?』

ボレノは絶句した。

周りの精霊達も今までの雰囲気を忘れたように色めき立つ。

ウィルの発言の意味が分からない精霊はこの場にいなかった。

『えーっ!?　何それ!?』

『マジマジマジッ!?』

『ウソォーッ!?』

突然の話題に興奮した精霊達が声を上げ、騒ぎが波及していく。その様子にウィルの肩を持つ精霊達が便乗した。

『ホントだよー！　アーシャ、ウィルの事が大のお気に入りなんだよー！』

『アジャンタの他に土の精霊のシャークティも真名を教えたんだからー！』

やんややんや。

騒然となる精霊達の中でウィルは変わらずボレノを見上げていた。

精霊達の興味がウィルに向いた事で孤立する形となったボレノが歯噛みする。

『認めない、認めないぞ！　空も飛べない人間のくせに！』

「おそらをとべたら、あじゃんたにあやまってくれるの！」

『だから！　お前はさっきから何を言ってるんだよ！』

「よーし、わかったー！」

なんにも分かってない。

噛み合わない買い言葉を一方的に発したウィルはやる気を漲らせて走り去っていた。

『いや、待てって！』

置き去りにされたボレノが思わず手を伸ばす。が、それでウィルが戻ってくるわけでもなく。

その場には呆然としたままのボレノだけが残った。

(なんなんですの？)

おかしな話の流れにネルが呆れていると、その両隣にいたシュウとマークが体を震わせ始めた。

「み、見た？　ボレノのマヌケ面……！」

『見た、僕も……!』

「くっくっ!　さすがウィル!」

『ボレノ、いつも威張ってるから、いい気味……ふふ』

噴き出しそうになるのを必死に耐える子供達に、ネルは「やれやれですわ」とため息混じりに呟いてウィルの後を追いかけた。

◆

一方、その頃トルキス邸の使用人達はエリスとアイカによってもたらされた報せに暗く沈んでいた。

「……起きてしまった事は仕方ありません。精霊様がお側にいるのであれば、まだ手遅れではない筈です」

「「はい……」」

使用人達を束ねる者として素早く切り替えるトマソン。

その前でエリスとアイカが深く頭を下げる。

「顔を上げなさい。今はそんな事よりもやらなければならない事があります」

トマソンの口調は厳し目だが、それが怒りから来るものでない事は全員が理解していた。

ウィル達の遭難と同時に飛竜の渡りが観測されている。

それも今までにない規模で。

飛竜の渡りの脅威が森にまで及び、火に巻かれるような事があれば如何に精霊が一緒にいるとあっても無事では済まない。

ウィル達の救出は急務。

しかし、誰の助けを借りる事もできない。

今、この場にいる者達で行わなければならない。

「フェリックス様になんとか足の都合をつけてもらったとして、一日。そこから休みなく森を突き進んだとしても、すぐにセシリア様達が見つかるとも限らんし……」

広げられた地図を指で示していたジョンが顎に手を当てた。

当然人間は疲労する。休まず行動し続けるのは無理があった。

「そこは俺がなんとかしますよ……」

そう応えたのはエジルだ。

斥候が得意な彼は森での探索任務も熟知している。

土の幻獣ブラウンとも契約しているエジルの探知能力はこの中でも群を抜いていた。

「うむぅ……」

トマソンが地図に視線を落として唸る。

如何にエジルが優秀とはいえ、この広い森を休みなく先導し続けるのは負担が大きい。

ただでさえ強行軍なのだ。

探索効率も下がると判断して間違いない。

それ以外にも問題はある。

出発するタイミングは計れるとしても、帰還するタイミングは計れない。

飛竜の渡りは今後だんだんと数を増していく可能性が高い。

そうなれば飛竜の大群に飛び込む事になる。それはトマソン達が実力者であったとしても無謀だ。

「王都も絶対に安全とは言えません。何名かはセレナ様、ニーナ様と残ってもらう必要があります。その上で、最適な人員を導入しなければ……」

悩んでいられる時間はそう長くない。

頭を悩ませるトマソンの横でジョンがスッと手を上げた。

「属性的に俺とアイカは留守番だ」

「……はい」

無念そうに頷くアイカ。火属性を得意としているジョンとアイカは森での活動が不向きなのだ。

トマソンもその事を理解しているので黙って頷いた。

と、その時である。

何者かがリビングから覗く庭にふわりと舞い降りた。

ゆったりとした帯のような衣服を身に纏った魅惑的な印象を受ける女性だ。

女性は屋内に向き直ると開け放たれた窓を通って室内へ入ってきた。

「精霊様……？」

セレナが精霊特有の光を見てポツリと呟くと女性は柔らかな笑みを浮かべた。

『こんにちは、お嬢さん。申し訳ないのだけれど、うちの旦那様はご在宅かしら？』

「えっ……？」

言葉の意味が分からず、目を瞬かせるセレナ。

使用人達も顔を見合わせる中、代わりに応えたのはセレナとニーナから溢れた緑光だった。

「きゃっ、フロウ⁉」

「ボルグ、だめよ！」

飛び出した風狼の子供達が女性の周りをはしゃぎ回る。

『あら、あなた達。だめよ、お行儀よくしなくちゃ』

興奮する子狼達をなだめながら、女性がふと気付いたように顔を上げた。

『一匹足りないわね。どうしたの？』

女性の質問に答えるように子狼達がクンクン唸る。

その様子に勘を働かせたマイナが口に手を当てた。

「ひょっとして……」

「こんにちはー♪」

マイナの言葉を遮るように、見慣れた少女が庭から飛び込んでくる。急な登場にニーナが思わず呟いた。

「あ、アジャンタ様……」

『なーに、アーシャ。あなた、他の人間にも真名を教えているの？』

呆れたような女性の声にアジャンタが照れ笑いを浮かべる。それからその場に目当ての男の子がいない事に気が付いた。

「あれ？　ウィルは……？」

「ようこそお出で下さいました、精霊様。私、当家の執事を務めさせて頂いておりますトマソンと申します。当家は只今、火急の事態に見舞われておりまして……」

丁寧な礼をするトマソンに女性とアジャンタが顔を見合わせる。

そんな精霊達にトマソンは事の次第を話し始めた。

シロー不在の中、山道で襲撃されて谷底へと転落したウィル達。

時を同じくして王都が予期せぬ飛竜の渡りに見舞われている事。

呆れたようにため息をつく精霊の横でアジャンタの顔色がみるみる悪くなっていく。

『道理で風が騒がしいと思ったら……』

「急いでウィルを助けなきゃ！　私が！」

『はい待った』

慌てて飛び去ろうとするアジャンタの襟を女性の精霊が掴まえる。

首を絞められる形になったアジャンタの口から「ぐえっ!?」と苦しげな声が漏れた。

精霊が嘆息してアジャンタを足元に留める。

『落ち着きなさい。あなたの友人が一緒なんでしょ？　だったらしばらくは大丈夫よ』

「だってぇ、ウィルがケガしてたら……」

泣きそうな顔をするアジャンタの頭を精霊がポンポンと撫でた。

『大丈夫だってば。その子に託した子供からも反応ないし――』

「申し訳ございません、精霊様。その託した子供とは……それに、先程の旦那様とはどなたの事でございましょうか？」

代表するようにトマソンが尋ねると女性の精霊は気が付いたように顔を上げた。

『失礼したわ、ごめんなさいね。私は風の上位精霊、アロー。魔刀、風の一片の妻にしてこの家の子供達に託した風狼達の母親よ』

「「……………はっ？」」

アローの名乗りに全員が目を点にする。目の前の精霊はどう見ても人と同じ姿をしており、手元であやす子狼達の母親のようには見えなかったからだ。

『私も子を成したのは初めてだったケド、この子達は旦那様に似たようね』

似たとかいうレベルではない。まんま狼である。

人の姿の者から狼が生まれるなんて事は人からすれば常識外だ。

当然、精霊であるアローには人の常識など当てはまりはしなかったが。

『私達家族は遠く離れていなければお互いの安否くらい感じ取れる。私や子狼達が危機感を感じ取っていないって事は、まぁそういう事よ』

「なるほど」

いち早く気を取り直したトマソンがアローの言葉に理解を示す。

彼女がそう言うのであればおそらく問題ないのだろう。

「それは、どの辺りにお子様がいらっしゃるかもお分かりになられるのですか？」

『分かるわよ？　そうねぇ……このくらいの感覚ならちょうど山向こうの川沿いかしら』

アローの言葉に地図を見直したトマソンが場所を確認する。

アローも地図を覗き込んで指差してくれた。

『この辺ね』

「あ、ここ……精霊の庭じゃない？」

横から覗き込んだアジャンタの言葉にアローが頷く。

『賢明な判断ね。ここなら魔獣から身を隠すにはうってつけだわ。ライアかフルラなら追い出すような真似はしないでしょう。ネルは……どうでもいいわ』

アローの言葉にアジャンタが思わず苦笑する。

仲が悪いわけではないが、アローとネルは性格的に少し合わないところがあるのだ。

そんな事とは知らず、使用人達が疑問符を浮かべる。

『とりあえず、大丈夫だから。そうね……アジャンタは先行してライアに話をつけてあげなさい』

「はい！」

力強く頷くアジャンタ。

アローは髪を掻き上げると小さく唸った。

『私は、そうねぇ……ここで待たせてもらうのもアレだし。ひとっ飛びして一片達に伝言してあげるわ』

「それは……そうして頂けると有り難いのですが、危険ではございませんか？」

フィルファリア上空には既に相当数のワイバーンが飛翔している筈だ。

その事を心配するトマソンにアローは流し目で笑みを浮かべた。

『ありがとう、執事さん。優しいのね。でも、大丈夫よ。風の上位精霊の飛翔について来れる飛びトカゲなんていないわ』

「左様でございましたか……」

アローの見惚れる程の美しさに誰もが目を奪われる中、トマソンは気負う事なく姿勢を正して一礼した。

「それでは、お願い致します」

彼女の言葉を信じるなら任せても危険はないだろう。

『了解♪』

自信に満ちた表情で頷いたアローは急かすアジャンタを伴って、来た時同様に庭から空へと飛び立っていった。

精霊達を見送ったトマソン達が再び向かい合う。

精霊達の登場があったからか、先程のような重苦しい空気は微塵もない。

「一先ずの安全は確保されたと考えてもいいでしょうが、我々が動かなければセシリア様達を救えない事に変わりはありません。何か案があれば、挙手を」

トマソンが静かに告げて使用人達を見回す。

すると、ルーシェがおずおずと手を上げた。

「あ、あの……」

「どうぞ」

トマソンに促されて発言の機会を得たルーシェが地図の一箇所を指し示す。

「救出した後の事なんですけど……ルイベ村に避難するというのはどうでしょうか？」

「ルイベ村……？」

トマソンが視線を地図に向ける。

王都レティスから伸びる道を辿ると宿場町として栄えた大きめの街がある。

その中ほどに二股に分かれる分岐点があり、宿場町への道を外れると小さなルイベ村があった。

ルーシェの故郷である。

「決してきれいな村ではありませんが、飛竜の渡りから逃れるなら好都合かと……」

無理に目立つ場所へ帰還するより森の近くの小さな村を目指す方が目をつけられにくい。一理ある話だ。悪くない。

「それと……」

加えてルーシェは地図上のルイベ村から街道まで斜めに指を走らせた。

指は街道をなぞらず、森を突っ切って街道に出た。

まるで森の端の一部を切り取るように。

「この辺りに村の者しか知らない抜け道があります。馬車は通れませんが騎乗獣で抜けるには十分な広さがあります」

「なんと……」

国に長く仕えていたトマソンでさえ知らない抜け道であった。

そしてその抜け道はウィル達を救出する為の突入ポイントからそれほど離れていない位置にある。

顔を上げたトマソンが顎髭を撫でながら唸る。

「しかし、ルーシェしか知らないとなると飛竜の飛び回る街道を一緒についてくる事になります。それはあまりに危険です……」

確かに、と誰もが頷く。

ルーシェはまだトルキス家で訓練を始めたばかりで大した腕前を持っていない。

戦闘に関して言えば明らかにお荷物だ。

言葉無く項垂れるルーシェの視界に見上げてくるセレナとニーナの顔が映った。

取り残された母と弟を案じる姉妹の顔が。

その顔を見たルーシェが強く奥歯を噛んだ。

(また逃げようとしている……)

確かに自分は弱い。戦闘では足手まといだろう。

だがしかし、今は弱くとも、たった一つ自分のスキルを活かして役立てる事があるではないか。

それを言わずに沈黙するのは逃げているのと同じだ。

ルーシェは意を決すると顔を上げ、トマソンを見返した。

「確かに僕は弱いです。戦闘ではなんの役にも立ちません。でも森の中でなら少しは役に立つはずです」

思わぬ反論にトマソンが少し厳し目の表情でルーシェを見下ろす。

ルーシェを雇う際、トマソンはレンからルーシェの素性と能力を聞いていた。森で魔獣を狩猟していた、と。

もし森で斥候をこなせるのであれば、エジルのサポートとして時間の短縮が見込める。

「エジル」

ジョンがエジルに声をかける。

全員の視線が集まる中、エジルが真剣な顔をしてルーシェにハンドサインを送る。

それを受けたルーシェがハンドサインを返すとエジルを始め、意味を理解した者達が思わず頬を緩めた。

（いつ感じてもいいモノです。若者の気概というのは……）

トマソンも微かに頬を緩めると、それを悟られないように凛とした声を発した。

「救出に行く者と街に残る者を分けます。救出に向かう者は解散後、即準備を。残る者は可能な限りバックアップを」

「「「はいっ！」」」

一斉に背を正す使用人達。

飛竜の渡り第一波の沈黙後、彼らは選抜した少数でウィル達の救出に向かうのだった。

◆

「ん!」

ウィルが杖を振って魔法を発動させる。広がった風の魔力がウィルの周囲を包み込んだ。

それを確認したウィルは少し高い石の上から飛び降りた。

「とー!」

気合とは裏腹に、ウィルの体はゆっくりと地面に降りていく。

それをマークと並んで見守っていたネルがため息をついた。

『ウィル、その魔法では空は飛べませんわ』

ウィルが繰り返しているのは風の精霊に教えてもらった降下速度を下げる魔法だ。範囲内にある物質に干渉して緩やかに降りるこの魔法には浮力はなく、ウィル自身を持ち上げる事はできない。

ムキになったウィルはシュウに石の上へ運んでもらい、先程から同じ事を繰り返していた。それを遠巻きに見守っている精霊達もいる。

『シュウも分かってるんでしょ? その魔法じゃ無理だって……』

「んー?」

マークが呆れたような表情で腰に手を当てる。

だが、シュウはあまり気にしてないような曖昧な返事をした。

そもそも、人のみの力で空を飛ぶ魔法はない。

精霊の中でも空を自由に飛べるのは風の精霊と空の精霊。人が空を飛ぶ為にはこれらの精霊と契約しなければならない。空を飛ぶ魔法は精霊魔法なのである。

(ふわふわはできるの……うえにはいけないのかなぁ……)

シュウに運んでもらいながらウィルは表情を曇らせた。

自分が飛べなければアジャンタが馬鹿にされたままである。それはウィルの勘違いなのであるが、その事に気づいていないウィルは悲しい気持ちになった。

そしてもう一度自分を奮い立たせる。

(だめ！　あじゃんたはばかじゃないもん！)

それを証明する為にはウィルが空を飛んでみせるしかない。

何度でも何度でもチャレンジだ。

(このままほうでうえにいけないんだったら……)

ウィルは考えた。だったらどうするか。上に行けないのであれば他の魔法で上に進めばいいと。

「よし！」

ウィルが気合を入れて魔法を発動させる。ここまでは先程と同じだ。

ウィルは飛び降りる前に違う魔法を詠唱した。

「きたれかぜのせーれーさん、ぼーふーのちょくそー、わがてきをつらぬけかぜのこーじん！」

ウィルの掲げた杖に風の魔力が集まる。

「とー！」

ウィルは飛び降りると同時に地面へ向けて暴風の直槍を放った。緑光が地面に突き刺さり、更には
ウィルを押し上げて――

「あ～～～！」

『『きゃあああぁ⁉』』

ウィルの体は空へとすっ飛んで行った。

「あはははははは！」

シュウがお腹を抱えて笑い転げる。

『笑い事ではありませんわ！』

『そうだよ！　あんな高さから落ちたら……』

慌てるネルとマークにシュウは荒く息をつきながら目尻の涙を拭った。

「降下速度減少の魔法使ってるんだから大丈夫だろ」

シュウの言う通り、上昇を終えたウィルはゆっくりと下降を始めていた。

（あーあ、またしっぱいしちゃった……）

名案だと思ったのに。暴風の直槍では思い通りに、とはいかないらしい。

（せーれーさんみたいにかぜをうごかせたらなぁ……）

風の精霊達は魔力で風を操りながら、自ら風の一部と化して空を飛んでいるのである。さすがの

ウィルでも精霊そのものを真似る事はできない。

ウィルがうんうん唸っているとウィルの体から緑光が溢れ、レヴィが姿を現した。

ウィルの発動した降下速度減少の魔法を受けたレヴィがウィルと並んで降下し始める。

「どうしたの、れびー？」

鼻先を向けてくるレヴィにウィルが首を傾げる。

どうやら魔法で上手く成果をあげられないウィルを心配して顔を出したようだ。

「しんぱい～？」

ウィルがレヴィを抱き寄せる。

レヴィはウィルに擦り寄ると顔を上げた。それから体を強張らせる。

「なに～？」

フルフルと腕の中で震えるレヴィにウィルは首を傾げた。

レヴィの体から弱い風の魔力が溢れ出して降下するウィル達を支えようと動き出す。

「かぜ……」

下からそよそよと風が吹いてくる。

ウィルはその魔力に気を取られていて、横から飛来する者に気付くのが遅れた。

「ウィルー！」

ウィルが顔を上げるとアジャンタがウィルを目掛けて飛んでくるところだった。

「あじゃんたー」

「大丈夫、ウィル？　なんで浮かんでるの？」

「えーっと……」

矢継ぎ早に聞かれたウィルが困ったように下を見た。

アジャンタがその視線を追うと心配そうに見上げるネル達や可笑しそうに笑っているシュウの姿が見えた。

「まぁいいわ。シュウ達の所に戻りましょう」

「あい」

コクコク頷くウィルの手を取ったアジャンタがウィルを地上へと導いていく。

「おかえり」

「ただいまー」

ウィルが出迎えるシュウに元気よく応える。

その横からアジャンタがシュウの肩に手を置いた。

「アーシャもおかえり」

「ウィルのお家で事情を聞いて、急いで戻ってきたのよ」

心なしかアジャンタの手に力が篭もる。

だが、シュウの表情は余裕に満ち溢れていた。楽しんでいる節まである。アジャンタの表情が不機嫌であってもそれは変わらない。

シュウにはアジャンタから次に出てくるであろうセリフが予想できていた。

「それで、なんでウィルが精霊の助けなしに空を漂ってたの？　危ないじゃない！」

予想と違わぬアジャンタの言葉にシュウはニヤリと笑ってから彼女にソッと耳打ちした。

話を聞いたアジャンタが目を見開いて頬を朱に染め、それからまた不機嫌そうに眉を寄せる。

視線を少し離れたボレノに向けるとボレノはすくみ上がってアジャンタから目を逸らした。

「……まぁ、いいわ」

普段なら決して許しておかないところだが、今は非常時だ。ライア達上位精霊に報告しておかなければいけない事もある。

その前に、ウィルだ。ウィルの家の使用人達はウィル達が崖から転落したと言っていた。

アジャンタが心配そうにウィルの顔を覗き込む。

「ウィル、怪我してない？」

「うぃるはへーきー」

「お母様達は？」

「らいあたちのとこでねてるのー」

「そう……」

一先ずウィルの体調に安堵したアジャンタはネルに視線を向けた。

「大丈夫ですわ。気を失っているだけでしたから」

アジャンタの聞きたかったであろう事をネルが端的に告げる。

アジャンタは頷いてからウィルに向き直った。

「ウィル、お母様達の様子を見に行きましょう」

「やっ」

ウィルがぷい、っと横を向く。

「うぃるががんばんないとあじゃんたがばかっていわれちゃう……」

「ウィル……」

アジャンタは困ったような笑みを浮かべた。

ウィルの気持ちが勘違いから来るものであったとしても正直嬉しい。

だが、空を飛ぶ事が小さなウィルにはどれほど危険か、アジャンタには分かっていた。

「ウィル、人の身で空を飛ぶのは危険なの。私達精霊の力が必要なのよ」

「でもね、でもね！」

なかなか引き下がらないウィル。ウィルは自分の腕の中のレヴィを掲げた。

「れびーがふーふーってしたの」

「ふーふー？」

レヴィが力を込めて先ほどと同じように風を操る。そよぐような風が精霊達の間を吹き抜けた。

『珍しいですわね。肉食の姿をした幻獣は自身を強化させる魔法に目覚める事が多いですのに……』

ネルがレヴィの頭を撫でる。

レヴィの起こす風は攻撃に使えるものでも何かを強化するわけでもない。ただ弱々しく風を操っているだけだ。

「あじゃんた、おねがい！　もうぃっかいだけ！」

ウィルが真剣な顔をしてアジャンタを見上げる。

「……わかったわ。もう一回だけよ」

結局、アジャンタは折れた。

ウィルを小高い石の上に運び上げる。ウィルがその縁に立ち、その隣にレヴィが寄り添う。

「れびー、いくよ」

ウィルはそう言うと手にした杖を振った。

降下速度を下げた状態でウィルとレヴィは体を投げ出した。それを支えようとレヴィが風を操る。

（まだ足りない……）

今のレヴィの力だけでは降下を支えるだけの風を操れない。しかし――

（れびーのふーふーなら、うぃるもつかえる！）

本来、幻獣と契約した者は幻獣の技を己の魔法として操る事ができる。今のウィルはレヴィと同じように風を操る事が可能なのだ。

「うぐー！」

ウィルが懸命に体を伸ばす。

降下速度減少の魔法の範囲ごと下から支えている為、前への推進力は殆どない。浮かび続ける事も難しいだろう。それでも――

「うぬー！」

ウィルは手足で漕ぎ出した。

その横のレヴィも手足をバタつかせてついていく。

跳躍でもなく、浮遊でもない。ウィルは確かにゆっくりと飛翔していた。

「おちるー」

風で支え切れなくなったウィルが地面に着地する。

宙を泳いでいたので息が荒い。だが、ウィルは疲れきった顔に会心の笑みを浮かべていた。

「どーだー！」

呆気に取られていた精霊達が我にかえり、見る見る破顔していく。

『やったー！』

『ウィル、すごーい！』

『人間が飛んだー！』

ウィル、初飛行。その距離、およそ五メートル。

自力で飛んでみせたウィルに精霊達が駆け寄った。

『んな、アホな……』

大盛り上がりの精霊達を離れて見ていたボレノが呆然と呟く。

そんなボレノにウィルを始め、精霊達がジーッと視線を送った。

『な、なんだよ……？』

たじろぐボレノ。ウィル達の視線に晒されて顔を背けたボレノだったが、沈黙に耐え切れず屈した。

『あー！　分かった、分かったよ！　俺の負け！　認めるよ！　これでいいんだろ！』

『イエーイ！　ウィルの勝ち！』

　ボレノの敗北宣言にウィルの手を取った精霊がその手を高々と上げた。勝ち名乗りを受けたウィルが両手を上げて喜びを表現する。

「いえーい♪」

『『イエーイ♪』』

　精霊の庭に興奮したウィルの声と精霊達の喝采が響き渡った。


「……ん」

　微かな歓声が耳に届いて、意識が引き戻されていく。

　身じろぎをすると横たえた体と何かが擦れて優しい感触を返してきた。

「セシリア、起きましたか？」

「レン……？」

　セシリアが聞き慣れた声に反応して薄っすら目を開ける。

　セシリアの隣にはセシリアと同じようにレンが横たわっていた。

「ここは……」

　体の自由が利く事を確認したセシリアが身を起こす。と、その背後から声がかかった。

「起きたか……」

「………っ⁉」

唐突にかけられた声にセシリアがビクリと身を震わせ、ゆっくりと向き直る。

そこに居たのは微かに紫色の光を放つ女性――ライアであった。

「精霊様……？」

「安心しろ。敵ではない」

「素直に味方だと言えばいいじゃない……」

横から歩み寄ってきた樹の精霊と思しき女性――フルラが呆れたようにため息を吐く。

高位の精霊の出現に呆然としていたセシリアだったが、慌てて周囲を見回すと我が子がいない事に気付いて跳ね起きた。

「精霊様！　あ、あの、小さな男の子を見かけませんでしたか？」

座り直して正面を向くセシリアにライアが落ち着いた様子で小さく頷く。

「ウィルの事か？　それなら、今は外で精霊達と遊んでいる」

「そう、ですか……」

ウィルの無事を知ってセシリアの体から力が抜ける。

その様子に樹の精霊からも笑みが溢れた。

「精霊様がお救い下さったのですか？　なんとお礼を申し上げて良いか……」

「いや……」

深々と頭を下げようとするセシリアをライアが手で制する。

「お前達が落ちた場所にたまたまシュウ達がいたんだ。私ではない。礼ならシュウ達にしてくれ」

「シュウ様が……」

セシリアは少し驚いたように口に手を当てたが、柔らかく微笑んで頭を下げ直した。

「それでも、私共を保護して頂き、誠にありがとうございました」

「う、むぅ……」

照れたような曖昧な返事をしたライアが視線を外して頬を掻く。

「ごめんなさいね。ライアは礼を言われる事に慣れてないのよ」

「いえ、お気遣いなく……」

フルラにも同じように頭を下げるセシリア。

それを見たフルラが笑みを浮かべる。

「そちらに寝てらっしゃる方も……毒は抜けてる筈だけど、全快にはもう少し掛かりそうかしら？」

「どう？　レン……」

フルラに促され、セシリアが心配そうに向き直った。

レンはまだ敷き詰められた草の上に横たわったままである。

注目を集めたレンがセシリアを見返して微かに笑みを浮かべた。

「鍛え方が違います」

「……そういうのは起き上がれるようになってから言うものだと思うわ、レン」

一先ず大丈夫そうな友人にセシリアが困ったような笑みを返す。

レンは小さく反動をつけるとゆっくりと体を起こした。傷ついていたはずの腕と体の感触を順に確かめていく。

「直ぐに戦闘は差し支えるでしょうが……少し休めば問題ありません」

「さすが、と言ったところかしら。治療した精霊の話だと、軽い毒ではなかったようだけど……」

レンの頑丈さにフルラが少し呆れた調子で息を吐く。

それを見たライアは小さく笑みを浮かべると、視線をまたセシリアの方へ向けた。

「自己紹介がまだだったな。私の名はライア。そして、そっちの樹の精霊がフルラだ。もう一人の上位精霊はウィルに付き添っているので後で紹介しよう。二人が起きた事を伝えればウィルもきっと喜ぶだろう」

ライアの言葉にセシリアとレンも笑みを浮かべる。

だが、ライアの話には続きがあった。

「その前に、少し聞いておきたい。ウィルの事について……」

真剣な表情を向けてくるライアにセシリアとレンは驚きを隠せず、思わず顔を見合わせるのだった。

「相変わらず……話題に事欠かないね、ウィルは」

「えへへぇ♪」

小さく笑みを浮かべるカシルにウィルが照れて身をくねらせた。が、おそらく褒めてない。

ウィルが自力で飛んでから風の精霊達はウィルの魔法をなんとか形にしようとしていた。

人間が使う属性魔法というのは、使用者に危険が及ばないように創られている。精霊と違い、人の身で魔素に同化したり、魔力を自在に操れたりしない為、現存する魔法の殆どにはそういった配慮がなされているのだ。

属性魔法が精霊からの贈り物と言われる理由の一つである。

『カシルッ！　笑ってないで手伝えよ！』

精霊の輪の中から声を張り上げるボレノにカシルが苦笑する。

「いや、僕、さっき帰ってきたばかりなんだけど」

『分かってるよ、そんなこたぁ！　ちくしょー、とんでもない魔法考えつきやがって……』

『飛んでるケドねー』

『やかましいわ！』

茶々を入れる他の精霊にツッコんで、ボレノが頭を抱えた。

『どう考えても安全とは言い難いんだよなぁ……』

風の精霊達の話し合いは難航しているらしい。

というのも、ウィルの飛行が明らかに力任せだったからだ。

それはとても危うく、ウィルが空中で魔力切れを起こせば墜落してしまう可能性もある。

本来なら飛行魔法というのは精霊か飛行可能な幻獣が補佐をする。

しかし、ウィルの場合、飛行可能にしているのは風狼であるレヴィだ。

当然、狼の姿をしたレヴィに空が飛べるはずもなく、補佐はできない。力尽きたら一緒に真っ逆さまだ。

「風で飛翔する以上、浮遊魔法を基にするほかないんじゃないかな？　それを身に纏うくらい狭めるか、ウィルを中心とした範囲に留めるか……」

カシルの提案に風の精霊達が唸る。

『身に纏う方は少ない力で飛行可能だけどコントロールが難しい。範囲だと移動自体は楽だけどかなりの力がいるな』

「それだけじゃねーぞ」

天を見上げるボレノの横でシュウが指を一本立てた。

「身に纏う方は細やかな動きが可能だが、姿勢制御も必要だろ？　範囲だとその辺は大雑把になるが範囲内の人間は全員飛ばせるんじゃないか？」

「安全装置、ウィルだけどね」

付け足されたカシルの一言を皆で思い浮かべる。

小さな男の子主導による遊覧飛行である。オススメは当然できない。

『あー、まてまて！　何が良くて何が悪いのか分からなくなってきたー！』

再び頭を抱えて掻きむしるボレノ。

その様子を見ていたウィルが傍にいたネルを笑顔で見上げた。

「みんなたのしそー」

『ウィルの為に頑張っているのですわ』

「えへー♪」

ウィルが嬉しそうに身悶える。

『ボレノも態度は問題ありますが、身内の面倒見はいい子なのですわ。許してあげて下さいまし』

「あの態度は嫌いだわ」

『嫌いだね』

『正直、イヤ』

『……私もちょっと』

ネルの訴えにアジャンタを始め、マークや水の精霊、クララまで拒絶を示す。

みんな、ウィルに取った態度をまだ許していないらしい。

そんな事とは知らず、驚いたウィルはポカンと口を開けたままネルへ向き直った。

「あのね、うぃるね、ぼれのはもーちょっとおんなのこにやさしくしてあげたほーがいーとおもうのー」

ウィルの発言に周りの精霊達が顔を見合わせ、クスクスと笑い出す。

なぜ笑われているのか分からないウィルは不思議そうにネルと精霊達を交互に見上げた。

ネルも思わず笑みを浮かべてウィルの頭を撫でる。

『それじゃあ、後でその事をボレノに教えて差し上げなさいな』

「…………？　わかったー」

納得したのか、ウィルがこくんと一つ頷く。

そんなウィル達の周りで何かに気付いたクララが顔を上げた。

同属性の精霊達が連絡に使う魔法が近くの花を揺らす。

それはフルラからの知らせだった。

『ウィル、ネル。ウィルのお母さん達、起きたみたい』

「ほんと⁉」

ウィルの顔がパッと華やぐ。

その様子にアジャンタが腰を屈めてウィルの頭を撫でた。

「良かったわね、ウィル」

「うん、うん！」

しきりに首を縦に振り、ウィルが待ちきれないと走り出す。

『お待ちなさい、ウィル！』

「かーさまー！　れーん！」

慌てて呼び止めるネルの声を無視して、叫びながら駆けていくウィル。

その後をネルとアジャンタ達も慌てて追いかけていった。

第四章

ウィル精霊軍VSブラックドラゴン

episode.4

will sama ha
kyou mo mahou de
asondeimasu.

起きて状況を理解したセシリア達はライアとフルラの案内で洞穴を出た。

少し日が傾き始め、広場が薄っすら色付いて見える。

「かーさまー！　れーんー！」

広場を一望していたセシリアとレンが聞き慣れた男の子の声に向き直った。その口元が自然と綻ぶ。

「ウィル……」

息を切らせて駆けてきた我が子をセシリアは優しく抱き締めた。

「心配かけたわね、ウィル」

「しんぱいしたー」

セシリアの腕の中でウィルが擦り寄る。

それに満足するとウィルはセシリアから離れた。

「れんもへーき？」

「ええ、もう大丈夫ですよ」

見上げてくるウィルにレンが頷いて返す。

まだ万全とは行かないものの、ウィルを安心させるには十分だったようだ。

「ほっとしたー」

ウィルがニヘッと笑みを浮かべる。

代わりに今度はセシリアがウィルに問いかけた。

「ウィルは怖い目に遭わなかった？」

ここに至るまでを精霊に聞いてもウィル自身がどうであったか知る由もない。

だが、ウィルの答えはあっけらかんとしたものだった。

「んーん。みんないてくれたし、うぃる、たのしかったよ♪」

心底楽しそうに手を振って答えるウィルにセシリア達が苦笑する。

それなりの窮地を体験したはずなのだが、ウィルにとっては大した問題ではなかったらしい。

セシリア達はその理由をすぐに知れた。

「あのね、うぃるね、たくさんまほーおぼえたの！」

自慢気に胸を張ってみせるウィル。

窮地の恐怖よりも新しい魔法に触れ合えた喜びの方が勝っていたのだ。

ウィルらしいといえばウィルらしい。

しかし、ライアからウィルに魔法を見せた事を伝え聞いていたセシリア達に動揺はなかった。

ウィルの覚えた魔法はどれも危険なものではない。

ウィルが怖い思いをして怯えているより遥かに良い事のように思えた。

「いーい？　みててね、いーい？」

セシリア達が目覚めた事でテンションが高くなったウィルは忙しなく確認するとアジャンタにお願いして宙に持ち上げてもらった。

その様子をセシリアとレン、ライア達も笑顔で見守る。

「せーの！」

掛け声に合わせてウィルがアジャンタから飛び立つ。

ウィルは先程と同じように一生懸命風を操ってセシリア達の前まで泳いだ。

笑顔のまま固まる大人達を前に荒く息をついたウィルが会心の笑みを浮かべる。

「どお！　うぃる、とべるようになったんだよ！」

どうもこうもない。

知らされていた魔法とは全く違うものを見せられ、反応に困ったセシリアはそのままゆっくりと後ろにひっくり返った。

「セシリア！」

倒れる前に抱き留めたレンがセシリアの顔を覗き込む。

セシリアは弱々しく微笑みながらレンの顔を見返した。

「ごめんなさい、レン……私、頭の打ち所がちょっと悪かったみたい……」

「諦めて、セシリア。これは現実です」

ウィルに治療され、樹の精霊に診てもらったセシリアの状態はすこぶる良好である。

現実逃避しようとするセシリアにレンは微妙な笑みを浮かべて首を横に振るしかなかった。

『これはいったい、どういう事なのか説明してくれないか？』

見守っていたライアが視線をネルへ向ける。

ネルは呆れたように肩をすくめ、こちらへ向かってくる精霊達を見やった。

『ボレノがウィルに突っかかったのですわ。それを勘違いして受け取ったウィルが力尽くで飛んでしまいましたの』

『それは……』

ライアが何かを言わんとして口を開けたまま思考を巡らし、諦めた。

『勘違いするにも程があるな……』

普通に考えたのでは勘違いで空を飛んでしまう場面が想像できない。それは周りの大人達も同じだ。

勘違いの末という事であれば、ボレノだけに責任があるとは言い難い。

少し話を聞く必要がある。

『ボレノ、ちょっといいか？』

『うっ……』

ライアに呼びかけられたボレノが身をすくめる。

それを見ていたウィルが慌てて大人達とボレノの間に割って入った。

「だめ！」

『ウィル……？』

真剣な顔をして背にボレノを庇うウィル。

大人達が不思議そうにしていると、ウィルは大真面目に言い放った。

「ぼれのをいじめちゃだめ！　うぃる、ぼれののおかげでとべるようになったんだから！」

この瞬間、犯人が確定した。

「ねー、ぼれの、ねー？」

『あ、はい、そうね……』

ウィルに同意を求められるも素直に頷きづらいボレノである。

『まぁ、いい……』

小さくため息をついたライアがポンポンとウィルの頭を叩く。

それから再度ボレノに視線を向けた。

『ボレノ、責任を持ってウィルに新しい魔法を用意するように』

『はい……』

乾いた笑みを浮かべたボレノが肩を落とす。

その様子に周りの精霊から笑みが溢れた。

『ウィルはもう少し遊んでこい』

「かーさまたちはー？」

促してくるライアとセシリア達をウィルが交互に見る。

ライアはウィルの頬に触れると小さく笑みを浮かべた。

『少し話が残ってる。これからの事とか、な。それに二人はまだ起きたばかりだ』

「うん……」

少し残念そうな笑みを浮かべるウィル。

それをあやそうと地に降りたアジャンタがハッとして顔を上げた。

「違う違う！　大変なのよ！　ウィルが大変な事になってたからうっかり忘れてたわ！」

突如騒ぎ出したアジャンタにウィルを始め、全員が唖然としてアジャンタを見る。

「大変なの！」

『分かった。その話も一緒に聞こう。ネルも来い』

ライアに促されたネルがウィルに視線を向ける。

『それは構いませんけど……ウィルは誰が見るんですの？』

どうやら、あまりにも無軌道に魔法を習得するウィルの事を心配しているらしい。その様子にカシルが笑みを浮かべた。

「僕達で見てるから大丈夫だよ。ウィル、飛行魔法を一緒に考えよう」

「うん！」

魔法と聞いて元気を取り戻したウィルがカシルの手を取る。

そして反対側の手をボレノに伸ばした。

「ん！」

『な、なんだよ……』

「ん！」

ボレノが伸ばされた手を前にして戸惑う。

「手を繋げ、ってアピールだろ？　繋いでやったらいいいんじゃねーの？」

『なんで、俺が……！』

嘆息しながら促すシュウにボレノが抵抗する。

しかし、こういう時のウィルは頑固である。

逡巡したボレノが根負けしてウィルの手を恐る恐る取るとウィルが嬉しそうに笑みを浮かべた。

「えへへぇ♪」

『くっ……！』

とろけるようなウィルの笑顔に敗北感漂うボレノ。

「いこー！」

『お、俺は騙されないからなぁ！』

ウィルの手に引っ張られ、ボレノは情けない声を上げて追従していった。

◆◆◆◆◆

『飛竜か……』

アジャンタから事の次第を聞いたライアが小さく息を吐く。

精霊達にとっても住処に害を及ぼす可能性のあるワイバーン達は招かれざる存在だ。

特に救助を待つ身のセシリア達には非常に喜ばしくない事態である。

「トマソンなら隙をついて駆けつけてくれると思いますが……」

セシリアがレンに尋ねると彼女は唇に指を当てて思考を巡らせた。

「そうですね……二日もあれば」

その気質はレンも知るところである。

問題は飛竜の群れの規模だ。

「竜域観測拠点というのはとても強固に造られています。その拠点がなんの連絡も入れられずに陥落するなんて普通では考えられない事です」

「ひょっとしたら上位種も混じっているかもしれない、という事？」

セシリアの質問にレンが首を縦に振る。

「おそらくですが……」

そうでなければ説明がつかない。

竜種の階級は各国共通で五つに分類されており、下から亜種、基本種、カラーズ、エルダー、エンシェントとなっている。

この内、亜種と基本種は下位種。カラーズ以上は上位種になる。

飛竜の渡りは大きな群れでも基本種までで構成されている事が殆どだ。

強固な拠点が報告を入れられずに陥落したとなれば予想以上に悪い事が起きたと考えるのが普通である。

「シローがいないのが裏目に出ましたね……」

「…………」

レンの言葉にセシリアが肩を落とす。対魔獣戦闘のスペシャリスト――とりわけ『飛竜墜とし』の異名を持つシローの不在はセシリア達だけではなく、フィルファリア王国にとっても痛手だ。

「お、お父様はアローが呼びに行ってくれたから、ひょっとしたら間に合うかも……」

アジャンタが小さく手を上げて緊張した様子で発言する。

それを横で聞いていたネルは露骨に嫌そうな顔をした。

「アロー？」

顔を上げて聞き返して来るセシリアにアジャンタがコクコク頷く。

「は、はい！　風の上位精霊です。飛ぶのがすごく速くて……」

『飛ぶのが速くたって肝心の本人が見つけられなければ意味ないですわ！』

頬を膨らませて横を向いてしまうネルにライアが嘆息し、フルラが苦笑いを浮かべた。

『すまんな。ネルとアローはあまり仲良くなくてな』

「あ、いえ……」

謝罪するライアにセシリアが慌てて首を振った。

しかし、アジャンタの言うようにシローが間に合うのであれば、これほどの朗報はない。

『その辺はどうなんだ、アーシャ』

ライアが促すとアジャンタは慌ててライアに向き直った。

「アローは任せなさい、って言ってた。場所は詳しく聞いてたし、一片と面識もあるし……」

「一片と……？」

レンが不思議そうに首を傾げる。

一片はつい最近まで表に姿を表さなかった。

そんな一片に顔見知りの上位精霊がいるとは聞いた事がない。

「アローはレヴィ達のお母さんなの」

「ああ……」

アジャンタの言葉にレンが納得する。

そういえばそんな事を一片の口から聞いていた。

ウィル達に我が子を託す為に風の上位精霊に協力してもらったのだと。

「打てる手を打っているのであれば、それ以上は気にしてもしょうがありません」

「そうね……」

はっきりと告げるレンにセシリアが頷く。

ライアもアローの事を信頼しているのか、小さく頷いてみせた。

『そうだな。アローが任せろと言ったのなら、なんとかするだろう。救助が来るまではここで身を潜めているといい』

「ありがとうございます」

揃って頭を下げるセシリアとレン。

「それから、ライア様……」

『ん……？』

顔を上げたセシリアが真っ直ぐライアを見つめる。

覚悟を決めたような真摯な眼差しにライアの表情も真剣味が増した。

『なんだ？』

「その、ウィルの事について……何かお分かりであれば教えて頂けないでしょうか？」

セシリアは先程ライアに問われ、ウィルの事を話した。

魔力の流れを目で捉えているらしいという事。

見た魔法をそのまま真似て再現してしまう事。

ここ最近起こった事も交えて丁寧に。

実際にウィルが魔法を習得する姿を見て、シュウの話も聞いていたライアはセシリアの説明をすぐに理解した。

『間違いなく、魔力の流れを捉えて再現してしまっているのだろうな』

セシリア達の推測が間違っていない事をライアが肯定する。

その横で、見事に負かされたネルが唇を尖らせた。

『あんなに小さな人間の子供が精霊の魔法を見て真似てしまうなんて信じられませんわ』

『それだけじゃないのよ、ネル』

普段は朗らかなフルラが真剣な眼差しでネルを見る。

その後を継ぐようにライアが口を開いた。

『昨日、ウィルは御柱の内の一柱に会ったらしい……』

『…………は？』

『遺跡の魔力に触れて気を失った時にクロノ様と会った、と言っていたそうだ』

ライアの話に言葉を失ったネルが目と口を開いたままゆっくりと後ろにひっくり返る。

『ほ、ほんとですの……？』

『さぁな……』

精霊においても時の精霊に会うというのはよっぽどの事らしい。ネルの反応を見れば一目瞭然だ。

『もし、それに意味があるなら近い内に分かるだろう』

『そ、そうかもしれませんが……もうわけが分からないですわ』

頭を抱えてしまったネルにライアが小さくため息をつく。

その様子にセシリアも不安を募らせていた。

『話を少し戻そう。ウィルの魔法の使い方はどちらかと言うと精霊の使い方に近い』

「近い、とは……？」

セシリアを気遣ったレンがセシリアの背を優しく撫でながらライアに尋ねる。

『精霊は生まれた時から魔力の有り様を理解している。魔素を基に生きているのだから当然だな。一方、人間は魔力を持つもののその有り様を一から学ばなければ使えるようにはならない』

「それではウィル様は……」

『おそらく魔力を見ている内に魔力の有り様を勝手に理解してしまったのだろう。自分に備わる力として』

だから教えてもいないのに魔法が使えるのだ、と。

『それに、ウィルは本当に楽しそうに魔法を使う』

「それは確かに……」

思い当たる節があり、セシリアが頷く。

みんなを喜ばせたいと魔法を使い始めたウィルはできない事ができるようになるとすぐにみんなに見せたがる。

『これは私の想像だが……』

ライアは前置きすると少し呆れたようなため息を吐いて頭をポリポリと掻いた。

『ウィルは夢中になって魔法で遊んでいるのではないか？』

『「…………」』

洞窟内が微妙な空気になった。

魔法とは高等な技術である。

本来ならば努力して身につけていくものだ。

しかし、幼くしてその有り様を理解してしまったウィルはできる事が増える度に嬉しくてのめり込んでいる。

まるで子供が楽しく遊んでいるかのように。

「遊んでいる……」

反芻するセシリアにライアが頷いてみせる。

『そうだ。だが、何かを学ぶ上でこれほど強い事はない』

なにせ、自主的に行動を起こし、その結果さらにのめり込んでいくのである。

本人には努力している感覚すらないだろう。

『ウィルがなぜあれ程の精度で魔力を見れるのか、それについては分からん。そういった人間がいたと伝え聞いた事はあるが、どれも後天的だ』

「すべての属性を使える、という事に関しては何かお分かりですか？」

セシリアの質問にライアが深くため息をついた。

しばし考え込んだ後、少し重く口を開く。

『すまない。それに関しては推測の域を出ない。色々と思い至るところはあるが、状況がどれも肯定的ではないんだ』

回りくどい言い方をするライアにセシリア達だけではなく、精霊達も首を傾げた。

『これに関しては私の口から告げる事ではないのかもしれん……』

上位精霊も口にする事を躊躇われる事態。

人間であり、その子供の親であるセシリアが不安を覚えるのも無理はない。

それを感じ取ったネルが頬を膨らませる。

『ちょっと！　不安を煽るだけ煽ってだんまりというのは彼女に失礼ですわ！』

『う、ぬぅ……すまん……』

「あ、いえ……」

セシリアの表情に気付いてライアが肩を落とした。

セシリアも慌てて小さく首を振る。

洞窟内に広がった重い空気の中、ライアがセシリアに向かって小さく頭を下げた。

「ら、ライア様⁉」

いきなりの行動に慌てるセシリアにライアが顔を上げ、その顔を見つめ返す。

『せめて一晩、時間が欲しい』

「……分かりました」

少し思い詰めたライアの表情に何かを感じ取ったセシリアはそれ以上追求できなかった。

「からすがなくからかえりましょー」

『帰りましょー』

重苦しい雰囲気を残す洞窟の外からウィル達の声が近付いてくる。

『カラス、ってどんなカラス？』

『東の国のテングカラスかなぁ？』

「たぶん、あびすげいるおーがらすー」

『アンデッド呼ばれちゃう⁉』

「こわーい」

『こわーい』

おかしな話し声にセシリア達が外を見ると外はすっかり茜色に染まっていた。

『あらあら、もうこんな時間……』

フルラが立ち上がって周りを見回す。

『難しい事ばかり考えていても体に悪いわ。食事を振る舞うから、楽しみにしていて』

そう言うと彼女は足取り軽く洞窟を出て行った。

その後ろ姿を見送ったレンが不思議そうに首を傾げる。

「精霊様に食事をする習慣がお有りなんですか？」

『ん？　ああ……精霊にも色んな奴がいてな』

『フルラの趣味ですの。ホント、野蛮ですわ』

苦笑するライアの隣でネルが肩を竦めて嘆息する。

その様子にセシリアとレンは思わず顔を見合わせた。


『どう、ウィル。美味しい？』

「おいしーです♪」

夢中で肉を頬張るウィルの横顔にフルラが笑みを深める。

「ほんとに美味しい。家でも取り入れたいくらい」

「ええ、素材の味がよく引き出されていて……」

木の器に盛られた木の実のサラダに舌つづみを打ちながら、セシリアとレンも首肯した。普段はあまり口にしない森の恵みに二人とも興味津々だ。

ウィルと精霊達は洞窟の外で焚き火を囲み、フルラの料理を堪能した。すでに日も暮れ、光源は焚き火のそれだけとなっている。満天の星空の下で食べる食事はいつもと違う開放感があった。

「おほしさま、きれー」

『気に入りまして、ウィル？』

「とーっても♪」

ネルの質問にウィルが嬉々として答える。その横にレンが木の器を持って膝をついた。

「ウィル様、サラダもお食べ下さいませ」

プイッ――

「ウィル様？」

プイプイッ――

レンがサラダをウィルの口元に運ぼうとするとウィルが顔を背ける。その様子にレンが眉根を寄せた。

「ウィル様……」

「おやさいは、ちょっとぉ……」

「ウィル、お野菜もとっても美味しいわよ？」

見兼ねたセシリアが助け舟を出すとウィルはチラッとレンの持つ器に視線を向けた。

「ピーマンさんも入ってないし」

「うーん……」

真剣に悩み始めたウィルを見て、周りにいた精霊達がおかしそうに笑みを浮かべる。

『ウィルはお野菜が苦手？』

フルラがウィルの顔を覗き込むとウィルは困った顔をした。

「ちょっとー」

小さなウィルが好きな食べ物を優先してしまうのは仕方のない事である。とはいえ、セシリアやレンが栄養の偏りを心配するのも当たり前の事だ。

そのことを理解して、フルラがウィルの頭を撫でた。

『ウィルにはとっておきの秘密を教えてあげるわ』

「なにー？」

含みのある笑みを浮かべるフルラに興味を惹かれたウィルがジッとフルラの顔を見上げる。

『樹の精霊はお野菜に健康でいられますように、って魔法をかけるの』

「まほー？」

『そうよ。お野菜には樹の精霊の優しい魔法がいっぱい詰まっているのよ』

「へー……」

感嘆の息をもらしたウィルが器に盛られたサラダに視線を向けた。ウィルの目にもサラダがとても瑞々《みずみず》しく見える。

『樹の精霊達もきっとウィルに美味しいサラダをいっぱい食べて欲しいと思ってるわ』

フルラが顔を上げる。ウィルがその視線を追うとクララ達、樹の精霊がウィルの様子を見守っていた。

「………」

ウィルが黙って視線をレンの持つサラダの器に戻す。ジッとサラダを見つめたあと、ウィルはサラダを食べ始めた。歯触りの良いサクッとした食感のあとにほのかな甘さが広がっていく。

『どう、ウィル？』

「おいひーです♪」

フルラの問いかけにウィルはこくこく頷いた。どうやらお気に召したらしい。

その様子をみんなが笑顔で眺める。

「ありがとうございます、フルラ様」

『いえいえ』

セシリアが頭を下げるとフルラも満足そうな笑みを返した。

フルラとしても栄養が偏ってしまうのを良しとしていなかったのだろう。サラダを口に運ぶウィルを見て嬉しそうにしていた。

「ウィル様、お肉も食べて下さいませ」

「いまはさらだのおじかんなの！」

レンの勧めにウィルが顔を背ける。交互に、とはなかなかいかないらしい。

その様子にセシリアとフルラが思わず苦笑いを浮かべる。今はウィルが苦手の野菜を克服したということで良しとすべきか。どちらが優先でも栄養が偏るわけではない。

「はー、おいしかった」

満足いくまで食したウィルは座ったまま背にある小さな崖にもたれかかった。

暗がりに森の輪郭とその空にはきれいな星の光が一面に咲き誇っている。

いつもは家の中で眠る夜だ。ウィルは夜の世界をあまり知らなかった。

(とってもきれー……)

今、外は飛竜が群れを成して飛んできていてとても危険だ。

ウィルもその事を聞かされていたが、少なくとも今見る景色は平和そのもの。森はすでに暗いが焚き火と精霊達の輝きで十分な光量があり、特に不気味さも感じない。

『ウィル』

ウィルが様子を見に来たライアを見上げる。ライアはそのままウィルの隣に腰掛けた。

『お腹いっぱいになったか?』

「うんー……」

少し眠そうに目を擦るウィルの頭をライアが撫でる。ウィルはその手に身を任せると視線を前に向けた。

『眠いのか?』

「……へーきー」

わずかばかり、鈍ったウィルの反応にライアが目を細める。

ウィルは気にした風もなく、視線を目の前の暗闇に向けていた。

『どうした?』

「んー……」

物思いに耽るようなウィルの様子にライアが尋ねるとウィルはその顔を見上げた。

「くらくなったらくろののところにそっくりなの」

ウィルの言葉にライアは一瞬驚いたような顔をしたが、また笑みを浮かべた。

『そうか……』

「うん……」

領いて、ウィルがまた視線を暗闇に向けようとしたとき、ひらりと何かが舞い落ちた。

「…………？」

ウィルが不思議そうにそれを掌で掬う。

「これは……？」

「雪……？」

セシリアとレンも気が付いて空を見上げる。

ひらひらと銀色の何かが舞い降りてくる。

その正体にウィルはすぐに気付いた。

「まそだ……」

柔らかい銀色の魔素が次から次へと舞い落ちる。その様子に精霊達も騒ぎ始めた。

『うそ……』

『信じられませんわ……』

フルラやネルですら、その様子に驚きを隠せないでいる。

本来であれば、如何なる属性にも該当しない色をした魔素。だが、その色の意味を精霊達は知り、ウィルも気づく事があった。

「ウィルの色だ……」

「ウィル……？」

セシリア達が見守る前で、ウィルは己の魔力に力を込めた。舞い落ちてきた魔素に応えるような淡い光がウィルから微かに溢れる。

魔素もまたウィルの魔力に呼応して淡い光を返した。

精霊の誰かが指さす先に舞い降りた魔素が集まり、幻想的な光を放ち始める。

『見ろ！　庭の中心が……！』

「女の人……？」

セシリアが光の中心に現れた輪郭を見て呟くころには、その魔素の意味に気付いた精霊達が慌てて光の周りに集まり始めていた。精霊達が次々と光に向けて膝をつく。

「いったい何が……？」

急に慌ただしくなった広場にレンが困惑していると、ライアがその前に立った。

『問題ない。私達も行こう』

彼女はそう言うとウィルの手を取り、広場に向かって歩き出した。

周辺に漂う銀色の魔素の輝きを残し、一人の女性がその中心に姿を現した。銀色の長い髪と柔らかな目元をした優しそうな女性だ。透き通るように肌は白く、華奢だがその立ち姿はどこか威厳にあふれていた。

膝をつく精霊達の間をライアに先導されたウィル達が歩く。女性の前まで進むとライアが脇に外れ、ウィル達を女性の前に並ばせた。

フルラとネルもその後ろで膝をつく。

そんな精霊達の様子に自分達はどうすべきかセシリアが迷っていると女性がゆっくりと目を開いた。

ウィル達の様子に女性が優しげな笑みを浮かべる。

『どうかそのままで……』

「は、はい……」

その女性は王族出身のセシリアでさえ戸惑ってしまう存在感を放っていた。あんな登場の仕方をすれば誰だってそうかもしれないが。

ウィルは構わずてくてくと女性に歩み寄った。

レンが制止する間もなく、ウィルが女性の前で立ち止まる。

「こんばんはー」

何の緊張感もないウィルに精霊達からも微かに笑い声がこぼれてくる。

女性も笑みを深め、ウィルに応えた。

『こんばんは、ウィル。いい夜ですね』

「うぃるのおなまえしってるのー?」

『ええ、もちろん』

名乗らずとも自分の名前を知っていた女性にウィルが驚いていると、女性は自身の胸に手を当てて小さく会釈した。

『初めまして、ウィル。私の名前はルナ。導く月の精霊、ルナ。覚えておいてね』

「つきのせーれーさん？」

『そうよ』

ルナと名乗った女性が優しくウィルの頭を撫で、頬を撫でてから離れた。

「月の……太陽と月とその間にある時の精霊……」

レンが確認するように呟く。そこでふとセシリアが気付いたように息を詰まらせた。

ライアが言っていた御柱の内の一柱が時の精霊だとするならば目の前のルナはその同格に当たるのではないか、と。昨夜ウィルに起こった事を尋ねるには彼女をおいて他にない気がした。

「あの、ルナ様……」

『なんでしょう？』

穏やかな様子で向き直るルナにセシリアが一瞬言葉を詰まらせる。

「わ、我が子は……ウィルベルは昨夜、遺跡の魔力に触れてしまい意識を失ったのです。その折にクロノ様と名乗るお方に出会ったと……」

『ええ、聞き及んでいますよ』

ルナは頷いて、今度は可笑しそうに小さく笑ってみせた。それから視線を足元のウィルへと向ける。

『ウィル、クロノが驚いていたわよ。まさか私の方が先に会う事になるなんて、と』

「ごめんなさい……」

怒られたと思ったのか、ウィルがシュンと肩を落とす。

それを見たルナがまた可笑しそうに笑って。膝をついてウィルを抱きしめた。

『怒ってなんかいないわ、ウィル。でも、クロノとの約束忘れないでね』

「うん。いせきにはかってにさわんないー」

『そうね』

ウィルの答えに満足したルナがウィルの背をポンポンと叩いて解放する。

そうして立ち上がるとルナは視線をセシリアに戻した。

『セシリアさん、驚かせてごめんなさい。でもウィルに別状はありません。少し時の魔力を扱えるようにはなってしまったかもしれませんが、それくらいですよ』

「は、はい……」

ルナの言葉にセシリアが僅かばかり安堵して息をつく。ウィルの事は心配だらけなのである。その事をルナも理解しているのか、慈しむような笑みを浮かべた。

『もう一つだけ、あなた達の心配を解消しておきましょう』

「えっ……」

驚くセシリアとレンにルナは変わらぬ笑みで告げた。

『ウィルの加護属性についてです……と、言ってもここに私が現れた時点で多くの精霊が理解してしまったでしょうが……』

ルナがライアに目配せをすると、ライアは黙って頷いた。そして掌に闇の魔力を集め、ルナの前に差し出す。その魔力にルナが触れるとペンダントが出来上がった。

ペンダントを手にしたルナが見上げるウィルの前に立つ。

『ウィル……』

「なーにー？」

『月の精霊の加護を持って生まれた人の子、ウィルベルよ。このペンダントがあなたの助けになるでしょう。どうか、受け取って』

「くれるのー？」

『ええ、そうよ』

ウィルはうーん、と唸ってから首をこくんと傾げた。

「ねーさまのぶんはー？」

『えーっと……』

厳かだった空気がちょっと微妙な感じになった。

困惑したルナが笑顔のまま汗を浮かべる。

『これはウィルしか扱えないの……』

「うーん……でも、うぃるだけもらうのはちょっとー」

あ、こいつ断るつもりだ！

人間が崇める精霊達が、なお崇める存在からの贈り物を無碍《むげ》にしようとしている。

セシリアとレンは焦った。当然、ウィルを知る周りの精霊達も息を呑む。

その間に立ったのは、やはりライアであった。

『ウィル、お前の姉達への贈り物は他の精霊達で考えよう』

「ほんと！」

嬉しそうに反応したウィルにライアが頷く。

『ああ、本当だ。だが、私達はまだお前の姉達に会った事がない。どんな贈り物が良いか分からん。だからまた今度、連れてくるがいい』

「わかったー！」

諸手を挙げるウィルにセシリアを始め、レンや精霊達も息を吐いた。心臓に悪すぎる、と。

その様子を眺めていたルナは思わず笑みを溢した。

『受け取ってくれますか、ウィル』

「あい」

頷くウィルにやっと贈り物の許しを得たルナがウィルの首にペンダントをかける。

ウィルはそれを手に取ってしげしげと眺めた。

『ウィル、私達はあなた達の来訪を歓迎します。永く、良き友でありますように』

「うぃる、せーれーさんといっぱいおともだちになりたい！」

『ええ。人とも精霊ともその輪を育んで』

「………………？」

『人とも精霊ともいっぱいお友達になりましょう、って事よ』

「わかりましたー！」

何とか理解したウィルが嬉しそうな笑顔を浮かべる。

ルナも満足してウィルから一歩下がった。その視線をセシリア達に向ける。

『まだ多く、尋ねたい事もありましょうが……今日はこの辺りでお暇させていただきたいと思います』

精霊達が頭を下げ、それに倣ってセシリア達も頭を下げた。

「かえっちゃうのー？」

『ええ。私はあまり長くこの世界に留まっていられない理由があるの』

「せっかくなかよくなったのにー」

唇を尖らせるウィルにルナは少し困った顔をして、それからまたウィルを優しく抱きしめた。

『ウィル……あなたにはこれから色んな事が起きるでしょう。でも、私はいつでもあなたを見守っていますよ』

「…………？　うん」

名残惜しさを振り払うように、ルナはウィルから離れるとその身に来た時と同じ光を灯し始めた。

『精霊達よ、ウィル達の力になってあげて。セシリアさん、レンさん……いずれまた、お目にかかる日もありましょう。その時また、お話致しましょう。それでは』

「あ……」

ウィルの目の前で、月の魔力に包まれたルナの姿が消える。

広場はまた元の暗闇へと戻っていった。

「るな、いっちゃった……」

ぽつりと呟いたウィルが手に握ったペンダントに視線を落とす。

暗い中でも微かな輝きを残すペンダント。そのペンダントがウィルに何をもたらすのか。この時はまだ誰もその事を知らずにいた。

◆◆◆

広い空間に一つ、円卓がある。

周りの暗さとは裏腹にそこだけが不思議な光で照らされており、淡く輝いて見える。

その円卓では三人の女性がそれぞれ向かい合っていた。

『ウィルベルに会ってきました……』

ルナがそう呟くと残りの二人の視線を集めた。

一人はクロノ。黒髪の小さな少女である。感情を読み取りにくいぼんやりとした眼差しをルナに向けている。

そしてもう一人、大人びたスタイルの良い金髪の女性が静かにルナを見返していた。

『どうだった？』

如何ようにも取れる女性の問いかけにルナが少し寂しげに笑う。

『とても……とても良い子でした。純粋で、素直で、そして姉想いで……』

『そう……』

ルナの答えに彼女の心情を知る女性は僅かな憂いを残した見守る者の笑みで小さく頷いた。

そんなルナの様子をクロノも黙って見つめる。

『何度も言うようだけど……あなた一人が思いつめないで』

『レイ……』

女性の言葉にルナが顔を上げた。

クロノもコクリと一つ頷いて口を開く。

『レイの言う通り……大元は私。それに、三人で決めた事。ルナだけのせいじゃない……』

『クロノ……』

『あなたの加護を受けた者だから、あなたが一番身近に感じるのは分かる……でも私達も、あなたと同じくらいあの子の事を想っている……』

いつもは言葉少なであるクロノが確かな口調でルナに言い聞かせる。

その様子にルナの表情も幾分和らぎ、レイと呼ばれた女性も安心したように息を吐いた。

椅子に座り直したレイが真っ直ぐルナを見る。

『それで、例の物は渡せたの？』

『ええ……』

断られそうになった時のウィルの反応を思い出してルナが小さく笑みを浮かべる。

『今は見守るより他にない……』

『そうね』

クロノの言葉にレイが頷くと、三人の前に長方形の映像が現れた。映し出されたウィルの寝姿にレイが頬を緩める。

『私も早くあなたに会いたいわ』

そう言いながらレイは映像を指で小突いた。彼女だけが、まだウィルと会っていない。

『いずれ会える……』

アクシデントとはいえ、誰よりも先にウィルと会ったクロノの呟きにルナがくすりと笑った。それから彼女も映像に指を這わす。

『ゆっくりおやすみなさい、ウィル。たくさん遊んで、いっぱい寝て、元気に育つのですよ……』

何も知らず眠るウィルを見守るルナの表情は慈愛と、微かな憂いを帯びていた。

◆◆◆

シローがフラベルジュ王国とシュゲール共棲国の合同調査隊に合流したのは昨夜の事であった。

風の一片の疾駆けにより、本来かかる時間を大幅に短縮したシローは自分の予定よりも早く合流するに至った。道中感じ取った嫌な予感にシローと一片が道を急いだからである。

「準備はよろしいか、シロー殿」

あまりに早い到着に昨夜は驚いていた部隊の隊長がシローに問いかける。

隊長はシュゲール共棲国出身の獣人であり、部隊は様々な獣人と人間の混成部隊になっていた。

シローが表情を引き締め、無言で頷く。

シロー達の感じた予感が己の身に降りかかるのか、それとも待たせている家族に訪れるのかは分からない。だが、受けた命令である以上、引き返すという選択肢はなかった。

「シロー」

「分かってる」

今は普通の成犬ほどの大きさの一片に声をかけられ、シローが視線を森の奥に向けたまま応える。

シロー達にできる事は目の前の森を速やかに探索し、家路を急ぐ事だけだ。

「行こう」

シローを含めた合同調査隊はそのまま森の中へと進み始めた。

キャンプ地の上空を一陣の風が吹き抜けていったのは、その数十分後だった。

「おかしい……」

警戒しながら静かな森を奥へと進んでいくと、不意に隊長を務める獣人がポツリと呟いた。

「何がです？」

シローが周囲を警戒したまま聞き返す。

隊長は頻《しき》りに鼻を鳴らして森を睨んだ。

「静か過ぎる……ここはフラベルジュ寄りとはいえ我が国の森林地帯に繋がっている。普段はこんなに穏やかではない」

どの国も森というのは奥に進めば魔獣が多い。特にシュゲール共棲国は森が多く、魔獣が強い事で有名だ。その森が静まり返っている事自体、不自然だという事だ。

「シロー……」

「分かってる」

一片の言わんとしている事を理解して、シローが魔刀の柄に手をかけた。

静かだが張り詰めた空気は魔獣達の警戒の、それ。一度何かあれば興奮した魔獣が大挙して押し寄せてくる可能性もある。

隊長のハンドサインで隊員達が速やかに陣形を組んでいく。合同の部隊であるにもかかわらず、滑らかな動きはさすがだ。

「ここからは慎重に進む」

隊長の指示に異を唱える者はいない。

シローも頷いて部隊と共に進み出そうとした時だった。

『見つけた』

場にそぐわぬ柔らかな声が頭上より響き、何者かがシローの傍へゆっくりと舞い降りた。

「精霊様……!?」

いきなり現れた上位精霊に隊長や隊員達が息を呑む。

シローはというとウィルのせいで変な耐性がついたのか、特に驚く事もなく視界を森の先へと戻した。

「お主……なぜここに……」

『あら？　つれないわね』

一片の反応に精霊が肩を竦める。

「一片、知り合いか？」

周囲を警戒したまま尋ねるシローに一片が眉根を寄せた。

「レヴィ達の母である」

『一片の妻よ』

仕方なく紹介しようとする一片に精霊――アローが声を被せる。

『一片の妻、風の精霊アローよ。お初にお目にかかるわ、シロー』

有無を言わさず続けるアローに一片は小さく嘆息した。

「何をしに来たのだ、お主は……ゆっくり会話できる状況でないと見れば分かるだろう」

『それはお互い様よ。こっちの方が急ぎ』

アローの態度はふざけたものではなく、真っ直ぐシローを見つめている。

それ以上何も言えなくなった一片が身を引くと彼女は一歩前に出た。

『シロー、執事さんから伝言よ。非常事態につき急ぎ戻られたし、てね』

「……いったい、何が？」

『落ち着いて聞いてほしいのだけど……』

聞き返すシローにアローはひと呼吸置いてから告げた。

『坊や達が乗った牛車が襲撃されたらしいわ』

「…………っ」

一瞬動揺するシローの代わりに一片が反応する。

「誰にだ？」

『以前、街を襲った者達と似た格好をしてたそうよ』

「ウィル達は無事なんですか？」

あくまで周囲の警戒をしたままシローが尋ねる。

アローはシローの前で一つ頷いてみせた。

『ええ、無事よ。精霊達が傍に付いている筈だし、執事さん達もすぐに救出に向かうと言っていたから問題ないはずだわ』

「そうですか……」

ひとまず安堵するシローであったが、ふと気付くものがあった。当人達で解決する問題であれば、わざわざ風の精霊が遠路はるばるシロー達の元へ伝言を携えて来るはずがない。

一片もシローと同様に気付いてアローを見上げた。

「ならば、何が問題だと言うのだ？」

『時を同じくして飛竜の群れが街を襲い始めたわ』

「なんだと……」

アローの言葉に一片だけでなく、その場にいた全員が困惑した。

代表するように獣人の隊長がアローの前へ出る。

「ま、待って下さい、精霊様。我々は飛竜の渡りがあったとの報告は受けてません。あれば竜域観測拠点から連絡がある筈です」

『そのナントカって拠点は壊滅したと聞いたわ。報告が遅れ、人間達の対応は後手に回ってる』

「そんな……観測拠点のメイゲ隊といえばシュゲール騎士団でも五本の指に入る精鋭だぞ」

『本当の事よ……あの数ではとてもじゃないけれど……』

愕然とする獣人達にアローが言い淀む。

アローはシロー達の元へ向かってくる際、その規模を目の当たりにしていた。それが一箇所で発生したというのなら人の身で成す術がなかったとしても不思議ではないと思えるほどの規模だ。

そして、それほどの規模であればこの場にいる者達の故郷も無事である保証はない。言わずとも全員にそれが伝わっていた。

「隊長……決断を」

「…………」

隊員の一人に促され、隊長が押し黙る。

彼らは森で目撃された巨獣の調査に来ている。報告通りの魔獣がいれば近隣の村に甚大な被害が出る恐れがある。しかし、本当に飛竜が到来しているのであれば、帰る場所がなくなってしまう可能性もあった。

　このまま調査を続けるか、一度引き返して状況を確認するべきか。

「あなた達に選択肢などありませんよぉ」

　森の奥から響いた不気味な声に全員が振り向いた。

　宙を舞うようにゆったりと漂う白いローブの男。一瞬遅れて召喚された巨大なキマイラが二頭、ローブの男の両脇に地響きを伴って現れた。

　ローブの奥から見え隠れする痩《こ》けた頬が不気味な笑みを浮かべる。

　嫌悪を抱かずにいられないそれを見返して、シローが目を細めた。

「フィルファリア王国を襲った連中の一味だな？　何を企んでいる？」

「うふふふぅ……この場で実験台になる者に答えてもしょうがありませんねぇ」

　男がローブを小刻みに震わせ、あざ笑う。同時に両脇のキマイラが前に出て牙を剥き出しにした。

　どちらもフィルファリアに現れたキマイラと同じく狼と山羊の頭に大蛇の尻尾を生やしている。不気味な異形であるが、フィルファリアの時のような苦しむ素振りは見られない。

「どーです？　フィルファリアを襲った出来損ないとは比べ物になりません。私の研究がまた一歩前進したのですよ！」

「うっ……」

　臆した隊員達が剣を抜き、キマイラから距離を取ろうと後退る。

　それとは逆にシローは一歩前へ出た。

「お、おい……」

隊長が慌てて呼び止めるが、シローは部隊を背に守るように立ちはだかった。

とても人が簡単に相手をできるような魔獣ではない。それは誰の目にも明らかだ。

しかし、シローは気にした風もなく男を見上げた。

「悪いが急ぎの用がある。お前の戯言に付き合っている暇はない」

「抗うのは自由ぅ。せいぜい良いモルモットになってくださぁい」

耳障りな笑い声を残してローブの男の姿が消える。それを合図にキマイラ達が唸り声を上げ、戦闘態勢に入った。邪魔な木々を押し倒してシロー達ににじり寄って来る。

「隊長さん、悪いが……」

「な、なんだ……」

覚悟を決めて身構える獣人をシローは手で制した。

「下がってくれ」

「はっ？」

「あと、すまない。森の形が少々変わってしまうかもしれん」

「何を言って……」

呆気にとられる隊員達を無視してシローは魔刀を己の前に掲げた。

「一片、やるぞ。家族の窮地に残業はなしだ」

「御意」

シローの本気を感じ取って一片が頷く。その体から風の魔力が溢れ出し、魔力と同化した一片の姿が消えた。

見守っていたアローが感嘆したように口笛を吹く。

「アローも下がっておれ」

『はーい』

緊迫した場面だというのに、一片に名を呼ばれたアローが足取り軽くシロー達の背後へ回る。

「精霊様……」

『大丈夫。私の主人達に任せなさい』

事態を正しく飲み込めないでいる隊員達にアローはウインクしてみせた。

幻獣まるまる一匹分の魔力と化した風の一片がシローの体を包み込む。

目に見えて迸《ほとばし》る魔力に隊員達が息を呑んだ。

シロー達の変化に勘付いたキマイラ達が咆哮を上げ、それを正面から見返したシローが小さく口を開いた。

「お前達に罪はないのかもしれんが、すまんな。家で妻子が待っている」

実験台になる気は毛頭ない。

身に纏った魔力の安定を感じ取ったシローが目を見開く。

「幻魔霊装！　風の一片!!」

シローに呼応して纏った魔力が衣服を形成し、引き抜かれた魔刀の刀身が可視化できるほどの魔力を漲らせた。

シローが流れる動きで魔刀を構え、地を蹴る。次の瞬間、シローの体はキマイラの足元にあった。

「一式、斬禍爪葬！」

横薙ぎに振り抜かれた刀身の先から巨大な魔力の爪が同時に三本形成され、巨大なキマイラを切り飛ばす。

一瞬で命を刈り取られたキマイラが崩れ落ちる前に、シローは魔刀を振りかぶった。

「二式、飛空斬雨！」

振り下ろされた魔刀の軌跡が幾重にも分かれ、斬撃の雨と化してやや離れた残りのキマイラに降り注ぐ。

無惨にも切り裂かれ続けた二匹目のキマイラが白目を剥いて崩れ落ちた。

残心のまま、キマイラの末を見守っていたシローが魔刀を振って鞘に収める。

キマイラは断末魔を上げる間もなく事切れていた。

元の静けさを取り戻した森にパチパチとアローの拍手が響き渡る。

その背後にはあんぐりと口を開けたままの隊員達の姿があった。

シローと分離した風の一片がフルフルと体を震わせる。

「アロー、不審者の気配を感じるか？」

『んー、少なくともこの近くにはいないみたいだけど……』

広域に風を展開させて気配を探ったアローが肩を竦めた。

「よし、終わったな。帰ろう」

そそくさと引き返そうとしたシローがはたと立ち止まる。

「あ、隊長。仕事終わったんで帰ります」

「あ、はい……」

「ちょ、ちょっと！　シローさん、魔獣の素材は……!?」

慌てて他の隊員が呼び止めてくるのをシローはきょとんと見返して、それから笑みを浮かべた。

「あげます」

「はぁ……」

「飛竜の事もありますし、皆さんで分けて下さい。それでは」

家路を急ぐシローの後ろ姿を一同がポカンと見送る。

その姿が見えなくなると隊長は再びキマイラに視線を向けた。

森はシローの斬撃によりちょっとした広場になっていた。その中央に二匹のキマイラが横たわっている。

これだけ大きな魔獣の素材だ。打ち捨てて行くには惜しすぎる金額になるだろう。

「隊長……」

「なんだ……？」

まだどこか呆けたような隊員の声に隊長も同じような声で返す。

「俺、あの人が【飛竜墜とし】って言われても素直に信じます……」

「……だよなぁ」

目の前で起きた事を思い返して、隊長も隊員達も頷くしかできないでいた。

「セシリアさんの予想通りになっちまったわけだ……」

シローと一片が森を駆け抜ける。その背後をアローが飛翔してついてきていた。

『私がいた頃は第一波だったけど、かなりの数だったわ。砦で空属性の魔法使いがワイバーンを抑えてた』

「もうカルツが出張っているのか……」

アローの言葉に一片が唸る。

カルツは周囲の状況を正しく判断する視野と知性を兼ね揃えている。何でも前線に出て解決するタイプではない。

そんな彼がすでに前線に出ているとなると、事態は予想以上に悪いのだろう。

「くそ……」

悪態をついたシローが走る速度を上げる。

その横を並走する一片から声が上がった。

「シロー、森を気にしていてもしょうがない。ここで乗れ」

『私も魔刀の鞘に憑依するわ。それで一片の速度も上がるはずよ』

アローの提案に少し嫌そうな顔をした一片が唸り声を上げるが、シローは快く承諾した。

「助かる」

「いや、我と契約しているとはいえ魔刀は我が身自身なのだが？　何故、お主が許可を出しておる」

「はぁ!?　お前の嫁さんだろ！　何ケチくさい事言ってんの？」

「お主……鞘に女人を迎える事の意味を理解しておらんな？」

「刀の家庭事情なんぞ知るか!?」

『ウフフフ♪』

言い合うシローと一片を他所にアローが嬉しそうに鞘と同化する。

後で聞いた話によると魔刀を男女刃と鞘でシェアする事は無二の一致が示す通り相思相愛を意味するのだそうだ。

明らかな拒否をしない以上、一片もまんざらではないのだろうが。

その事でしばらく一片に文句を言われる事になるシローなのだが今はそれどころではない。

「一片！」

シローの呼び声に応えて一片が巨大化する。

その背にシローとアローが飛び乗った。

「飛ばすぞ！　掴まれ！」

「準備オッケーよ、一片！」

アローが魔力を展開して一片に速度強化を施す。

「間に合ってくれよ……」

祈るような思いで一片の毛を掴んだシローが身を屈め、一片は文字通り風を切るが如くフィルファリアを目指して走り始めた。

◆

「はーい、ウィル。力抜いてー」

「うぬー……」

「体に力が入ると逆に沈んじゃうわよー」

「わかったー」

飛行魔法を発動したウィルがアジャンタに手を引かれて宙を進む。その姿はまるで泳ぐ練習をしているかのようだ。

その姿を少し離れて見守っていたセシリアやレン、ライア達が同じように腕組みしながら見守るボレノに視線を向けた。

『ボレノ、説明を』

ライアに促されたボレノが小さく嘆息してセシリア達に向き直る。

『今回創った魔法は元々あった降下速度減少を軸にしている。それを新たに作った魔法で運んでいるイメージだな。降下速度減少の魔法は効果範囲を指定できるからその気になれば範囲内にいる者を同時に飛ばす事も可能だ。ただあまり広くし過ぎると消費魔力が増えるし、速度も出ないから注意が必要だな。素早く自在に動くには効果対象を自分のみに絞ればいいが、姿勢の制御が難しくなるから今のウィルにはまだ無理だ』

ボレノの説明にレンがメモを取り、その横で真剣に聞き入っていたセシリアが小さく手を上げた。

「ボレノ様、ご質問がございます」

『なんだ？』

「危険はないのでしょうか……その、落ちてしまったり、とか……」

母親としてはその事が気がかりでしょうがない。

そんなセシリアの様子にボレノは得意げに頷いてみせた。

『その辺に抜かりはない。この魔法は降下速度減少の魔法の発動が絶対条件だ。途中で魔力切れを起こした場合は推進力を失ってゆっくり降下していく。ウィルが無茶をしてもゆっくり降りていくだけさ』

「そうですか……」

少し安心したのか、セシリアの表情が和らぐ。三人の子供達がいるとはいえ、セシリアの美しさは陰る事がない。

精霊であるボレノもセシリアの表情に思わず照れて頬を掻いた。

『ただ、飛行系の魔獣には十分注意して欲しい。空中での迎撃は言うほど簡単じゃない』

「分かりました。ありがとうございます、ボレノ様」

『あ、ああ……』

礼を述べるセシリアを前に照れたボレノが視線を背ける。

セシリアはボレノの態度を不思議に思ったが、視線をレンへと向けた。

「どう、レン……」

「こちらにはカルツもおりますので問題ないかと……」

メモを取り終えたレンが顔を上げる。

精霊がいない時はレン達がウィルの魔法を見なければならない。魔法の効果はできるだけ詳しく把握しておく必要がある。

次々と新しい魔法を覚えてしまうウィルは心優しく才気に溢れていたが、違う意味で手がかかるお子様だった。

大人達がそんなウィルを見守っていると樹の精霊であるクララが駆け寄ってくるのが見えた。

『人間がこっちに向かってくるみたい。フルラが様子を見てくる、って』

『ウィル達の出迎えか？』

『多分……』

樹の精霊は自身が住まう土地の樹や草花を通して広範囲に探知できるらしい。上位精霊であるフルラの索敵範囲は相当なものだ。

「思ったより早かったですね……」

「ええ、流石トマソンね」

レンとセシリアが予想以上に早く到着した迎えに感心しているとフルラに先導されたトマソン達が

広場に姿を現した。

興味を惹かれた精霊達が遠巻きにその様子を窺う。

広がる風景に驚きを隠せないでいるトマソン達を見て、セシリアもまた驚いた。

「ルーシェさん……？」

メンバーの中に最近雇った歳若い門番がいたからである。森の近くの村で育ったとは聞いてはいるが、魔獣の住む森へ分け入るメンバーには不釣り合いな気がした。

「森で食用の魔獣を狩っていた、と申しておりましたので森での斥候に一役買ったのかもしれません」

レンの説明にセシリアが納得する。

セシリア達を迎えに来たのはトマソンを始め、ルーシェ、エジル、ミーシャ、エリスの五名だ。帰りの足の為、騎乗獣を乗り捨てて森に入るわけにはいかないので、おそらくもう一人待機しているはずである。

そのトマソン達は広場に視線を巡らせ、セシリア達を見つけると安堵したように駆け寄ってきた。

「あー！　じぃやたちだー！」

そんな風に聞き慣れた声が頭上から響き、トマソン達が仰ぎ見る。

「おーい！」

宙に浮かんだウィルはトマソン達に両手を振ると、まだフラフラしながらもトマソン達の前に降りていった。

ポカンと口を開けたトマソン達が思わず立ち止まる。

「うぃる、とべるよーになったんだよ！　すごいでしょ！」

えっへんと胸を張るウィル。

トマソンが驚いたままウィルを指差し、セシリア達の方へ視線を向けると二人は何も言えずに苦笑いを浮かべた。

「なんと、まぁ……」

さすがのトマソンもかける言葉が見当たらず、ウィルは満足げにトマソンの腕の中に収まった。

心配で、いても立ってもいられず飛び出してきたトマソン達はウィル達の無事を確認すれば安堵や感動で満たされると思っていた。だが、それは大きな間違いだ。

魔法大好きウィルベルが、見た端から魔法を習得してしまうウィルベルが、精霊と一緒に過ごして魔法を習得しない筈がない。

使用人達の心配がまた一つ増えた瞬間であった。

「いやはや……」

またしても常識外の成長を遂げたウィルにトマソンは悩んだ末、セシリアに向き直った。

「セシリア様、心中お察し致します」

「苦労をかけるけど、お願いね」

「それはもう。ウィル様の為ですから……」

お互いに苦笑し合うセシリアとトマソンの間でウィルが不思議そうな顔をする。自分の事を言われているなどと気付きもしない。

『ウィル、私達は少し話がある。今の内にみんなとお別れの挨拶してくるんだ』

ライアに促されたウィルがその顔を見る見る曇らせた。

「おわかれー？」

『そうだ』

しょんぼり肩を落とすウィルの頭をライアが笑って優しく撫でる。

『落ち着いたら、また来るといい』

「でも、とーいもん。すぐにこれないもん……」

『心配ない。すぐに来られるようにしておこう』

「ほんとー？」

『本当だ。私は嘘はつかない』

「うん……」

ウィルは頷いて精霊達に別れを告げる為に駆けていった。

『不思議な子だな……』

ウィルの背中を見送ったライアが小さく笑う。

『魔力が見えているせいか、心を開く時は躊躇いがない』

「そうなのでしょうか……」

昨日、ウィルの魔法の使い方が精霊に似ていると言われた事を思い出し、セシリアが頬に手を当てる。精霊にそう評された事は喜ぶべき事なのかもしれないが、親の身としては心配が先に立つ。

『心配する事は他にある。ウィルの加護の話は信頼の置ける者達の間で留めておくべきだ』

「なんの話ですかな？」

疑問に思うトマソン達を前にセシリアがレンと目配せをする。それからライアに視線を向けた。

「ライア様。この者達は私が一番信頼している者達です」

セシリアの宣言にライアが黙って頷く。

セシリアは昨夜、ルナと名乗る月の精霊にあった事をトマソン達に伝えた。ウィルに与えられた加護が月属性である事も。

「詳しくはいずれ、と……」

「そのような事が……」

深刻に受け止めて、トマソンが口元に手を当てる。

長く国に仕えていたトマソンをもってしても月属性の加護というのは聞いた事がない。

横に控えたエリスも才知を備えた魔法使いの側面を持つが聞いた事のない話であった。

『ルナ様の事については私の口から多くを語る事はできない。ただ、ウィルの件に関してはイレギュラーなのだと思う』

「ライア様が気に病む事はございません」

申し訳なさそうに頭を下げるライアにセシリアが慌てて首を横に振る。

『そう言ってもらえると助かる』

ライアは一つ息をつくと掌を上に向けて魔力を込めた。闇が集まり、掌に小さな精霊石が生まれる。まるで宝石のような形をした精霊石の表面には見た事のない文字が浮かんでいた。

『これを』

「これは……？」

不思議な精霊石を手渡されたセシリアがライアを見返す。

『それを家の壁に押し付けてくれ。できれば魔力を供給しやすく目立たない場所がいい。そうすればその壁と私の住処を繋げる事ができる。セシリア達が信頼する者ならその壁を通ってここへ赴くことができるだろう』

「ありがとうございます。きっとウィルも喜びます」

『まぁ、毎日来られても困るが……』

ライアの言葉にセシリアが笑みを浮かべ、「釘を刺しておきます」と付け加えた。

ライアも頷いてはっきりと宣言する。

『ルナ様にも頼まれているのでな。この庭の精霊はできる限りウィルの力になろう。もう認めている者も多いだろうが……』

ライアの視線が傍で黙って聞いていたボレノに注がれる。その視線を追ってセシリア達の視線もボレノに向けられた。

『し、知らねぇし！　俺は知らないからな！』

慌てて否定してそっぽを向くボレノにみんなが笑みを浮かべる。

「重ね重ね、ありがとうございます。ライア様、ボレノ様」

セシリアが丁寧に頭を下げる。それを待ってトマソンも頭を下げた。

「我々の主人と仲間を持て成していただき、誠にありがとうございました。このお礼は、必ず……」

『大した事はしていない。気にするな』

「そうも参りません。これからもお世話になるのですし……」

『分かった。いずれ、な』

律儀な主従にライアが呆れたような息を吐く。

そんなライアを見て、セシリアがクスリと笑う。

「それではそろそろお暇しましょう」

「そうですな。今ならまだ、今日のうちに目的地にたどり着けるでしょう」

『道案内はフルラをつけよう。ボレノ、ウィルを呼んできてくれ』

ライアに頼まれたボレノが嫌そうな顔をして文句を言いながらウィルを呼びに走った。

セシリアとレンはトマソンから今後の行動について話し合っている。そこにフルラが合わさって、森の内情や抜け道などの確認を始めた。

「かーさま、もーもーさんもー」

精霊達に別れの挨拶を済ませたウィルが牛車を引いていたオルクルの背に跨り、セシリア達のもとにやってくる。

その後ろには精霊達がぞろぞろと見送りについてきており、面食らったルーシェが目を瞬かせた。

「こんなに沢山、精霊が……」

「みんなおともだちなのー♪」

トルキス家の者達からすると当たり前の光景になりつつあるが、本来であれば精霊は殆ど人前に姿を現す事はない。

驚きを隠せないでいるルーシェにウィルが嬉しそうな顔をした。

「うぃるとるーしぇさんはともだちだから、るーしぇさんとせーれーさんもともだちね」

「はぁ……」

ウィルの謎理論に巻き込まれたルーシェが曖昧な相槌を打つ。

そんなウィル達の様子を微笑んで見ていたセシリアが見送りに来た精霊に向き直った。

「それでは皆さん、お世話になりました」

「みんな、またねー！」

セシリアに倣ってお辞儀をする使用人達の中でウィルが大きく手を振る。

『ウィル、またねー！』

『気をつけてねー！』

『ばいばーい！』

精霊達はウィルと同じように手を振り返してくれた。その旅立ちを祝福してくれるかのように。

多くの精霊達に見送られ、フルラを案内役としたウィル達一行は精霊の庭を後にした。

◆◆◆◆◆

大きな川にかかる橋の両手前には荷馬車を休ませられるよう空き地が設けてある。街から街へ移動する者の為の野営地である。

本来ならばこの野営地は王都から近く利用者が多い。

しかし、今はラッツと移動用の馬しかいなかった。

街道を行き交う人々は飛竜の到来に慌てて逃げ出したのである。

冒険者ギルドから依頼されるワイバーンの討伐はランク8以上のパーティ推奨だ。亜種とはいえ竜種には生半可な武器は通用しないからだ。高価な対竜装備と確かな腕前が必要なのである。

そんな護衛、街を行き交う商人や旅人が雇っているはずがない。

飛竜の渡りとはそういう者達からすれば殆ど天災なのだ。防衛設備の整った街で身を潜めるのが一番の対処法なのである。

それなのに、アテにしていた竜域観測拠点は壊滅し、彼らは情報を得られぬまま街を出てしまった。

(慌てて当然だぜ……)

ラッツにはただ彼らの無事を祈ってやる事しかできない。ラッツとて命の保証はないのだ。今、この場にワイバーンが飛来すれば、彼は命を懸けて戦わなければならない。自らの忠誠の為に。雇い主の足を失うわけにはいかなかった。

そんな覚悟を持ってラッツが一人、馬達の世話をしていると彼の耳に微かな人の声が聞こえた。

「ラッツ！」

森から抜けてきた同僚と、その後ろに雇い主の姿を見てラッツの緊張が少し和らいだ。

「セシリア様、坊……よくぞ、ご無事で……」

「ただいまー」

元気そうなウィルに安堵の息を吐いて膝を突こうとするラッツをセシリアが制した。

「ラッツさん、それは後で……」

「はっ！」

ラッツが略式の礼だけ取ると直ぐに馬の準備を始める。

「これは王城のレイホース……？」

「はっ。今回の為、宰相直々に手配なされたものにございます」

馬を見上げるセシリアの疑問にトマソンが答える。

レイホースとは馬の魔獣で光属性の騎乗獣である。

優美な外見だけでなく、闇夜においても騎乗者に確かな視界を与える事で知られている。一部の地方にのみ生息し、主に王族や有力貴族に献上されるとても高価な騎乗獣だ。

「お礼をせねばなりませんね……」

「はっ」

トマソンもこの場でとやかく言わない。

六頭のレイホースには一人乗りの鞍と二人乗りの鞍が半々に備えられていた。疾駆けの為、余分な数は連れてきていない。

「坊はこっちだ」

「おー？」

エジルの手を借りて、ウィルがラッツの前に跨る。

セシリアはレンと、エリスはミーシャとそれぞれ二人用の鞍に跨った。

セシリアの視線が一人でレイホースに跨るルーシェと合う。

「ルーシェさんは馬にも乗れるのね」

「は、はい。種類は違いますけど、乗った事は……」

レイホース以外でも馬は貴重で基本高価だ。貧しい家の出身だと聞いていたので乗れるのはおかしいのだが。

「どんな機会にです？」

「そ、それは……」

不思議に思ったレンが問いただすと、ルーシェは恥ずかしげに答えた。

「父が野生のバンゴーとかを捕まえてきて、売る為には人に慣らさなくちゃいけなくて……」

バンゴーとは土属性の馬で騎乗獣というよりも農耕馬として用いられる事が多い馬力のある馬だ。

人手の足りない村などでは価値よりも先に労働力に目が行くのだ。

どこまでも勤労少年なルーシェに事情を察したレンが苦笑を浮かべ、その後ろでセシリアが可笑しそうに小さく笑った。

「さぁ、すぐにでも出発致しましょう。ルーシェ、道案内を」

「はい！」

トマソンの指示にルーシェが応え、先頭を切る。

静まり返った街道を六頭のレイホースが目的地を目指して駆け出した。


「あそこです！」

併走していたトマソンがルーシェの指差す先を見る。

森の境界にそれと分かる目印として大きな岩があった。上手く木々や草に隠されているが、その先は騎乗獣一頭なら入れそうな間隔がある。

「なるほど……」

普段は村の大人達が王都に急ぐ時のみ使われるという秘密の抜け道だ。

滅多な事では村から急ぎの使いが出される事はないので足元の草むらにも大した痕跡はない。だからといって悪路かと言われればそんなことはなく、街道を外れた草原にもかかわらず、しっかりと足場が踏み固められていた。

「おうまさん、はやーい♪」

風で髪を乱しながらウィルが歓声を上げる。

さしたる障害もなく抜け道の入り口にたどり着いたルーシェが馬を降りて塞いでいた木々を押し退

けた。

後続が次々と入り口の前で止まる。

夕日に照らされた道の奥はもう随分と暗くなっていたが、レイホースなら明るさは問題ない。しかし森の中には夜行性の魔獣もいる。油断はできなかった。

「ここから先は一本道です」

「分かりました」

ルーシェの説明にトマソンが頷く。

道幅を考えると一度入れば隊列を組み直せない。

トマソンが僅かばかり、思案に時間を割いていると焦ったエジルの声が思考を遮った。

「トマソンさん！　六時上空！」

大人達が顔を上げて南の空に視線を向ける。

ウィルだけ意味が分からず、大人達をポカンと見上げた。

「あれは……」

「なんて数だ……」

エリスに続いてラッツが呆然とした声を漏らす。

ワイバーンの群れが夕陽に彩られた南の空に一筋の黒い線を引いていた。その中に遠目であっても違いの分かる二つの影が混じっている。

「やはり、カラーズ……」

レンが苦虫を噛み潰したように目を細めた。

嫌な予感が当たった、と。間違いなく上位種のドラゴンである。

「ラッツ、色は！」

トマソンの声に魔法を発動して遠くを見ていたラッツが息を呑む。親指と人差し指で輪を作り、その中に見えたドラゴンの色は最悪と言っていい体色をしていたのだ。

「黒です、二匹とも……」

ブラックドラゴン。カラーズと呼ばれる上位種のドラゴンの中でも指折りの討伐難易度を誇るドラゴンである。

上位種のドラゴンは宿す魔石によって鱗の色が変わり、特徴も顕著になっていく。ブラックドラゴンは闇属性の魔石を有しており、ドラゴンの中でも屈指の魔法防御力を誇る。

ただでさえ強靭な鱗に覆われたドラゴンであるにもかかわらず、魔法で有効打が打てないのである。

更に最悪なのは、その進路にあった。

一匹は王都に、もう一匹は――

「このまま進めばルイベ村に……」

ルーシェが声を震わせる。

一匹のドラゴンはまっすぐルイベ村の方角を目指していた。なんの防衛手段も持たないルーシェの故郷へ。

「まずいですな……」

トマソンも思わず目を閉じて、己の見積もりの甘さを痛感した。

選択肢としていたルイベ村への避難は絶望的だ。同様に王都への撤退も間に合わない。レティス以外の街へ行くには迫り来る飛竜の群れをくぐり抜けなければならない。当然、襲い掛かってくるだろう。

退路がない。大人達は皆その事に気付いた。

やはりよく分かっていないウィルだけがポカンと大人達を見上げていた。

「どらごんさん、くるのー？」

ウィルのあどけない質問に全員が沈黙してしまう。

ややあって、ルーシェが口を開いた。

「……短い間でしたが、お世話になりました。僕はここまでです」

真剣な眼差しのルーシェを見れば彼が何を成そうとしているのか、一目瞭然だ。彼はこのままルイベ村を目指そうとしているのだ。

だが、如何にレイホースといえどもドラゴンの速度には敵わない。それでも。

「逃げ延びた村人がいるかもしれません……」

「火に巻かれて命を落とす可能性もあるのですよ？」

レンの忠告でもルーシェの決心は揺らがなかった。ただ彼らしく困ったような笑みを浮かべていた。

「ルーシェさん……」

セシリアはそんなルーシェを見捨てられなかった。雇い主としても、王族としても。

間に合わないからといって民を見捨てるような後ろ向きな女性ではないのだ、彼女は。

だが、ウィルは別だ。母としてそんな危険な場所にウィルを連れていくわけにはいかない。

「トマソン」

「はっ！」

セシリアの決意にトマソンが正面から応える。

「ウィルの安全だけは確保したいわ」

「ウィル様は精霊様に好かれておいでです。気は引けますが、もう一度ライア様を頼ってみてはいかがでしょうか？」

「外側からたどり着けるかしら？　精霊様の加護で外からは入りにくいと聞いてますが……」

「こちらにはエジルがおります。精霊様の居所はエジルが突き止めてくれるでしょう」

「そうね……」

セシリアは頷くと馬を降りてウィルの傍へ歩み寄った。

ラッツからウィルを預かったセシリアが深くウィルを抱き締める。

「せーれさんとこいくのー？」

「ええ、そうよ。エジルさんの言う事をよく聞いてね？」

「かーさまはー？」

不思議そうに聞き返すウィルにセシリアは困った笑みを浮かべた。

「私は一緒に行けないの」

「セシリア様にも共に避難して頂きたいのですが……」

「駄目よ。精霊様のご厚意に何度も甘えるわけにはいかないわ」

トマソンの願い出をセシリアはやんわり断った。

ウィルのせいで忘れがちだが、本来精霊とは信仰の対象であり、人が気軽に出会いを求めていい存在ではないのだ。

トマソンとセシリアのやり取りを聞いていたウィルが頬を膨らませる。

「やっ！」

「ウィル、ここは危険なの。聞き分けて」

「やだー！」

「お願いよ、ウィル……」

「みんないっしょじゃなきゃ、やだー！」

駄々をこねるウィル。

その背中を優しく撫でていたセシリアはウィルを真正面から見返した。

ウィルに理解できなくとも、しっかりと説明していく。

「よく聞いて、ウィル。あのドラゴンはルーシェさんの家族がいる村に向かっているの。このままでは村がドラゴンに襲われてしまうの」

ウィルは目に涙を浮かべながら鼻を鳴らす。しかし、話を聞こうという意志はあるようで、セシリアから目を逸らそうとはしなかった。

「おそらく、間に合わない。村は火の海になるわ。それでも私達は村の人を助けに行かなければならないの」

「るーしぇさんのおうち、もえちゃうの……?」

ウィルの質問に答えられる者はいない。

そうならない事を祈るばかりだが、強大なドラゴンが小さな村に襲いかかれば村の跡が残るかどうかも怪しい。

大人達の反応にウィルがしょんぼり項垂れる。

いつかルーシェが話してくれた沢山いる兄弟の話。そこにはその兄弟達もいる筈だ。それが燃えてなくなってしまう。

そしてウィルはそれを助けに行く大好きな母や家の者達と離れ離れにならなければならないのだ。

ウィルにとってそれはとても悲しい事だった。ルーシェの事も母の事も。

我慢できなくなったウィルの目から涙がこぼれ出る。それでも我慢しようと歯を食いしばり、泣き声を漏らさないウィルの姿は使用人達の目から見ても愛おしいものだった。

(わるいどらごんさんのせいだ……)

悔しくて悲しくて寂しい。折角みんなで集まったのに。ルーシェの家に行き、いっぱいの家族と会ってお話しして一緒に寝てお友達になって。それが全て台無しだ。

(わるいどらごんさんのせいでみんながかなしいになってしまう……)

姉達や他の使用人達にも会いたい。いっぱい覚えた魔法を見てもらってみんなに喜んでもらって、それで姉達を精霊のもとへ連れて行って一緒に遊んで。

それなのに、空を埋め尽くすようなドラゴン達が邪魔をする。

ウィルは我慢の限界だった。とても小さな子供に耐えられる事ではない。

しかし、ウィルを以てしても、精霊がいなければどうする事もできない。いや、いたとしてもどうにもならなかったかもしれない。

「…………？」

はたと、何かに気がついて自分の体を見下ろすウィルにセシリアが首を傾げた。

「ウィル……？」

ウィルが服の中に手を突っ込んで、それを引き出す。周りが微かに照らされた。

「それは……」

レンが驚いたように呟く。

ウィルの手の中で月の精霊ルナにもらったペンダントが淡い光を放っていた。

セシリアも使用人達も固唾を呑んでそれを見守る。その輝きが意味する事を誰も理解できなかった。

ウィルでさえも。だが――

（るな……うぃる、かなしいはいやだよ……）

ウィルは心の中で訴えるようにペンダントを両手で包み込んだ。目を閉じ、涙を溢しながら自分の魔力でペンダントに触れる。

（だれか……！　かなしいをやっつけて！）

ウィルの想いがペンダントの輝きと絡み合い、弾ける。それは大きな波紋となってフィルファリアの大地に広がった。

◆◆◆◆

レクス山の中腹にある洞穴の前で膝をついたシャークティが洞穴に向けて頭を下げる。

洞穴の脇には地属性の上位精霊が控え、小さな精霊達が遠巻きにシャークティを見守っていた。

『よく聞け、クティよ』

「はい……」

洞穴の奥から遠雷のような声が響き、シャークティが小さく返事をする。その表情は暗く、萎縮して肩を落としている。

洞穴に呼び出された時から言われる事の想像はついていたが、反論しようにも土属性系統の精霊を保護する地竜では相手が悪い。

シャークティは仕方なく、山の主の言葉を待っていた。

『本来、精霊とは人間の信仰の対象であり、人里においそれと姿を現さぬものじゃ。それが例え善き者の下じゃとて人里では自重するものなのじゃ』

「はい……」

『それが家人の前にまでホイホイと姿を見せてなんとする』

「申し訳ございません……」

山の主の口調に責めるようなものはない。

最近ではシャークティについて小さな精霊達までウィルのところへ出かけていく。

山の主は全ての人間が善い者ではない事をよく知っていた。中には精霊を捕らえ、売り物にしようとする不届きな存在もいる。

小さな精霊達がそういった者にかどわかされないか、心配しているのだ。

シャークティもその事は重々承知の上だった。しかし彼女も半端な気持ちでウィルのもとまで通っているわけではない。

『自重せよ。よいな……？』

「はい……」

シャークティの返事に理解の色が見えず、山の主が胸中でため息をついた。

その時である。魔力の波紋が山を走り抜けて行ったのは。

『ぬぅ……件の人間か……？』

走り抜けた魔力は間違いなくウィルのものだった。

魔力の波紋は精霊や幻獣達にウィルの見たもの、聞いた事、その想いを残していく。

（この魔力……どこぞの精霊が宝具でも渡したか……）

魔力の波紋は時として精霊や幻獣の共鳴を呼び、人とそれらを結び付ける。しかし、意識的に行えるわけではない。

ウィルの波紋は人の身で起こす規模としてはあまりに大き過ぎた。故に山の主はウィルの波紋をどこかの精霊が作り出した魔道具の力だと判断したのである。

宝具は一部の精霊や幻獣が作り出せる特殊な道具でダンジョンで手に入るような魔道具とは比較にならない。小規模なものでも国宝に指定されていたりする。

（いくら何でも甘やかし過ぎではないか……）

ウィルの魔力に気を取られていた山の主が意識をシャークティへと戻す。

今はシャークティを説教中であり、彼女に釘を刺しておかなければならない。その他の事は後回しだ。

『レクス様』

『よいか、クティ……くれぐれも――』

今まで黙って事の成り行きを見守っていた上位精霊の女性が口を出す。

同時に山の主レクスも言葉を失って我が目を疑った。

『クティはもう行ってしまいました。魔力の波紋を感じ取ってすぐに』

先程までシャークティが膝を突いていた場所には誰もおらず、上位精霊の淡々とした説明だけが響く。

山の主がウィルの魔力に気を取られているうちに飛び出していってしまったのだ。

『ぐ、ぐぬぬぬぬぬ……！』

思わず唸ってしまうレクスの横で今度は笛の音が鳴り響いた。

何事かと意識を向けるレクスと上位精霊の前で精霊の少年が手を上げる。
『集合！』
少年の呼び掛けに土属性の精霊達が次々と集まってくる。
精霊達が整列するのを待って、精霊の少年は語り始めた。
『みんな気付いたかと思うが、ウィルが助けを呼んでいる』
『ウィルは友達だ！』
『みんなで助けに行きましょう！』
肯定的な意見が出る中、精霊の少年は焦らず手で沈黙を促した。
『だが、相手はドラゴンだ。一筋縄ではいかない』
『構うもんか！』
『そうだ！　友達が困ってるなら助けなきゃ！』
ウィルを慕う精霊達は勇ましく、強大なドラゴンだって恐れはしない。
精霊の少年も同胞達の心意気を感じて大仰に頷いた。
『そうだな。クティも迷わずウィルのもとへ向かった』
『『『僕達も！』』』
『『『私達も！』』』
意を決する精霊達。精霊の少年は一つ頷いてから言い放った。
『行けば必ずレクス様に説教されるぞ。それでもいいか？』

『『『…………』』』

精霊達は沈黙した。

ソッとレクスの様子を窺うとレクスが睨むような意識を飛ばしているのが分かる。

山の主レクス――その正体はこの辺り一帯を守護する地属性の大幻獣であった。怒らせると、とても怖い。

『僕は行くぞ……！』

居並んだ精霊達の中から誰かが言った。

『私だって』

『私も！』

整列した中から次々と声が上がる。その声は絶える事なく段々と大きくなっていく。

精霊の少年はそこでようやく満足そうに頷いた。

『レクス様には後で、みんなで怒られよう』

『『『おおー！』』』

精霊の少年の言葉に全員が拳を上げる。みんないい顔をしていた。

で、あれば掛ける言葉は決まっている。

『土の陸戦部隊、総員出撃！』

号令一下、土属性の精霊達が次々と上の中に潜行していく。

『…………』

誰も居なくなった広場を見てレクスが深々と嘆息した。

やや間を開けて、洞穴の中から一人の少女が姿を現す。

腰まで伸びたブラウンの髪と同色の双眸。白く華奢な体躯は露出の多い黒地の衣服に包まれ、その上から外套を羽織っていた。

『……レクス様、幻身体でどちらへ？』

無言で歩き出す少女に上位精霊が声をかけると少女は肩越しに振り向いた。きれいな双眸が不機嫌そうに歪められる。

『憂さ晴らしじゃ』

『お供致しましょうか？』

『要らぬ』

頬を膨らませたレクスの愛らしさに上位精霊が思わず頬を緩める。

その様子にレクスは不満げな視線を送った。

『お主は子供達を見張っておれ。何かあっては敵わんからのぅ……それから——件の人の子……お主の目でしかと見定めてこい』

『御心のままに……』

一礼した上位精霊が土の中に沈んで消える。

それを見届けたレクスは不機嫌そうに鼻を鳴らして宙へと舞い上がった。

一方その頃、一足早くウィルの波紋を感じ取った精霊の庭では精霊達が忙しなく動き回っていた。

『水の精霊達、お急ぎなさい！　小川を伝って村の前へ出ますわよ！　戦闘が苦手な子達は消防活動に専念しなさい！』

ネルが同属性の精霊達に指示を出し、手早く役割をまとめていく。

その後ろ姿を見守りながら、ライアは小さくため息をついた。

『ネルはウィルの事を煩わしく思っていたのではなかったのか？』

『最初はそうかもしれないわね……』

同じようにネルを見守っていたフルラが可笑しそうに笑う。

ネルは良くも悪くも正直だ。いきなり現れたウィルに苛立ちを覚えていたのは確かだろう。

しかし、ウィルも真っ直ぐで優しい心の持ち主だ。人間でなくても心惹かれるものがある。

ネルもウィルと触れ合う内に感化されていったのだろう。

『ちょっと、あなた達！　ぼんやりとしている場合じゃございませんのよ！』

『分かっている』

ライアが素っ気なく応えるとネルの気に障ったのか、ネルは荒々しい足取りでライアの傍へ歩み寄った。

『いいえ、分かっていませんわ！　ウィルが泣かされたんですのよ！　あんなトカゲ連中に村が燃やされてしまうと！　到底許せる事ではありませんわ！』

『はいはい、落ち着いて。戦う相手はこっちじゃないでしょう？』

『そ、そうでしたわね！　早く参りませんと！』

フルラに宥められたネルが思い出したかのように踵を返して川へ向かって走り去る。

フルラはそれを見送るとライアに向き直った。

『ライア、私も行くわ。ドラゴンの高度が下がったら捕縛する』

『分かった』

『それから、クララとマークを一緒に連れて行って。何かあってもクララがいれば大体の怪我に対応できるわ。マークも森に残るよりウィル達と行動した方が力を使える筈よ』

『うむ』

ライアは頷くとフルラの後ろに控えていたクララとマークに視線を向けた。どちらもその表情に決意を漲らせ、真っ直ぐライアを見返してくる。

そんな精霊達を好ましく思ったライアの頬が少し緩んだ。

『覚悟はいいな』

『『はい！』』

ライアの言葉にクララとマークは力強く頷いた。

「僕達も班を分けるよー」

パンパンと手を叩きながらカシルが注目を集める。いつも通りの優しい声だが表情は少し緊迫している。

「一班は僕と一緒に来てウィル達の援護だ」

「じゃあ二班は俺な。ドラゴンとワイバーンを遊撃して注意を引き付ける」

シュウの提案にカシルが頷いた。

役割としては一番危険なのだが、シュウや志願してくる精霊達に気負う様子はない。機動力や戦闘力に自信があるのだ。

カシルはもう一つ班を作って役割を与えた。

「ネルと二班がドラゴン達の注意を引き付けてる間に三班で風の大玉を作る。直上から打ち下ろしてドラゴンを叩き落として欲しい」

如何に飛竜とはいえ、その巨大な体躯で空へ飛び立つには時間がかかる。一度地面に落ちれば高い確率で地上戦に持ち込めるのだ。

しかし、巨大なドラゴンを撃ち落とせるだけの魔法を放つにはそれなりの実力がいる。

集まった風の精霊の中からアジャンタが手を上げた。

「だったら三班は私がやるわ！」

「それはダメだよ」

「なんでよ！」

やる気を通り越して憤るアジャンタにカシルが人差し指を立てて見せる。

「分かってるでしょ。ウィルにはアジャンタが必要だよ」

「うっ……」

泣いているウィルの顔を思い出してアジャンタは声を詰まらせた。

アジャンタもウィルが悲しんでいるのなら、すぐに飛んで行きたい。だが、大役を果たせる精霊もそう多くはない。

「ウィルにもう大丈夫だ、って言ってやりなよ」

「……じゃあ、他に誰がドラゴンを撃ち落とすのよ？」

「それは……」

アジャンタの問いにカシルが言葉を詰まらせる。

風の精霊達が顔を見合わせ、その視線が一点に注がれた。注目を集めた先にはボレノがいた。

『お、俺ぇ!?』

乗り気でなかったのか、ボレノの声がひっくり返る。焦ったように腕を広げてあたふたと弁解を始めた。

『いや、だってドラゴンだぞ、ドラゴン！　ワイバーンとかならまだしも、ドラゴン！　皆分かってんのか!?』

魔獣の中でも最強と名高いドラゴンである。上位精霊だっておいそれと手の出せない相手だ。

「ボレノ！」

『なんだよ！』

アジャンタに強く呼びかけられて身構えたボレノは次の瞬間、目を丸くした。

「お願い……」

両手を握り合わせ、懇願するアジャンタの姿はなぜかボレノの目に輝いて見えた。

思わず見惚れてしまったボレノが我にかえって周囲を見回す。風の精霊達はみんなボレノの返事を待っていた。

訴えかけるような視線に晒されて、ボレノが折れる。

『分かったよ！　やるよ、やりゃいいんだろ！　ったく、居ても居なくても手が掛かるな、ウィルは……』

最後の方は小声でブツブツと呟きながら、ボレノが三班の前に出る。

(((ボレノ、不憫な奴……)))

その姿に何人かの精霊達は心の中で涙した。

アジャンタが胸を撫で下ろし、カシルと頷き合う。

「一班、ウィルのもとへ行くよ！」

『『はーい！』』

カシルを先頭に風の精霊達が次々と飛び立っていく。

それを見送ったボレノは不機嫌そうに眉根を寄せて三班に向き直った。

『いいか！　俺達は上空に魔力を溜めてドラゴンを叩き落とす！　半端な威力は許さねぇ！　空の覇

者は飛竜ではなく俺達風の精霊だと思い知らせてやるんだ！』

『『『おー！』』』

ボレノが八つ当たり気味に鼓舞し、三班の精霊達が拳を上げて応える。一班に続いて三班も飛び立っていった。

『我々も行きますかー』

『リーダー、指示願いまーす』

最後になった二班の精霊達がシュウに視線を送る。

シュウは一つ咳払いをすると班員達を見回した。

「ネルはやるときゃやるが、それでもドラゴンで手一杯だろう。ネルが集中できるように、俺達はワイバーン中心に迎撃する」

『『『了解！』』』

「ワイバーンと存分に遊んでやれ！」

『総員出撃！』

『イッツ、ショータータイム！』

テンション高く、やる気を漲らせた二班の精霊達が次々と飛び立っていく。

精霊の庭から全ての精霊がいなくなったのはこの時が初めてであった。

◆◆◆◆◆

薄暗くなった森の木々を風が撫でていく。

ざわめく葉の音を聞きながら、セシリア達は何が起こったのか計りかねていた。

ウィルがしかと握り締めたネックレスの効果。最初に異変を察知したのは幻獣ブラウンとその契約者エジルであった。

「な、なんじゃこりゃ⁉」

ブラウンと同調して索敵範囲を広げていたエジルの声が裏返り、ブラウンが忙しなく動き回る。

顔を見合わせるセシリアとトマソンの横でウィルも気付いた。その顔が見る見る笑顔に変わっていく。

「エジルさん、いったい――」

「かーさま、みんなきたー」

「えっ？」

先程と一変して笑顔を浮かべる我が子にセシリアが目を瞬かせる。と、少し距離を置いて土の中から精霊の少女が飛び出してきた。

「ウィル！」

「しゃーくてぃ！」

駆け寄った勢いのままシャークティがウィルを抱き締める。精霊としての求愛行動も厭わず、ウィルの頭を優しく撫でた。

「ウィル……」

「しゃーくてぃ、ちょっとくるしー……」

むぅむぅ言いながらシャークティの腕の中から顔を出したウィルがシャークティの顔を見上げる。

『ヒューヒュー！』

『イヤーンな感じー！』

いつの間にか背後に追いついていた土の精霊に囃し立てられ、我に帰ったシャークティが頬を染めてウィルを離した。

「ごめんなさい、ウィル……」

「いーよー」

謝ってくるシャークティにウィルがこくこくと頷く。

そんな様子に大人達が驚いていると、今度は頭上から声がかかった。

「な、何やってるのよー！」

「あじゃんたー、かしるー」

舞い降りてくる風の精霊達を見上げてウィルが両手を上げる。

アジャンタやカシルの頭上を更に風の精霊の一団が飛び抜けていく。

アジャンタは怒りの表情のままウィルの傍へ降り立つとシャークティから取り上げるようにウィル

を抱き上げた。

「油断も隙もあったもんじゃないわ。ウィル、私が来たからもう大丈夫よ♪」

「別に……私はウィルに酷い事してない……」

ムッとしたシャークティがアジャンタを睨み返す。

何が起こっているのか分からずキョトンとするウィルを挟んでアジャンタとシャークティの間で火花が散る。

「あー、アジャンタ……その言い方だとウィルを安心させるというよりクティに喧嘩を売ってるように聞こえるよ？」

『そうだぞ、アーシャ。今は内輪で揉めている場合ではない』

間に割って入るカシルに同調したのは闇を潜り抜けるように姿を現したライアであった。

その横に並んでクララとマークが姿を現す。二人ともウィルを抱き上げるアジャンタを見て頬を染めていた。

「らいあ、くらら、まーく！」

ウィルがアジャンタから降りてライアに駆け寄る。抱っこをせがむウィルにライアは苦笑するとウィルの頭を撫でた。

『なんだ、ウィル？　男の子なのに泣いているのか？』

「ないてないもん！」

指摘されたウィルが袖で涙を拭って首を横に振る。

間違いなく泣いてたでしょ、という大人と精霊の視線を無視してウィルは言い放った。

「みんながきてくれたから、だいじょーぶなんだもん！」

『そうか……』

拳を固めて見上げるウィルの頬をライアが優しく撫でた。

いつもの元気を取り戻したウィルに大人達も安堵のため息をつく。

そんな少し落ち着いた空気の中、また響く声があった。

『なるほど。その子か……クティが夢中になってる人間は』

「ジーニ……！」

精霊の女性が土の中から姿を現し、慌てた土の精霊達がウィルや大人達の影に隠れる。

精霊から発せられる魔力の色を感じ取ったセシリアが慌てて膝を突こうとするが、ジーニと呼ばれた精霊はそれを手で制した。

『この場での気遣いは無用。なぁ、クティ……』

動じず、真っ直ぐ見返すシャークティとジーニが向かい合う。

「止めに来たの……？」

『いや……子守だ、私は』

シャークティの問いにジーニは笑みを浮かべて答えた。それから視線をウィルの方へと向ける。

キョトンとして成り行きを見守っていたウィルだったが、ジーニの視線に答えるようにジーニの前に出た。

「おねーさん、だれー？」

『ジーニという。地の精霊だ。宜しくな』

「うぃるはうぃるべる・はやま・とるきすです。さんさいです。よろしくおねがいします！」

ペコリとお辞儀するウィル。その様子を見ていたジーニが思わず目を細める。

だが、ウィルはそこで終わらず、子供ながら丁寧に続けてみせた。

「せっかくじーにとなかよくなったんだけど、うぃるはいかなくちゃ！」

『ふふっ……どこへ行くんだ？』

あっという間に仲良し認定されてしまったジーニが思わず笑みをこぼすと、ウィルは真面目くさった顔をして力強く言い放った。

「みんなのおうちをまもらなきゃ！　うぃる、どらごんさんをやっつけてくる！」

なんとなくウィルの言わんとしている事を予想していたセシリアが額に手を当てる。予想通りだった。

「しゃーくてぃ、あじゃんた、じゅんびして！　はやくはやく！」

向き直るなり捲し立てるウィルに待ったをかけようとセシリアが顔を上げるとライアが先にウィルへと歩み寄っていた。

『まぁ待て、ウィル』

「どらごんさんをとめないと！」

『言いたい事は分かったから落ち着け』

「えー？」

ウィルが怪訝な顔をしてライアを見る。

ドラゴンの飛行速度を考えれば悠長にしている時間はない。その事はウィルにも分かっていた。

ライアはそんなウィルの頭に手を置いて笑みを浮かべた。

『ネルと風の精霊達がドラゴンを食い止めてくれる。問題はその後だ』

「もんだいー？」

首を傾げるウィル。

『そうだ。ブラックドラゴンというのは魔法耐性の強いドラゴンだ。ネルでも時間稼ぎくらいしかできない。倒すには直接攻撃しなければならないが……』

「こちらには対竜装備はありません。痺れを切らせたドラゴンが迂回してくれればいいのですが……難しいでしょうな」

ウィルの代わりにトマソンが答え、ライアが頷く。

竜種というのは己の強さを自負している為か、他の生物に道を譲らない。同種のヒエラルキーにしか従わないのだ。

つまり、今現在の最善手は精霊達が時間を稼いでいる間に村の人達を避難させる事なのである。

そうとは考えつかないウィルがプクッと頬を膨らませた。

「うぃる、ごーれむさんでごちんするからいーもん！」

『ここから村の手前の川までは相当距離がある。ゴーレムでは辿り着けないだろう？』

「えっ……？」

ライアの説明にウィルはキョトンとしてしまった。シャークティとアジャンタを見て、それから母とトマソンを見て、最後にライアへ視線を戻す。

そんなウィルの様子に今度はライアが不思議そうにウィルを見返した。

『どうした、ウィル？』

「あのー」

ウィルがどう説明したものかと迷っていると、わけを知る精霊達が次々と声が上げた。

『ウィルのゴーレムはめっちゃ速いんだから』

『そーだよー、すっごいんだからー』

『エンチャントかましたレイホースより絶対速えー』

『そんなわけないだろう……』

精霊達の言葉が信じられないのか、ライアが深々と嘆息する。

当然、精霊達の言う事に思い当たるフシのあるトルキス家の者達は視線を泳がせた。

「あの、えーっと……」

「ライア様、実は……」

『なんだ？』

怪訝な表情を見せるライアを他所にウィルと精霊達が勝手に盛り上がる。

「やっちゃおーか？」

『やっちゃえ、やっちゃえ！』

『論より証拠！』

「ちょ、ちょっと待って、ウィル」

セシリアが慌てて待ったをかけるが、ウィルは首を横に振った。

「もーがまんできない！」

ウィルは怒っているのだ。これから訪れようとしている理不尽に。

「るーしぇさんのかなしいはうぃるのかなしいなの！　みんなのかなしいはうぃるのかなしいなの！

うぃるはかなしいがだいきらいなの!!」

「ウィル……」

セシリアは言葉を詰まらせた。

ウィルのその気持ちがウィルの優しさからくるものだと分かっていたからだ。使用人の中には幼いウィルの心意気に涙ぐむ者までいる。

だが、だからといって幼い我が子をドラゴンと対峙させられるわけがない。

困り果てるセシリアだったが、ウィルは止まらない。その手をアジャンタとシャークティに向けた。

ウィルを中心に魔法陣が広がり、優しい魔力がアジャンタとシャークティに誘い掛ける。

『これは……仮契約の魔法陣か……』

ジーニが感嘆の息を吐く。

仮とはいえ、精霊との契約は精霊自身が認めた者にしか行わず、精霊からの働きかけに対して契約する者が合意する事で契約に至る。当然、人から精霊に誘いかけるような真似はできない。しかし、ウィルはそれを仲良しの証として解釈し、契約者側の合意の魔法陣を覚えて自分で展開しているのだ。

こんな事は精霊の間でも前代未聞であった。

「あじゃんた、しゃーくてぃ」

『『あぅ……』』

精霊王になりたいと主張するウィルからのアプローチは、それはそれで感じ入るものがあって、アジャンタとシャークティが頬を朱に染めて身悶える。

思い思いの表情を浮かべる精霊達に見守られながら二人はウィルの手を取った。仮契約の魔法陣が滞りなくウィルと二人を結びつける。

漲る魔力を感じてウィルが力強く頷いた。

『はは、とんでもないな……』

『まったくだ……』

成り行きを見守っていたジーニが乾いた笑みを浮かべ、ライアも呆れたように首肯する。

そんな上位精霊達を尻目にウィルはセシリアに向き直った。

「かーさま、うぃるはいきます！」

ウィルの頑なな主張にセシリアは頬に手を当てて深々とため息をついた。

「こんなに頑固なところ、いったい誰に似たのかしら……」

我が子を想ってそう呟くセシリアの背後に控えていたトマソンとレン、エリスが思い思いの表情を浮かべ、胸中でツッコむ。

（セシリア様ですな）

（セシリアだと思います）

（セシリア様ですよ）

普段は物腰柔らかで聡明なセシリアだが、王族の出自ながら一介の冒険者と添い遂げる道を頑なに貫き通したのはセシリア本人である。始めからシローだけの思いでどうにかなる案件ではなく、二人の結婚は彼女が最後まで押し切らなければ実現しようもなかったのだ。

その事を知る三人から見れば、ウィルの頑固さは紛れもなく母親譲りなのであった。

「みんな、きいて！」

少し開けた場所まで進み出たウィルは集まった精霊達に語りかけた。

「このままじゃ、るーしぇさんのおうちがどらごんさんにもやされちゃうんだ！　うぃるはそんなのいやだ！」

「ウィル様……」

懸命に訴えるウィルの姿にルーシェが胸を打たれる。

まだ雇われて間もないルーシェとウィルの交流は少ない。だが、ウィルはルーシェの事を他の使用人と変わらず、大切に思っている。それが一生懸命な姿からよく分かった。

「うぃるはるーしぇさんのおうちも、むらのみんなもまもりたい！」

だったら、どうするか。ウィルはセシリアの教えをしっかりと覚えていた。

「だから、うぃるがどらごんさんをやっつける！　みんな、ちからをかして！」

『『『おおー！』』』

精霊達がウィルに応えて拳を掲げ、歓声を上げる。

『ウィル、任せてー！』

『新入りの家も守ってやるぜー！』

『ドラゴン、やっちゃうよー！』

風の精霊も土の精霊も、この場に集まった者はみんなウィルの味方だ。

ウィルは精霊達の反応に強く頷いて後ろに向き直った。

どこまでも続く広い平原である。精霊達のお陰で魔力も潤沢にある。ウィルの魔力の届く範囲全てがウィルの力だ。ウィルはそう確信した。

隣に立つシャークティと視線を交したウィルが高々と杖を掲げる。

「したがえしゃーくてぃ！　つちくれのしゅごしゃ、わがめいにしたがえつちのきょへー！」

増幅された魔力が杖から溢れ、大地に吸い込まれる。瞬く間に広がった魔力はシャークティの助けを借りて拡大し、ウィルの意を汲んで魔法として発動した。

樹の核が宙に浮き、鳴動した大地から大量の土が吐き出される。渦巻くそれが樹の核を覆い隠し、次第に人型へと変化していく。

『まだまだー！　魔力を送れー！』

『ゴーレムを強化するんだ！』

『特に足回り！　風の魔法に負けないように！』

土の精霊達が岩の体表にさらなる力を与える。

その様子を離れて見ていたライアが首を傾げた。ドラゴンやワイバーンの中に風の魔法を扱うものは見受けられない。なぜ風の魔法に負けないように造るのか。

その理由は高らかに叫んだウィルの言葉ですぐ分かる事になる。

「こねくとー！」

ウィルの合図に風の精霊達が一斉に構えた。

「つどえ、かぜのせいれいさん！　はるかぜのぐそく、はやきかぜをわがともにあたえよおいかぜのこうしん！」

ウィルの掲げた杖先から、今度は風の魔力が溢れ出す。そびえるような巨躯のゴーレムを勇ましい風のヴェールが包み込み、緑色の燐光を発した。

『魔法の接続……？』

呆気にとられるライアの前でゴーレムがゆっくりと立ち上がる。

下から見上げるウィルと木々より遥か高い所から見下ろすゴーレムの視線が交わる。

「よろしくね、ごーれむさん」

ウィルの言葉にゴーレムは小さく頷いた。

『これは予想外だな……』

ゴーレムを見上げたジーニが肩を竦め、視線をライアに向ける。

『私はレクス様から子供達を守るように言われているからついていくが……ライア、お前はどうする?』

『うむ……』

ライアは小さく唸って考え込んだ。

ライアから見てもウィルのゴーレムはとてつもなく速いだろうと予想はついた。これならば、交戦中のドラゴンに追いつける。だが、一番の安全はネル達が時間稼ぎをしている間、村人を避難させてやり過ごす事だ。おそらくセシリア達もそれを願っている。

(考えるだけ、無駄か……)

きっとウィルは止まらない。それにライアの目には魔力光に気付いたワイバーンの一団が方向転換してこちらに向かってくるのが見えていた。どちらにせよ、一戦は免れない。

そう思い、ライアはウィル達に歩み寄った。

『ウィル、ワイバーンに気付かれた。こっちへ向かってくるぞ』

「うん、わかった」

こくこくと頷くウィルの態度からはなんの恐れも感じない。その目は自信に満ち溢れていた。

「ここまでやってしまったのであれば、どうしようもありませんな」

そう言ったのはトマソンであった。彼も多くの戦闘経験から一戦逃れられない事を瞬時に悟ったのだ。

『しかし、村の者の避難を後回しにしていい理由はないぞ』

「心得ております、ライア様。そちらの方はお任せを」

ライアの言葉に頭を下げたトマソンは向き直るなり、指示を出した。

「ラッツ、エジル、エリス、ミーシャはルーシェと共に村へ。ルーシェ、みんなを先導してあげて下さい。セシリア様と私とレンはウィル様についていきましょう」

「それなら風の精霊をお供につけるよ。その方が断然速く辿り着ける」

カシルが手をパンパンと鳴らすと何体かの精霊がルーシェ達のもとへ向かった。

「お気をつけて」

エリス達が頭を下げ、ルーシェの先導で森の奥へと入っていく。

その後ろ姿を見送ったウィルがアジャンタに視線を向けた。

「あじゃんた、おねがい」

「まっかせて！」

ウィルの頼みを快く引き受けたアジャンタが風の球体を展開する。

その中はウィルを始め、セシリア、レン、トマソン、シャークティ、アジャンタ、ライア、ジーニ、クララ、マークとなかなかの大所帯になっていた。

アジャンタに誘導された風の球体がふわりと浮き上がり、ゴーレムの頭上に着地する。

「ウィル、来たわ……」

シャークティの言葉を聞いてウィルが空を見上げる。ワイバーンの群れがもう間近に迫っていた。

「うぃるはまけない！　ぜったい！」

そう言うとウィルが真っ直ぐワイバーンを睨みつける。

その心情を表すかのように、仁王立ちしたゴーレムがその太い両腕を胸の前でしかと組んだ。

『ウィル達の方に魔力の光が……』

『ワイバーンが引き寄せられるぞ！』

飛行していた精霊達がウィル達の行動とワイバーンの反応に気付いて声を上げる。

先頭を行くシュウは精霊達の声に耳を傾けながら、真っ直ぐ前を向いていた。

「大丈夫だ！　勝算がなきゃ、周りの精霊が止めてる！　それに向かったのは一部だ！」

彼らの前にもワイバーンが多数存在する。ブラックドラゴンの取り巻きのように飛行する一団である。

「あれを取り払わなきゃネルだって応戦できねぇ！」

『分かってる！』

シュウの引き連れた風の精霊達は幼いながらも戦闘に長けた集団だった。すぐに気持ちを目の前の一団に向ける。

「突っ込むぞ！　遅れるなよ！」

『『おうっ！』』

シュウの合図で風の精霊達が一気に速度を上げた。

精霊達の接近に気付いた外周のワイバーンが顔を上げる。しかし、加速した精霊達にそれは遅すぎた。

「アターーーックッ!!」

攻撃魔法を発動した精霊達がワイバーンの群れの隙間を縫うように次々と飛び込んでいく。すれ違いざまの猛攻がそのまま開戦の狼煙となった。


ワイバーンの群れがゴーレムを目掛けて飛来する。

魔力光もさることながら、遠目にもその存在感はひしひしと伝わっていた。いきり立ったワイバーンの群れがそれを見逃すはずもない。

先行したワイバーン数匹が二発三発とゴーレムへ向けて火球を放つ。

ウィルはそれを真っ直ぐ見据えていた。

「ウィル、火球が来るわ」

少し落ち着かない様子でセシリアが告げる。

幼い我が子が対処法を誤れば火傷どころでは済まない。シャークティがいるから問題ないとは分かっていてもセシリアとしては落ち着けるはずもなかった。

見る見る火球が迫ってくる。

ワイバーンとの距離があるとはいえ、そこはワイバーンの射程圏内。容赦なく火球の雨を降らせてくる。

だが、ウィルは取り乱したりしなかった。

「ごーれむさん！」

ウィルの声に応えるようにゴーレムが小さく吼え、片手を持ち上げる。ゴーレムは飛来した火球を片手で軽々と受け止めた。障壁を張る素振りすらない。

ゴーレムが爆発の衝撃を後ろに逸らす事なく、全ての火球をはたき落とす。掌から煙が上がるが、それも僅か。風が吹き消した後には傷一つなかった。

「うぃるのごーれむさんにそんなはなび、きくもんか！」

最近覚えた言葉も使ってウィルが得意気に胸を張る。

「竜種の火球が花火扱い……」

「あはは……」

レンの言葉にセシリアが苦笑いを浮かべる。

プライドを傷付けられたのか、ワイバーンが威嚇するような鳴き声を上げた。

「うるさいなぁ……もぅ」

耳障りな鳴き声にウィルがムッとして杖を掲げる。

「ごーれむさん、やっつけるよ！」

ウィルの指示にゴーレムが反応して胸の前で組んでいた腕を空に掲げた。指先を真っ直ぐワイバーンの群れへと向ける。

「ウィル、一体何を……」

ワイバーンとはまだ距離がある。

不思議な態勢に入ったゴーレムにセシリアは首を傾げて我が子を見た。

普通の魔法ゴーレムならば、この距離からワイバーンをどうにかする術はない。

セシリアは先日の魔獣騒ぎでウィルの魔法ゴーレムが大活躍したと報告を受けていたが、それでも打つ手がないように思えた。

「ごーれむさん、おててまだんだ！」

「「「おててまだん？」」」

聞き慣れない言葉に大人達が首を傾げる。

そんな大人達の前にゴーレムを伝って登ってきた土の精霊がぴょんと飛び出した。

『説明しよう！　ウィルの魔法ゴーレムには僕達土の精霊の魔力が大量に詰まっている！　【おてて魔弾】とは、ゴーレムを媒体にその潤沢な魔力を利用してゴーレムの指先から大量の魔弾を撃ち出し続ける攻撃魔法なのである！　よっしゃ！』

言い切った満足感から土の精霊の少年がその場でガッツポーズを決める。

一方、精霊の説明を理解したセシリアとレンは思わず頬を引きつらせた。

「ゴーレムを媒体にした魔弾を……」

「撃ち出し続ける……」

ゴーレムの指の先端に巨大な魔法の弾丸が次々と生成されていく。魔力を帯びたそれはゆっくりと回転し始めた。

『魔力回路、安定！』

『魔力出力、よーし！』

『照準、誤差修正！　目標、ワイバーンの群れ！』

土の精霊達から上げられる報告を聞いてシャークティがウィルを見る。

「ウィル、いつでも行けるわ……」

「うん！」

促されてウィルが力強く頷いた。ウィルの目にも分かる強大な魔力を伴った石塊の魔弾が魔素の渦を巻く。

ウィルは杖で飛来するワイバーンの群れを指し示した。

「はっしゃー！」

ウィルの合図でゴーレムの指先から大量の魔弾がとめどなく吐き出される。一直線に飛翔した魔弾の雨が次々とワイバーンを貫通していった。

油断していたワイバーンの群れが慌てて進路を変えようとするが、もう遅い。

凶悪な弾幕を前に一匹、また一匹と力尽きて墜ちていく。

「ウィル、避けたワイバーンがそのまま突っ込んでくるわ！」

アジャンタの指差す先に大きく旋回してゴーレムに迫ろうとするワイバーンの姿があった。

「まかせて！」

ウィルはまた力強く頷いた。

「つちのせーれーさん、あつまれー！」

精霊に集合をかけたウィルが杖を振る。するとゴーレムの周囲の土が魔力を帯びて盛り上がった。

「だいちのかいな、われをたすけよつちくれのふくわん！」

ゴーレムを介して放たれた【土塊の副腕】が地面の土を吸収して構築される。大きさは普段ウィルの使用している副腕とは比べ物にならないほど大きかった。

「で、でかい……」

「まさか……」

規模の大きさにレンとセシリアが驚いていると、またゴーレムを伝って登ってきた土の精霊が大人達の前に飛び出した。

先程と違って今度は小さな女の子だ。

『説明しよう！　ウィルの魔法ゴーレムには私達土の精霊の魔力がたくさん詰まってる。【土塊の副腕】もゴーレムを媒体にする事でゴーレムの副腕として生成可能なのである！』

きちんと説明できた精霊がかわいいドヤ顔を披露する。

その説明を聞いていたセシリアは心配そうな表情で頬に手を当てた。

「こんなに立て続けに大きな魔法を使って大丈夫なのかしら……」

『大丈夫！　私達がついてるから！』

精霊の少女が胸を張って自信満々に答える。それを補足したのは黙って見守っていたライアだった。

『この場にいる精霊達が手助けしているから精霊魔法として成立している。それにこの副腕の魔法はゴーレム生成の延長線上にある。確かに消費魔力はゴーレムより多いだろうが、精霊の魔力を借りている以上、今のウィルには問題ないだろう』

「そうですか。それなら……」

母として安堵の息の一つでも、と思ったが正直無理がある。こんな出鱈目な魔法を駆使する我が子を見て安心などできるはずがない。

そんな事は気にした風もなく、ウィルは魔法を組み上げた。三対六本の巨大な副腕が宙にそびえ立つ。

「いけー！」

ウィルの指示を受けた副腕がバラバラに飛んでいく。

狙いは弾幕を突破したワイバーンだ。拘束能力に長けた副腕は掴めば相手の動きを封じる事ができる。

ワイバーンが次々と副腕に捕らえられ、空中に磔にされていく。

六本全ての腕がワイバーンを捕獲し、動けなくなったワイバーンがギャアギャアと喚きながら腕を振り解こうと暴れ回る。

その様子を見たウィルの目がスッと細まった。

「わるいこには、おしおきだ」

ゴーレムの副腕がゆっくりと向きを変え、ワイバーンの頭が地面を向く。

「おすわり！」

ウィルが唱えると同時に副腕が全て急降下した。そのままワイバーンを地面に突き刺すように叩きつける。

轟音が響き、土砂が舞う。見守っていた大人達が頬を引きつらせた。

湧き立つ砂埃が静まると、副腕の落ちた場所には頭を地面にめり込ませたワイバーンの柱が六つ、出来上がっていた。

「あとちょっと！　ごーれむさん！」

ウィルの魔力にゴーレムが吼えて返す。両手から放たれていた魔弾が勢いを増した。弾幕が厚みを増し、突破を試みたワイバーンが次々と墜ちていく。

それでも強行突破を図ろうとするワイバーンがゴーレム目掛けて突っ込んでくる。

「おまえたちなんかにー！」

副腕がウィルの意思に反応してゴーレムの周囲に展開する。そして同じように指先をワイバーンの群れに向けた。

「まけるもんかー!!」

自力で魔法を繋ぎ合わせたウィルが副腕の指先に魔力を送る。

『任せろ、ウィル！』

『やーってやるぜー！』

ウィルの意思を汲んだ土の精霊達がウィルの魔力に同調し、副腕に魔力を注ぎ込んだ。

「おてでまだん！」

『フルパワーだー！』

「ふるぱわーだー！」

三対六本の副腕による魔弾を加え、ゴーレムがワイバーンを圧倒する。こうなってはワイバーンに成す術はない。

最後の一匹まで地面に落とされ、ワイバーンは完全に沈黙した。

「ふー」

ウィルがやり遂げたと言わんばかりに汗を拭う仕草をする。因みに汗をかいた様子はない。

地面に耳を当てていた土の精霊が顔を上げる。

『全ワイバーンの沈黙を確認！』

精霊の報告に他の精霊達が歓声を上げた。完全勝利である。

『やったー！　ワイバーンをやっつけたぞー！』

『ゴーレム、ちょーつえー！』

『今回のゴーレムに砲撃戦用の称号を与えよう！』

喜び合う精霊達にウィルもひと息ついて頬を緩ませる。

だが、戦いはまだ終わっていない。

遠くの空では風の精霊達が他のワイバーンの足止めを行っている。ブラックドラゴンも刻一刻と村へ近付いていた。

「なんと申しますか……」

あまりに圧倒的な戦果にトマソンも言葉がない。

横で同じ光景を見ていたレンも呆れて小さくため息をついた。

「私も竜種との戦闘を何度か経験していますが、こんな無惨なやられ方をするワイバーンは記憶にないですね……」

「レン……」

苦笑いを浮かべたセシリアとレンの視線の先には地面に突き刺さったままのワイバーンがいる。

「おそらくウィル様と精霊様が力を合わせれば城の一つや二つ、容易く落とせるでしょうな……」

「トマソン、冗談でもやめて……」

とうとう頭痛を覚え始めたセシリアにトマソンが頭を下げる。

だが、レンもトマソンも基本的に戦闘従事者だ。ウィルが強くなるのは喜ばしい事なのである。

それを知ってか知らずか、ライアとジーニは笑みを浮かべて見守っていた。

「かーさま！」

ウィルに呼ばれてセシリアが向き直る。我が子ながら凛々しい表情でこちらを見上げていた。

「うぃるはどらごんさんをやっつけにいきます！」

堂々と宣言するウィルに答えられなくて、セシリアがライアに視線を送る。

『大丈夫だ、セシリア……危なくなれば私がなんとかする』

「はい……」

しぶしぶ頷いて、セシリアは再度ウィルを見た。

その堂々とした姿は頼もしくもあり、当然心配でもある。いくらウィルが強くても、ウィルはまだまだ子供なのだ。

「ウィル……」

「かーさま、だいじょーぶ！」

その一言で安心するには無理がある。相手は魔獣最強と名高いドラゴンだ。

だが、ウィルは根本的なところを見誤ってはいなかった。

「みんなでちからをあわせれば、だいじょーぶ！」

圧倒的な結果に慢心する事なく言い放つウィルにセシリアは折れた。

「……わかったわ、ウィル」

セシリアがウィルを安心させるように笑みを浮かべてをウィルの頬を撫でる。

「ただし、危なくなったらみんなの言う事を聞く事。いいわね？」

「あい！」

力強く頷いてウィルが前を向き直る。

精霊達もウィルの号令を今か今かと待っていた。

全員の視線が遠くを飛翔するブラックドラゴンに向けられた。

「ごーれむさん、どらごんさんまではしるよ！」

それはゴーレムに出す指示とはとても思えなかった。

だが、精霊達は知っている。ウィルのゴーレムならそれが可能だという事を。

ゴーレムが四肢に力を込める。同時に風の精霊達が声を上げた。

「追い風準備！」

『魔法加速装置、出力最大！』

『進行方向、オールグリーン！』

カシルを筆頭に風の精霊達が魔力をゴーレムに送り出す。ゴーレムを取り巻く緑光が輝きを増した。

土の精霊が移動の為、地面に沈み、誰も居なくなった事を確認した風の精霊からオーケーサインが出る。

「ごーれむさん、ごー！」

ウィルの合図にゴーレムが咆哮を上げ、地面を蹴る。一気に最高速へ到達し、凄まじい速度で景色が横を流れていく。

「ひっ……」

あまりの速さにセシリアが喉の奥でひきつった悲鳴を上げた。馬で走る速度など、比較にならない。

走り出したゴーレムは土煙を上げながら、ドラゴンに向かって猛然と突き進んでいった。

第五章

月がもたらすもの

episode.5

will sama ha
kyou mo mahou de
asondeimasu.

「今だ、竜撃弩！　撃てぇ！」

隊長の合図で備え付けられた巨大な弩から次々と鋼の矢が放たれる。標的になったワイバーンの一団が鋼の雨に打たれて身をよじる。

ウィル達より早くワイバーンの群れの本隊と接触していた南の砦では水際での攻防が激化していた。

「火球来るぞ！　備えろ！」

ワイバーンの口元に火の気配を感じて物見が叫ぶ。それに合わせて魔法使いが防御魔法を広域に展開した。

「くっ……」

展開された防御領域を見て、隊長が苦悶の表情を浮かべる。明らかに規模が縮小していた。竜種の火球を防ぐ為の防御壁を広域に展開するには膨大な魔力がいる。連戦の影響で魔法使い達の魔力が枯渇しかけているのだ。

火球が次々と防御魔法に衝突し、爆発する。火球を防ぎ切った防御魔法が輪郭を失って消滅する。

もう何度も防ぐ事はできそうもない。それでも、

（ここまで保っているのは魔法図書殿のお陰だな……）

隊長が空を仰ぎ見る。砦の僅か上空に立ち、ワイバーンを見据えるカルツの姿があった。

カルツは驚くべき事に、たった一人で散発的な火球を防ぎ、上空に滞留するワイバーンを撃ち落としている。

砦が未だに無傷なのが彼のおかげである事は誰の目にも明らかだ。

（テンランカー……これ程とは……）

応援に来た時はたった一人で何ができるのかと思ったものだが、ここ数日の戦いぶりを見ればその評価を一変せざるを得ない。

（人は魔法を極めればここまで強くなれるものなのか……）

彼の後ろ姿を見ているだけで隊長の気持ちが高揚していた。おそらく他の団員達も奮い立っているに違いない。窮地だというのに彼らの戦意は全く衰える事を知らない。

気分のまま、隊長が檄を飛ばす。

「竜撃弩、装填急げ！　カルツ殿の負担を少しでも減らすんだ！」

「「「おうっ！」」」

異論を唱える者などいやしない。全員が一丸となってカルツの援護に奔走していた。

「カルツ、下が空いた！」

「分かりました。スート、力を貸しなさい」

カルツが天にかざした杖に魔力を注ぎ込む。

「従え、スノート！　過重の槌撃、我が敵を叩け、沈下の波紋！」

上空の大気が目に見えて歪む。それらが波打ち、上空を飛翔するワイバーンを飲み込んでいく。魔力の波紋に触れたワイバーンの体が膨大な重力で軋んだ。

耐え兼ねたワイバーンが次々に墜落して地面に叩きつけられる。重力の枷はワイバーンを解放せず、さらに地面へ押し付けた。

「今だ、首を狩れ！　一匹たりとも討ち漏らすな！」

地上で待機していた騎士団が飛び出して、身動きの取れないワイバーンの群れに次々とトドメの一撃を加えていく。

ワイバーンの数は次第に増していて、カルツはそれを叩き落とす事に専念している。

フィルファリア騎士団はそれだけでも十分戦果を挙げられた。

だが、問題はその先にあった。

「どうしたもんですかねぇ、あれ……」

カルツの視線の先にはこちらに向かってくるブラックドラゴンの姿があった。悠々と進むその姿には途中で進路を変更する様子はない。もう間もなく戦闘領域に侵入してくる。

カルツの実力をもってすれば単独でドラゴンを狩る事も可能である。ただし、周囲の被害を気にしなければの話だ。

特にブラックドラゴンは魔力の耐性が他のドラゴンよりも高い。カルツには相性の悪い存在だった。

それに加え、カルツとスートはウィルの魔力の波紋も感知していた。

ウィルから送られてきた村へ向かうドラゴンの姿。普通に考えれば、ウィル達は行く手を絶たれた事になる。

急いで助けに向かいたいが、侵攻してくるドラゴンを前にそれはできない。

「カルツ、なんとかなんねぇのかよ」

「難しいですね。ワイバーンも全滅したわけではありませんし」

無理をしてワイバーンに突破を許せば王都に被害が出る。王都を守る為には飛竜相手に粘り強く戦い、勝機を得るしかない。

「スート、ウィル君が心配なのは分かります。私も同じです。ですが、ここを放って駆けつけるという選択肢はありません。セレナさんやニーナさんを守る為には……」

「分かってる」

スートも承知の事だ。結局、ワイバーンとブラックドラゴンを葬らなければ自分達はここを動けない。

『ふん……手こずっておるようだな』

不意に響いた声にカルツとスートが背後を振り向く。

そこには腕を組んだ少女がカルツやスート同様、宙に浮かんでいた。

少女が視線をカルツとスートの間から迫りくるブラックドラゴンへ静かに向ける。

「あ、あなたは……」

問いかけながらカルツは息を呑んだ。

精霊と契約しているカルツは見ただけで少女の異様な魔力を察する。当然、精霊であるスートはカルツ以上にその少女の格を感じ取って身震いした。

そんな二人を気にした風もなく、少女が間を割って前に出る。

『トカゲ風情が……人の寝所を荒らしおって……』

少女が不機嫌そうに呟き、目を細める。

カルツ達に気付いたブラックドラゴンは砦ではなくカルツ達を目掛けて飛行する速度を上げた。

『このレクスの怒りに触れた事、後悔するがいい！』

ブラックドラゴンを睨みつけたまま、少女――レクスがスッと手を掲げる。同時に膨大な魔力が彼女の手の先へ集中し、大気が震え始めた。

『地霊の聖歌、巨人殺しの大槍、主の命により我に仇なす存在に大地の刃を立てよ！　聖櫃《せいひつ》の墓標！』

凝縮された大質量の魔力が瞬く間に巨大な石柱と化して空に横たわる。

レクスが勢い良く腕を振り下ろすと山の如き石柱が矢のように放たれ、ブラックドラゴンの頭上から襲い掛かった。

魔法を目視したブラックドラゴンが体躯を覆うように巨大な防御壁を展開する。

『無駄じゃ！』

巨大なブラックドラゴンよりもさらに巨大な石柱の矢がブラックドラゴンの防御壁を貫通した。石柱の矢がそのままブラックドラゴンを押し潰して地面に衝突する。

轟音が空気を震わせ、膨大な土煙が吹き荒ぶ。

『……ふん』

つまらなさそうに鼻を鳴らしたレクスが振り下ろした手を引くと、大地に突き刺さった石柱が魔力を失って消滅した。

湧き立つ砂埃が収まる。魔法が突き刺さった場所には潰れたブラックドラゴンの死骸が転がっていた。

「あ、ありがとうございます」

圧倒的な威力にカルツが辛うじてそれだけを呟く。

レクスが向き直ると、怯えたスートが慌ててカルツの後ろに隠れた。

スートを庇いつつ、カルツが頭を下げる。

「これでウィル君のもとに駆けつける算段がつきます」

『ふん。その必要はない』

「えっ……？」

レクスの答えにカルツが間の抜けた声を漏らす。

レクスは視線をウィルの波紋の中心地と予測される場所へ向けた。

『人の子の呼び声に精霊総出で出かけて行きよったわ……滅多な事は起こらんじゃろう』

「し、しかし……」

『とっとと残りを始末するぞ。まぁ、物足りんがな』

有無を言わさぬレクスにカルツが反論を諦める。目の前の少女にはそれだけの力があった。

『些事を終えれば、お主には見世物の同席を許してやろう。面白いものが見れるやもしれぬぞ？』

「は、はぁ……」

不遜な態度で言ってのけたレクスが標的を残ったワイバーンに定める。ワイバーンも脅威を感じて目標をカルツ達の方へと切り替えていた。

曖昧な返事をする事しかできず、カルツが共闘の姿勢を取る。

(ウィル、か……)

レクスは迫るワイバーンを凝視しつつ、全く違う事を考えていた。

(せめて、このレクスに興味を抱かせるだけのものを見せてみよ、ウィル……)

心の中でそう望みながら、レクスは込めた魔力でワイバーンをぞんざいに叩き落とした。

◆◆◆

「すまない、ルジオラさん……」

「気にする事はないよ、騎士さん。生きていれば、また立て直せる。生きてさえいれば……」

ルジオラと呼ばれた男が頭を下げる騎士の肩に手を置く。

ルイベ村の物見台に立った二人は飛竜の渡りをその目で確認し、そして即断した。戦うのは無理である、と。

ワイバーンの一匹や二匹なら村の拙い装備でもやりようによっては落とせる自信があった。緊急措置としてルジオラが前線に立ち、腕に覚えのある男衆で狩るつもりでいたのだ。

しかし、実際目にした飛竜の渡りは絶望に羽が生えたような一団だった。中央にブラックドラゴンが居座り、その周りを数多のワイバーンが飛び交っている。城近くにある南の砦でも抑えられるかどうかという一団だ。村の装備でどうにかなる相手ではない。

(今回ばかりはオババの占い通りだな……)

村のご意見番の皺くちゃ顔を思い出し、ルジオラが苦笑いを浮かべる。

ルジオラの横で騎士が手を振り、門の前に陣取った男衆に解散するよう指示を出した。

「無理なんかー？　ルジオラさーん？」

男衆の中から声が上がってルジオラがガシガシと頭を掻く。

「無理だー！　命がいくつ有っても足んねー！」

ルジオラの言葉に声を上げた男が手で大きく丸を作ってみせた。ルジオラの顔はそれなりに利いており、非常時の判断は全面的に信用されている。

本当のところ、男衆は村を守る為に戦いたかっただろう。だが、彼らは不満を言うでもなくルジオラに従い、当初予定をされていた避難所への移動を開始した。

「ルジオラさん、我々も……」

「ああ……」

騎士に促されて返事したルジオラが目にしたモノを疑って思わず舌打ちした。騎士もすぐそれに気付く。

「おババ様……」

「あのババァ……」

男衆の向かう先から避難していたはずの老婆が歩いてくるのが見えた。しかも付き添っているのは自分の子供だ。

老婆は男衆を押し退けるように門の方へ近付いてきていた。

「何やってんだぁ！　早く戻れ！」

「父ちゃーん！　ババ様、ボケちゃったー！」

「ボケとらんわ！」

親子のやり取りに老婆がしわがれた叫び声を上げる。

「森が騒いでる、って言う事聞いてくれないのー！」

子供の悲鳴じみた声にルジオラが深々と嘆息し、横にいた騎士も苦笑いを浮かべた。

「騒いどるから騒いどるってゆーとんじゃー！　ルジオラー、なんか来よるぞー！」

「来てるよ！　飛竜の団体様が！」

ルジオラが老婆に向かってヤケクソ気味に叫び返す。いつまでも櫓の上に陣取っているわけにはいかない。こんな所にいれば、飛竜のいい的だ。

そう思い、飛竜の群れに視線を向けたルジオラは怪訝そうに眉根を寄せた。

「何だ、ありゃ？」

先程までは気付かなかった光がワイバーンの周りで輝いていた。その光に反応してワイバーンが飛び回る。

「魔力光……？」

「父ちゃーん！」

目を細めるルジオラの思考を我が子の声が遮った。

「森の木がー！」

「な、なんだぁ!?」

騎士が狼狽えたような声を出し、ルジオラも周りを見渡して息を呑んだ。森の木々が枝を伸ばし、村の上空を被っていく。

「一体、何が……」

わけが分からず頭を押さえるルジオラの横に淡い緑光が現れ、一人の女性を形作る。その女性はルジオラ達に気がつくとにっこり微笑んだ。

『お邪魔しますね』

「せ、精霊様……？」

愕然と呟くルジオラを無視して、樹の精霊フルラは村を木々で覆い隠していく。その視線の先でこちらの異変に気がついたブラックドラゴンが恐ろしい咆哮を上げた。大きく開けた口の前に巨大な火球が生み出される。

『こちらを狙いますか……無駄な事を……』

フルラは余裕の表情で枝葉を伸ばし続ける。

この囲いは防御結界であるが、火属性の魔法とは相性が悪い。それでも余裕なのはドラゴンの火球がまともに届かないと理解しているからだ。

「精霊様、樹の防御結界でドラゴンの火球は……」

相性を正しく理解しているルジオラの言葉にフルラがまた笑みを浮かべて見返す。

『ご心配なさらずに。この屋根はただの火避けです』

「はぁ……？」

意味が分からず、曖昧に頷くルジオラと騎士。

呆気に取られる二人の前で無情にもドラゴンの火球が村へ向かって放たれた。火球が空気を焦がしながら突き進み、見る見る迫ってくる。

喉の奥で悲鳴を上げそうになりながら見守る二人の前で異変はすぐに訪れた。

『オーッホッホッホ！　オーッホッホッホッホ！』

若い女の高笑いが耳に届き、村の前を流れる小川の水が盛り上がる。次の瞬間、それは天に向かって伸び上がり、大きな壁となって村と火球を隔てた。

火球が水の防御障壁に衝突し、蒸気を上げながら消滅する。

防御障壁の頂点に立った水の精霊ネルが豪奢な髪を揺らしながら笑い続け、ドラゴンを睥睨した。

『トカゲ如きの火球など、この水の精霊ネルにはまったく効きませんわ！』

『いや、けっこーギリギリ……』

『そんなに何回も防げないよー？』

他の水の精霊の異論に、しかしネルは自信満々の笑みを崩さなかった。

『支流の水を引き込めばまだまだ余裕ですわ！』

『幻獣様に怒られても知らないからね』

『そんなもの、些末な事ですわ』

笑みを浮かべていたネルが一変して怒りを顕にし、髪を後ろに払い除ける。怒りの咆哮を上げるブラックドラゴンを煩わしげに見下ろしたネルが鼻で笑った。

『黒トカゲ……あなたはやってはならない事を三つ犯したのですわ。一つ目はウィルを悲しませた事。二つ目はウィルを怒らせた事。三つ目は――』

ネルが目を細め、一層冷たい視線をブラックドラゴンに投げかける。

『ウィルを泣かせた事。万死に値しますわ』

『それなー』

同意とばかりに水の精霊達が頷いた。

全く知らないところで幼い男の子の怒りを買ったブラックドラゴンだが、同情の声は上がらない。

ネルが腕を振ってブラックドラゴンに手をかざす。

『舞踊れ、水の大蛇！　身の程を分からせて差し上げなさい！』

防御障壁の魔力が変質し、捻れて伸びる。

枝分かれした水の蛇頭が次々と牙を剥き出してブラックドラゴンに襲い掛かった。巻き付き、噛み付き、ブラックドラゴンの行く手を阻む。

プライドを害されたブラックドラゴンは吠え散らし、薙ぎ払うように火を吹き出した。しかし、水属性の魔法に対してそれはあまり効果がない。

『無駄ですわ！』

ドラゴンを捉えた大蛇達が力任せに押し込んで、ドラゴンの進行を止めた。

後は地面に叩き落とせば相当の時間を稼げる筈だ。

ワイバーンの群れも風の精霊に翻弄され、ネルの方まで手が回っていない。だが、まだ相当の数のワイバーンが宙を舞っている。時間はかけられない。

『ボレノ！』

ネルが空を見上げると緑光の大玉が膨らんでいた。

中央で風の精霊の魔力を纏めたボレノが苦々しげに呟く。

『分かってるよ……ったく、どいつもこいつもウィルウィルウィルウィルウィル言いやがって……』

『みんな、ウィルが大好きだからねー』

『俺は好きじゃねーし！　一緒にすんな！』

慌てて否定するボレノだが、他の精霊達は取り合ってないのかそんなボレノを見て含みのある笑みを浮かべた。

『くそー、腹立つなぁ……全部アイツのせいだ……』

ボレノが眼下で身をよじるブラックドラゴンを睨みつける。ブラックドラゴンも周りのワイバーンも、まだボレノ達に気付いてはいない。

完成した風の大玉を掲げたボレノがブラックドラゴンに狙いを定めた。

『これでも喰らえー！』

振り下ろされた手に従って、風の大玉がブラックドラゴンへ向かって一直線に飛んでいく。頭上から不意打ちを食らったドラゴンの高度ががくんと下がった。

『今よ、みんな！』

土の中から姿を現したフルラの号令で身を潜めていた樹の精霊達が次々と姿を現し、地中から太い樹の根を伸ばす。ブラックドラゴンまで届いた樹の根はそのまま絡みつき、抗うブラックドラゴンを地面まで引きずり降ろしていく。

『後は残ったワイバーンを処理すれば……』

上空から見下ろしたネルが一息つくが、ブラックドラゴンはまだ諦めていないのか、空に向かって大きく咆哮を上げた。

『なんですの⁉』

耳を塞いだネルが周囲を見渡してハッとなる。

ワイバーンがブラックドラゴンの咆哮を聞いて標的を風の精霊から樹の精霊と変えていた。

『危ない！』

ネルが叫ぶと同時にワイバーンの口から次々と火球が吐き出される。

『みんな、逃げて！』

『うわあー！』

『あつ、熱い熱い！』

フルラが伸ばした樹の根で火球を防ぐ。火に巻かれた樹の精霊達が慌てて退散するとブラックドラゴンを捕えていた樹の根が緩み、ブラックドラゴンが僅かばかり自由を取り戻した。

『させませんわ！』

大きく羽ばたこうとするブラックドラゴンをネルの大蛇が上から押さえつける。ここで上空に逃せばブラックドラゴンは村まで一直線だ。そうなれば村人が避難する時間が少なくなる。

『ネル、危ない！』

『くっ……』

ワイバーンの群れの標的が樹の精霊からネルへと移る。旋回し、ネルに狙いを定めたワイバーンが次々と火球を吐き出してきた。

『こんなもの！』

ネルが枝分かれした水の大蛇を操って火球を撃ち落としていく。しかしブラックドラゴンへの圧力は弱まり、ブラックドラゴンがまた力強く羽ばたいた。

（なんとかしなければ……！）

押し返される感覚にネルが焦って周りを見渡す。

ボレノの風玉は時間がかかる。

風の精霊達がワイバーンを攻め始めたが全てに手は回らない。

戦線に復帰した樹の精霊達もなんとか樹の根を伸ばしてブラックドラゴンに絡みつくがワイバーンの横やりがあっては効果が限定的だ。

（このままでは……）

胸中で呟いたネルの視界の端に何かが映り、彼女は顔を上げた。

『えっ……？』

砂煙を巻き上げて爆走する何か。それが土属性の魔法ゴーレムであると気付くのにネルは少し時間がかかった。魔法ゴーレムは普通、そんな爆走しないからだ。

『えええええっ!?』

脇目も振らずこちらに突っ込んでくるゴーレム。その頭上に乗る小さな人影に気付いてネルが更に絶叫する。

『ウィル!?』

確かに。その頭上には口を引き結んだウィルの姿があった。

◆

「ねる、ぴんちだ！　たすけなきゃ！」

「このまま突っ込むわ……」

ウィルの言葉に操作を手伝っているシャークティが提案する。だが、ワイバーンも舞う戦場に単身突撃するのはリスクが多過ぎる。

「ウィル様、ワイバーンをなんとかしませんと」

落ち着いた様子で告げるトマソンにウィルが唇を尖らせる。

「ごーれむさんうごかしながらだと、ちょっとー」

ドラゴンとワイバーン、両方同時の相手は今のウィルには少し荷が重いのかもしれない。

ウィルの反応にトマソンは手にした棍を握り直した。

「ならば、爺めが加勢に向かいましょう。少しならばワイバーンの目を引きつけられるでしょう」

「じぃ、とべるのー？」

ウィルの質問にトマソンが頷く。もっとも、トマソンは意のままに宙を飛べたりしない。連続した雷速歩法で宙を走るつもりでいた。

『ちょっと待ったー！』

算段をつけようとするウィル達の間に精霊の声が割り込んでくる。

「どうしたの、せーれーさん？」

『ウィル、副腕の魔法の型だけ発動してくれ！』

「かた……？」

『ああ！　後は俺達が副腕を動かす！』

首を傾げるウィル。代わりにシャークティがその声に答えた。

「行けるの……？」

『任せろ！　風の精霊と土の精霊でワイバーンを落としてくる！』

「分かった……ウィル、お願い」

「よくわかんないけど、わかったー」

シャークティに促されたウィルが真面目な顔をしてコクコクと頷く。その小さな手で杖を掲げ、舌っ足らずな声で詠い上げた。

「あつまれ、つちのせーれーさん！　だいちのかいな、われをたすけよつちくれのふくわん！」

ウィルが魔力を練り上げ、副腕のイメージを土の精霊達に伝える。

ゴーレムの駆け抜けて行った後に落とし込まれた魔力の型が精霊達の手で整えられていく。

土を凝縮し、巨大な岩の手を作り出した土の精霊達が三対六本の副腕に乗り込んだ。

その後ろに今度は風の精霊達が乗り込んでいく。精霊達が乗り込む事により核を不要とした副腕が出来上がる。

『目標はワイバーンだ！　追い立てて黒トカゲから切り離せ！』

土の精霊の指示のもと、風の精霊の旗の合図で副腕が次々と飛び立ってゴーレムの頭上を追い越していく。

「これは、なんとも……」

「みんながんばれー！」

呆れ顔で呟くトマソンの足元でウィルが手を振って精霊達を送り出す。そしてそのまま前方のドラゴンに視線を向けた。

距離はぐんぐんと近付いている。ネルが押し込まれているが、大丈夫。間に合う。

「ごーれむさん！」

ウオォォォォォン！

急き立てるウィルの声に反応してゴーレムが咆哮を上げる。

急速に近付いてくるゴーレムに気付いたブラックドラゴンがそれを遮るように巨大な防御壁を展開した。

幾重にも張られた強固な防御壁を前に、しかしウィルは魔力を込めて加速する。

「ぶ、ぶつかる!?」

「だいじょーぶ！」

セシリアの慌てた声にウィルが落ち着いて返す。それがどれほど強固でも、ウィルには分かっていた。

「ごーれむさんのほーがつおいー！」

加速の魔力を加えたゴーレムの力がドラゴンの防御壁の強度を上回っていると。その目でしっかりと捉えていた。

「いけー、ごーれむさーん！　ぐるぐるー！」

身構えるブラックドラゴンに向かってゴーレムが拳を引き絞る。腕が高速で回転を始め、唸りを上げた。

「ぱーんち！」

ウィルの掛け声に合わせてゴーレムが踏ん張って拳を振り被る。止まる事なく地を滑ったゴーレムが胸を反らし、最大限に溜めた力を一気に解放した。高速回転したゴーレムの拳がドラゴンの防御壁を触れる端から消し飛ばす。そしてそのまま突き抜けて、ドラゴンの脇腹に深々と拳を突き刺した。

強烈な一撃を受けたドラゴンの巨躯が、くの字に曲がる。あまりの衝撃にドラゴンを拘束していた樹の根と水の大蛇がいくつかちぎれ飛び、ドラゴンが泡を吹く。

しかし、ウィルはそこで止まらなかった。

「ごーれむさん、どこまでもぱーんち！」

高速で回転し、貫通力を増した拳が密着状態で解き放たれる。拘束されたままのドラゴンは逃げる事もできず、そのまま磔《はりつけ》になった。

藻掻くドラゴンの前脚が虚しく空を切る。

ゴーレムの拳ははっきりとドラゴンに傷を与え、しかし命を奪うには至らない。

「いけー！」

ウィルが魔力を込めて吼える。

磔にされたドラゴンが拘束を完全に引き千切って宙を舞った。

体勢を保つ事ができず、吹っ飛ばされたブラックドラゴンが地面でバウンドしてゴロゴロと転がる。

大きく旋回したゴーレムの腕がウィルのもとへ舞い戻り、再びゴーレムの腕へと接続された。

「「「…………」」」

横たわったブラックドラゴンが痛みに藻掻く。そんな見た事もない光景に大人達が唖然とする中、ウィルは怒りに満ちた表情でそれを見下して杖先をドラゴンへ向けた。

「おうちをもやしちゃうわるいどらごんさんは、うぃるがやっつけてやる！」

ウィルの宣言に身を持ち直したブラックドラゴンが四肢に力を込める。先制の一手で深手を追ったドラゴンだが闘志はまだ萎えておらず、唸り声を上げてゴーレムを威嚇した。

しかし、ウィルもゴーレムもそんな事では微動だにしない。真っ直ぐにドラゴンを見返して対峙する。

ウィルとブラックドラゴンの第二ラウンドが静かに幕を開けようとしていた。

◆

ドラゴン——

言うまでもなく、魔獣の中でも最強種の一角である。属性ごとに特徴はあるものの、その全てが耐久性も攻撃性も非の打ち所なく、巨体を持って蹂躙する様は人類に幾度となく脅威を与えてきた。

その討伐に乗り出せるのはその国きっての冒険者か国の軍隊しかない。それでも討伐できる保証はどこにもなかった。

近付けば巨体に踏み荒らされ、距離を置けばブレスと魔法の雨に晒される。駆け引きだけでも想像を絶する難敵だ。

「このー」

一も二もなく突っ込んだウィルのゴーレムが豪腕を振るう。巨大な拳圧が暴風のような音を立てて通過した。

ひとつふたつと繰り出される拳をブラックドラゴンが長い首を捻って躱していく。まるで腫れ物に触るかのようで、その動きに余裕はない。明らかにゴーレムと距離を置きたい動きだ。

攻めるゴーレムと逃げるドラゴン。駆け引きはどこかへ行ってしまった。

「まてー、くねくねするなー」

避け続けるドラゴンに業を煮やしたウィルが叫ぶ。

ならば胴体に、と思わなくはないが、流石に不用意に飛び込むのは危険だ。長い首で頭上から狙われる危険もある。

そこは付き添うシャークティが上手く舵を取っていた。

「こんなに前のめりで大丈夫かしら……?」

荒ぶる我が子の背中をセシリアがハラハラと見守る。その背中にレンがそっと手を置いた。

「大丈夫、セシリア……むしろ今が好機」

それほどまでに開幕の一撃は効果的だった。ブラックドラゴンも完全に油断していたのだろう。

ゴーレムとの接近戦を嫌がっているのがいい証拠だ。

トマソンも同意見らしく頷きながらウィルの後ろ姿を見守っている。

ゴーレムの拳がブラックドラゴンの首元を掠める。

首をくねらせて逃げようとも、その付け根は動かない。それに気付いたウィルがゴーレムをもう一歩踏み込ませたのだ。

しかし、当然頭上に隙ができる。

ドラゴンの狙いを封じるようにシャークティがゴーレムを一歩下がらせた。

「ウィル……」

「わかったー」

シャークティの意図を理解したウィルがシャークティの魔力に同調する。前後の動きが次第にスムーズになっていく。潜り込んでは拳を散らし、機を見て後方へ下がる。

ゴーレムが飛び込むたびにブラックドラゴンの竜鱗が舞う。

反撃の糸口が掴めず、ドラゴンが苛立ちの咆哮を上げた。そのままぐるりと体を丸める。

「なに……？」

「ガード！」

今までにない動きを見て一瞬思考停止したウィルとシャークティに背後からレンの声が飛ぶ。ハッとしたシャークティが慌ててゴーレムの腕を上げさせ、防御態勢を取らせた。

遅れて、一回転したブラックドラゴンの尾が横薙ぎにゴーレムを打ち据えた。

「わー!?」

強烈な一撃にゴーレムの頭部で悲鳴が上がる。

叩きつけるような衝撃を受けてゴーレムとドラゴンの間合いが開いた。この距離はドラゴンの間合いだ。

『まずい……！』

向き直ったドラゴンの口蓋から炎がこぼれ、ライアが叫ぶ。間違いなくドラゴンブレスの前兆だ。

如何にウィルのゴーレムが屈強とはいえ、直撃すればただでは済まない。

「やったなー！」

怒ったウィルが息を吸い込むドラゴンを睨んで杖を振り上げる。

ドラゴンがブレスを吐き出そうと口を開けたのとウィルが叫んだのはほぼ同時だった。

「ごーれむさん、じゃんぷ！」

「「「…………………はっ？」」」

大人達がなんとかブレスをやり過ごそうと魔力を込めたまま、固まる。次の瞬間、ドラゴンブレスを飛んで躱したゴーレムは風の魔力を身に纏い、ブレスが届かない中空に身を躍らせていた。

「ごーれむさんんんー！」

ウィルが力任せに魔力を組み上げて、それに合わせたゴーレムが体を抱き込むようにして縮める。

風の魔力が渦巻いて、攻撃の照準をドラゴンに合わせた。

「きぃぃぃぃっく！」

「「「えええええええっ⁉」」」

急降下したゴーレムが大人達の驚愕を置いていく。

魔力を足に溜めて落ちてくるゴーレムを見上げていたブラックドラゴンが慌てて後方に飛び退いた。

超重量の蹴りが先程までドラゴンのいた地面に突き刺さる。揺れた大地に放射状のひびが入り、土砂を巻き上げた。

「こらー、にげるなー！」

「無理よ、ウィル……」

困ったように諌めるセシリアだが、ウィルは聞いてない。一撃の破壊力よりも躱された事の憤りの方が強いらしい。プリプリとおかんむりだ。

ゴーレムが空を舞って蹴りを放つという珍事に唖然とする大人達だったが、気を取り直したレンがコホンと一つ咳払いをした。

「距離を離されてしまいましたね」

戦況を正しく観察すれば、それはドラゴンの望んだ展開だ。遠距離の差し合いであればドラゴンの方が多くの選択肢を持つ。特に空を飛ばれ、頭上を抑えられるのは厄介だ。

ドラゴンも理解しているのか、翼を広げて羽ばたいている。ゴーレムの与えたダメージにより、少し手間どっている様子だが、飛行に支障はなさそうだ。

本来、それは悠長に構えていられる状況ではない。普通のゴーレムであれば上空の敵に対して有効な手段を持ち合わせていないからだ。

普通の、ゴーレムであれば。

「ごーれむさん、おててまだんだ！」

ウィルの指示に応えてゴーレムが両手の先をドラゴンへと向ける。指先に石塊の魔弾を発現させたゴーレムが大量の魔弾を連射する。翼を広げていたのなら、それは大きな的だ。

ドラゴンが飛び上がるのを中断して、防御壁を展開する。魔弾がそれを容赦なく貫き、ドラゴンに襲いかかった。

結局、上空に逃れるのを断念したブラックドラゴンは横に飛んで魔弾から逃れる。

「ちょっと、くらいー」

日が沈み、光量が足りなくなってウィルが不満を漏らす。すると控えていたマークが腕を広げて空に翳した。

『任せて』

マークが魔法で灯した火を次々と空へ浮かべ、戦域を見渡せるだけの光を生み出していく。

満足したウィルは嬉しそうにゴーレムへ指示を送り、成す術のないブラックドラゴンを魔弾で追い立てた。

「ウィル様、追い詰めている時ほど気をつけて下さいませ。ドラゴンが何かしてくるかもしれません」

「わかったー」

噛み砕いてアドバイスするトマソンにウィルはコクコクと頷く。

ジリ貧に追い込まれたドラゴンが咆哮を上げ、再度前方に防御壁を展開した。

「う……？」

ドラゴンの様子が先程とは明らかに違う。防御壁を貫通する魔弾に撃たれながらも、真っ直ぐゴーレムに狙いを定め、前脚を掻いている。

「どうやら、覚悟を決めたようですな」

「ウィル様、ご用心を……」

トマソンがウィルの横に立ち、レンがセシリアとウィルを支えるように寄り添う。いくら圧倒しているとはいえ、本気を出したドラゴンを楽観視できるはずがない。

「くる……！」

全身に魔力を漲らせたドラゴンを見てウィルが呟く。

大地を蹴って走り出したドラゴンは一直線にゴーレムへ向かって突っ込んできた。体ごとぶつかる気だ。

「ごーれむさん！」

ウィルの声に魔弾を止めたゴーレムが腰を落として大きく腕を広げる。

魔力を込めたドラゴンの体当たりをゴーレムは真正面から受け止めた。強烈な衝撃がゴーレムの体を伝う。

踏み止まったゴーレムを押し倒そうとドラゴンが四肢に力を込めた。

「ぐぬぬぬぬぬ……！」

ウィルが魔力を込めてゴーレムに力を与える。

ズルズルと後方に押し込まれながらもゴーレムは踏ん張り続け、そしてドラゴンの突進を完全に止めた。

ゴーレムが太い腕を上から回し、ドラゴンの首をしっかりと抱え込む。

「どうだ！　つかまえたぞ！」

人類は初めてドラゴンの首にフロントチョークをかけるという偉業をやってのけた。

ギリギリと締め上げられ、ドラゴンの口から苦悶の声が漏れる。

『今だー！　締め落とせー！』

『ドラゴンって首締められるの？』

『分かんないよ！　でも、やれやれー！』

周りで見守っていた精霊達から声援が飛ぶ。

ゴーレムから逃れようとドラゴンが体を暴れさせた。そこは巨体を誇る最強種。それだけでもゴーレムの体が揺すられる。

「まけるもんかー！」

ウィルもドラゴンを離すまいと魔力を込め続ける。するとワイバーンの討伐を終えた精霊達が副腕と共に次々と戻ってきた。

『僕達もウィルを手伝うんだー！』

『ドラゴンを押さえろー！』

飛来した副腕が暴れるドラゴンの体を押さえ込む。

身動きが取れず、締められるだけになったブラックドラゴンが痙攣し始めた。あと少しだ。

「ぐぬー！」

ゴーレムが体を逸らし、一気に力を込める。ギチギチと肉を締め上げる音が響き渡った。

「このままー……！」

ウィルが最後の指示を出そうとして、気がついた。何かがおかしいと。

「しゃーくてぃ！」

「みんな、急いで離れて！」

『わあああああっ⁉』

シャークティの声に副腕を操作していた精霊達が慌てて逃げ出した。力を失った副腕が音を立てて崩れる。

「どうしたの、ウィル⁉」

騒然となるウィル達にセシリアが声をかける。その視界に黒いモヤのようなものが映ってセシリアが周りを見回した。

ライアがその正体に気付いて舌打ちする。

『これは、闇魔法か！』

「魔力が吸われる……！」

珍しく焦ったシャークティの声にクララとマークが息を呑んだ。

「やめろー、このー！」

ウィルがゴーレムを操ってドラゴンの胴体に拳を振り下ろす。しかしドラゴンはその一撃を歯牙にもかけず、弱ったゴーレムを体当たりで跳ね飛ばした。

「わー！」

「きゃあー！」

先程よりも弱い力であるにもかかわらず、ゴーレムが吹っ飛ばされる。

すぐに態勢を立て直そうとするウィルだったが、ゴーレムの反応が鈍い。短時間でゴーレムの魔力がごっそりと吸い取られていた。

「あんなのずるい！」

憤るウィルの視線の先には霧状の魔力を体から溢れさせたドラゴンが忌々しげにゴーレムを睨みつけていた。

「たって、ごーれむさん！」

ウィルがゴーレムに呼びかけるが、ゴーレムは立ち上がるのもままならない状態だ。

そんなゴーレムを見ていたドラゴンが身を震わせた。

《オノ、レ……ニンゲ、ン、フゼ、イガ……》

辿々しく響く声に大人達が戦慄する。その声がドラゴンのものであると感じ取ったのだ。

人語を話すドラゴン――その特徴は大人であれば誰もが知るところであった。

「え、エルダー……」

「いえ、まだはっきりと発音できていない。おそらく、覚醒し切ってはいません」

セシリアの呟きをレンが否定する。だが、かなり近いところにいるのは確かだ。おそらくウィルに追い詰められて覚醒し始めたのだろう。もう一つ上のランクのドラゴンに。

《タダデ、ハ、ユルサ……ンゾ……スベテヲ、ヤイ、テ、ヤキツ……クシテ、ワカラセテ、ヤル……》

今までで一番大きな怒りの咆哮が平原に響き渡る。

ウィルは気圧されながらもドラゴンと正面から対峙した。その肩にライアがそっと手を置く。

「らいあ……」

『ダメだ、ウィル。これ以上は危険過ぎる。こちらに打つ手もない。私の魔法で森まで逃げるぞ』

優しくも厳しく言い聞かせるライアに、しかしウィルは首を横に振った。

「やだ……！　むらが……るーしぇさんのおうちがもやされちゃうもん！」

『諦めろ、ウィル。ウィルを死なせるわけにはいかない』

「やだぁ……やだもん……」

涙を浮かべて抗議するウィルであったが今回ばかりは大人達に受け入れられなかった。力を失ったゴーレムでは勝ち目はないのだ。それどころかドラゴンの力は先程と比べ物にならないほど増している。

溢れる霧状の魔法は範囲を広げ、マークの灯した火の光も侵食していた。

それを見たウィルが肩を落とす。

ウィルも分かっていた。あの霧がここに届けばゴーレムが壊れてしまう。それだけではない。魔素を糧とする精霊達にも被害が及んでしまう。アジャンタやシャークティ達も危険なのだ。

自分のわがままで彼女達が辛い目に遭う事もウィルには耐えられなかった。

悔しくて哀しくて、ドラゴンに一発魔法でも撃ち込んでやりたい気分だった。だが、いつまでもそうしてはいられない。

ウィルはライアに従う事に決め、もう一度憤るドラゴンに視線を向けた。

「………？」

おかしな事に気付いて、ウィルが動きを止める。

「ウィル……？」

不思議に思ったセシリアも動きを止めてウィルに向き合った。

「行きましょう、ウィル」

「かーさま、ふしぎ……」

ドラゴンを見たまま動かないウィルにセシリアが困った笑みを浮かべた。

ウィルの方が十分不思議な子だ。そして最愛の息子でもある。今回ばかりはウィルのわがままに付き合っていられない。ドラゴンがこちらの動きに気付く前に避難しなければ。

そう思い、ウィルを抱き上げようと手を伸ばしたセシリアはウィルの異変に手を止めた。

「ウィル、あなた……」

「まわりがとってもあかるいのー」

「ウィル様……」

レンも予想だにしないウィルの異変に言葉を飲む。それは精霊達も同じであった。

ウィルの体から溢れる銀色の魔力。

その正体に一人だけ思い至らないトマソンがポツリと呟く。

「これは……？」

「おつきさま……」

ウィルが月を見上げる。日はとうに暮れ、周りは夜の帳に包まれている。しかし、ウィルから溢れる魔力とそれに共鳴した魔素が周囲を明るく照らしていた。

「るな……」

月の精霊の存在を思い出して、ウィルが胸のペンダントを取り出す。中央の精霊石が魔力を得て、明滅を繰り返していた。

ウィルの瞳に力が溢れてくる。その表情を子供ながら決意に固めるとウィルはペンダントを握り直した。

（るな……うぃるはいやだ。みんな、かなしいはいやだ……）

ウィルの魔力に応えて、ペンダントの輝きが増す。

ウィルは目を閉じて、より深く意識の奥に潜り込んだ。

世界に溢れた月の魔力の形を鮮明に捉えていく。その魔力の導く先に閉ざされた門があった。

その門の鍵は自分だと、ウィルはなんとなく気付いて門に手を添えた。

魔力が門に満ちて扉が開く。その奥から月の魔力が大量に溢れ出してウィルを包み込んだ。同時にウィルから溢れる銀色の光が勢いを増す。

「ウィル！」

セシリアがウィルの異変に声を荒げる。その顔をウィルは目を開いて見返した。

「かーさま、だいじょーぶ！」

ウィルはそれだけ言うと先程と同じようにゴーレムの先頭に立った。ウィルから立ち昇る銀色の魔力がウィルを優しく染め上げていく。

《ナン、ダ……コノ、マリョク、ワ……》

「うぃるはまけない。おまえなんかに、まけない」

驚愕するドラゴンの前にウィルの声が熱を帯びていく。

みんなが見守る中でウィルは空を、月を見上げた。大きく息を吸い込んで、その名を呼ぶ。

「るなーーーーー！」

上空から堰を切ったように銀色の魔素が溢れ出し、平原を染め上げていく。

『は、はは……何だこれは……』

『ウィル……月の門を……』

降り注ぐ月の魔力にジーニが額を押さえ、ライアがため息をつく。

遅れて一人の女性がウィルの傍らに舞い降りた。

「ルナ様……」

その見知った精霊にセシリアが声を漏らす。ルナは柔らかな笑みを崩さず、面々を見回した。

『ごきげんよう、皆さん。まさかこんなに早くに再会する事になるとは思いも寄りませんでした』

「るな！」

足元で急き立てるウィルに向き直ったルナが笑みを深める。

『分かっていますよ、ウィル。思う様、やってご覧なさい。シャークティも……』

「は、はい……」

緊張したシャークティが慌てて返事をし、ウィルと並び立つ。

ウィルは溢れ出る魔力をゴーレムに注ぎ込んだ。ゴーレムが月の魔力を帯びて銀色に光り輝く。

「たって、ごーれむさん！」

ウオォォォン!!

ウィルの呼び声に応えてゴーレムが咆哮を上げ、立ち上がる。

先程よりも幾分スマートになったゴーレムが力強い足取りでドラゴンと対峙した。

《ソン、ナ、バカナ……》

「うぃる、ほんとにおこったんだからね！」

圧倒的な魔力に戦慄するドラゴンの前にウィルとゴーレムは再び立ち塞がった。


「あれは、いったい……」

村人は誰ひとり避難していなかった。それどころか避難していた女子供まで戻ってきて門や物見台に登っている。

突如、夜闇に出現した光の柱と可視化された淡雪のような魔素に言葉を失い、ただただその光景に見入っていた。

「きれー……」

「優しい光……」

子供達が可視化された魔素を掌で掬って目を輝かせる。

村人達はそれがなんの魔素であるのか理解はできなかったが、光の柱が自分達を守ろうとしている事だけはなんとなく理解できた。あんなに優しく、見るだけで力が湧き出てくる光が自分達を害するはずない、と。

「おお……おお……」

老婆が膝をつき、涙を流しながら光を拝む。

「なんと美しい光景である事か……」

「………」

そんな老婆を無言で見ていたルジオラが視線を光の柱に向けた。

(いったい何が起こっているというのだ……)

正しく状況を把握しようと努めるが、彼の知識はなんの答えも導き出せない。もどかしく、今すぐにでも光の柱に向かいたい衝動に駆られる。

「あれは……」

物見台を降りようかと迷うルジオラの視界に信じられないモノが飛び込んできた。

光を纏う馬の一団が村の中を横切り、こちらに向かってくる。

貴族が愛用するレイホースだと気付いたルジオラはそれに跨る人物を見て、更に驚いた。

「父さん！」

「ルーシェ！」

一団の先頭にいた我が子が物見台の脇に馬を止め、ハシゴを登ってくる。

「ルーシェ！　なんでここに……」

息子は冒険者になる為、王都に向かったはずだった。それなのにこうして仲間を引き連れ、村に舞い戻ってきたのだ。

「何でも何も！　どうして誰も逃げてないのさ！」

ハシゴを駆けのぼったルーシェの為にルジオラが場所を空ける。次々と登ってきたトルキス家の使用人達が村人達を釘付けにしている光の柱を見て絶句した。

「あ、あれは……」

状況判断に長けるエジルがその魔力を感じ取って体を震わせる。幻獣と契約を交した彼にはその銀色の魔力から放たれる雰囲気に覚えがあった。とてもとても優しい、小さな男の子を思い起こさせる魔力。

それを言葉にしようか迷っていたエジルの体から黄色い光が溢れ、ツチリスのブラウンが飛び出した。

「きゅー！　きゅー！」

エジルの掌に乗ったブラウンが懸命に何かを訴える。その様子にエジルは確信した。あの光の柱が誰の魔法なのかという事を。

「ウィル様……」

エジルの呟きに使用人達が驚いて光の柱とエジルの顔を交互に見る。

取り残されたルジオラがルーシェの肩に手を置いた。

「ルーシェ、いったい何が起こっているんだ……」

「そ、それは……」

どのように説明すればよいものか、迷ったルーシェは使用人達と顔を見合わせるのだった。

◆

月の魔力に包まれたゴーレムが光の巨人へと変貌する。

その頭部で銀色の魔力を身に纏ったウィルがジッとブラックドラゴンを見下ろしていた。

咆哮を上げたブラックドラゴンが闇の霧を巨人へ伸ばす。巨人を覆うように広がった霧は、しかし巨人へ届く前に月の魔力で打ち消された。

《バ……カナ……》

魔力に長けた己の攻撃を受け付けもしない巨人にブラックドラゴンの呻く声が響く。

戦慄《おのの》いたブラックドラゴンが一気に後方へ飛び退いて、同時に上空へと羽ばたいた。

浮力を得て宙に留まったドラゴンが目を細めて巨人を見下ろす。

《ニン……ゲン、ゴトキ、ガ……ズニ、ノルナ……！》

大きく息を吸い込んだドラゴンが巨大な火球を巨人に向けて放つ。夜空を紅く焦がしながら火球が巨人に迫る。

「危ない……！」

思わず叫ぶセシリアに、しかしウィルは微動だにせず杖を振った。

「とんで、ごーれむさん！」

ウオォォォォ!!

巨人がドラゴンへ向かって飛翔し、背面から伸びた残光がまるで翼のように伸びる。すれ違った火球が後方で爆炎を上げ、空気を震わせた。

「いけー！」

光の巨人が拳を固め、ドラゴンの脇を突き抜ける。殴打されたドラゴンが宙でよろめいた。

「まだまだー！」

切り返した光の巨人が今度は後方からドラゴンに襲いかかる。幾度も突撃と離脱を繰り返す巨人の速度が徐々に加速していく。

《グオオ……》

「ぱんちぱんちぱーんち！」

光の巨人が残像する勢いでドラゴンへ突貫し続ける。翼での浮力を失ったドラゴンはあろう事か、巨人の与える衝撃のみで宙に浮かされていた。

「んんんきぃぃぃぃっく！」

トドメとばかりに急降下した巨人がウィルの命令に従ってドラゴンを蹴りつける。巨人と共に墜ちたドラゴンが地面を削るように滑って土砂を巻き上げた。

十分に威力を伝えた巨人がドラゴンから飛び退く。

摩擦で煙を上げたブラックドラゴンはボロボロの体をなんとか持ち上げた。

「まだ生きてる……」

驚異的な生命力にレンが呆れたように呟く。

ウィルは真っ直ぐドラゴンを見たまま動じない。

「ちゃんとごめんなさいしたら、もりへおかえり！」

「ウィル……」

ここに至ってもウィルは優しさを失っていなかった。その事にセシリアが感嘆の息を漏らす。非常時で心配も尽きない中、我が子を誇らしく思い目を潤ませる。隣に控えるレンもトマソンも感じ入っていた。

《フザ……ケルナ……》

しかし、ウィルのそんな優しさもブラックドラゴンには届かなかった。なんとか立ち上がり、震えたドラゴンが力を込める。

《ワレハ、サイキョウシュ……ヒトタビ戦場へ立ッタノデアレバ、負ケテ逃ゲ延ビルコトナドデキヌ……》

ブラックドラゴンは圧倒的な力に晒され、死に瀕してもなお誇りを失っていなかった。

荒く息を吐き、最後の力でウィルを見上げる。

《精霊ニ愛サレシ人ノ子ヨ……オ前ノ勝チダ。サァ、トドメヲ……》

負けを認め、潔く死に向かうドラゴンにウィルが肩を落とす。その後ろ姿は少し悲しそうだ。そんなウィルをドラゴンが後押しした。

《ソンナ顔ヲスルナ……ワレガ許サレルニハ人ヲ手ニカケ過ギタノダ。コレハソノ報イダ……》

「うん……」

静かに頷くウィルの背にルナが手を添える。ウィルが杖を天に翳し、ルナがその想いに応えて魔法を発動する。

『誇り高き魂に救済を。月の剣よ、断罪せよ』

光の巨人が手を掲げ、その手に月の魔力が収束する。光はひと振りの光剣と化した。

「どらごんさん、じゃあね……」

巨人がゆっくりと腰を落とし、構える。ドラゴンは抵抗する事もなく、ただ佇んで最後までウィルから目を離さなかった。

巨人が地を蹴る。瞬く間に肉薄した巨人がすれ違いざまに光剣を振り抜いた。実態を持たない月の光剣がブラックドラゴンの体に吸い込まれ、魔力を切り裂く。

巨人の背後でブラックドラゴンはゆっくりと崩れ落ちた。光剣による外傷はない。しかし、その命は尽きて、ただ静かに眠りについていた。

「ウィル……」

我が子の小さな背中を気遣って、セシリアが声をかける。全てを終えたウィルは杖を下げた。

「なんだか……うぃる、ちょっとかなしい……なんでだろーね、かーさま」

人に害なす魔獣は殺さなければならない。それはこの世界に生きる人間にとっては至極当然の事だ。

しかし、ウィルは言葉を交わせたドラゴンと分かり合えなかった事が少し悲しかったのだろう。それがルールだったとしても。

『ウィル、そろそろ魔力を解きなさい』

「ん……」

ルナに従うまま、ウィルが力を抜くとウィルから溢れた銀色の魔力が霧散した。同時に急激な疲労感に襲われてウィルが崩れ落ちる。

光の巨人が消え、残った月の魔力がその場にいた者達を優しく地面へと導いていく。

「ウィル！」

「「ウィル様！」」

地面に降り立ったセシリア達がルナに抱き上げられたウィルの顔を覗き込む。ウィルは少し苦しそうに浅い呼吸を繰り返していた。

『魔力切れです。いくら加護があっても、まだ幼子……月の魔力を自在に、とはいきません』

ルナがセシリアの腕の中にウィルを横たわらせる。それから視線をライア達へと向けた。

『ライア、ジーニ。私はまた消えなければなりません。ウィル達の事、お願いできますね？』

『『はっ』』

ルナの言葉にライアとジーニが頭を下げ、ルナはウィルへと視線を戻した。

『ウィル、本当によく頑張りました。今はただ、ゆっくりとおやすみなさい……』

笑みを深くしたルナが一歩後ろに下がって、月の魔素と共に姿を消す。再び夜の闇に包まれそうになって、マークが火を灯した。

ライアがセシリアのもとまで歩み寄り、汗で張り付いたウィルの前髪をソッと流す。

『私の魔法で村まで送ろう。ウィルを早く休ませてやってくれ』

「は、はい……」

セシリアがウィルを抱え直し、レン達と頷き合う。

セシリア達はトマソンを先頭にライアの展開した闇の転移魔法の中へと足を踏み入れていった。

◆

空より見守る三つの影があった。

レクスとカルツ、そしてスートである。

カルツはその魔力の現象に言葉を失い、スートは光の巨人の力に目を輝かせた。

やがて月の魔素が消え、再び暗闇に戻るとカルツはレクスに向き直った。

「これが……ウィル君の力だと……」

「幼子の持つ力にしては、度が過ぎるのぅ」

大幻獣の幻身体である少女は微かに笑みを浮かべ、カルツに視線を向ける。

「あれは月の魔法。あの坊やはあり得ない加護をその身に宿しておるのじゃ」

「あり得ない？」

復唱するカルツにレクスは「そうじゃ」と頷いて、闇夜に視線を向けた。

「月の加護は月の精霊に任ぜられ、後天的に得る加護で本来ならその使命を果たす為の力となる。生まれながらに得られる力ではない」

「それでは、なぜ……？」

「それは分からん。月の精霊に聞くまでは、な……」

大幻獣であるレクスを以てしても、ウィルの加護に説明がつかない。それだけ月の精霊というのは特別なのだ。なにせ月の精霊は地上に存在する全ての精霊や幻獣の上に立つ存在なのだから。

「ただ、これだけは言える。救世の存在である月の使徒があり得ぬ手順で誕生した。不吉な予感しかしない」

「それは……ウィル君の存在が凶兆だという事ですか？」

「そうは言うておらん……おらんが、世界で何かが起こっているのは確実じゃろう。今回の飛竜の渡りがいい例じゃ」

「世界中で今回のような事が起きる、と？」

「その程度の事で済めばいいがな……」

カルツの疑問に応え、レクスが自嘲気味に笑う。彼女は再びカルツの方へ向き直ると宙を歩いてカルツとスートの間を通り過ぎた。

「妾はもう行く。人間よ、もしお主があの子の傍にいるのなら心せよ。あの幼子を正しく育てねば世界が滅ぶぞ」

「そ、それはどういう――」

カルツが慌てて振り返るが、レクスの姿はすでにない。

取り残されたカルツとスートは夜風にさらされながら、彼女の消えた場所をしばらく静かに見ている事しかできなかった。

「カルツ……」

「……戻りましょう、スート。ウィル君達の無事を伝えれば、みんなが喜んでくれるはずです」

カルツもそう言うのが精いっぱいで、彼らはレクスの言葉を反芻しながらレティスへと戻っていった。

◆

精霊達と別れ、村にたどり着いたセシリア達は村の人々に歓迎された。

村長の案内で来賓用にしつらえられた建物を宿にあてがわれ、すぐにウィルを寝かしつける。

浅い呼吸を繰り返していたウィルもしばらくすると安定した寝息を立て始めた。

「これなら明日には元気になられるでしょう」

「そう……」

ウィルの体調を気にしていたセシリアも息を吐く。ルナには大丈夫だと太鼓判を押されたが、それでも心配なものは心配だ。

「なるべく、ウィル様には自重していただかないといけませんな」

　トマソンの言う事ももっともで、魔獣の討伐などできるからやっていいとはならない。特にウィルはまだ年端のいかない子供だ。今回は頼るしかなかったかもしれないが、本来ならば頼りたくないところだ。

「そうね……」

　セシリアもそう呟くのが精いっぱいだ。ドラゴンとの戦いの事で忘れそうになるが、セシリアもレンも遭難していたのである。精霊達のもとにいたとはいえ、疲れは相当溜まっているだろう。

「セシリア様、もうお休みになられた方が……」

「そうはいかないわ、トマソン。今夜の事、口外されないように村長さんにお願いしなければ……」

　幼いウィルが見た事もない魔法で飛竜の渡りを全滅させたなどと、噂だとしても広まって欲しくない事である。無駄だとしても、願い出ずにはいられなかった。

「それならば、私が……」

　セシリアを止めようとトマソンが前に出たところで扉を控えめにノックする音が響いた。

「どうぞ」

　セシリアが促すと扉が開き、村長とルジオラが室内に入ってきた。

「この度は……」

「お顔を上げて下さいませ、セシリア様」

　セシリアが頭を下げると村長が慌てた様子で止めに入った。

「きっとこの度の事で頭を悩ませているに違いないとルジオラが申すもので……二人、こうして参った次第です」

村長の紹介にルジオラが頭を下げる。

「愚息のルーシェがお世話になっております。ルジオラと申します」

「まぁ……」

セシリアが驚いた様子でルーシェとルジオラを交互に見た。ルーシェが恥ずかしそうに頭をかく。

「……父です」

その様子がおかしかったのか、周りから笑みがこぼれた。ルジオラも息子のはっきりしない態度に嘆息する。

「うちの出来損ないが、まさかセシリア様に雇われる事になるとは……」

「なんだよ、出来損ないって……」

「ケンカ一つまともにできねーじゃねーか」

ルジオラの呆れたような物言いにルーシェが唇を尖らせる。その間にセシリアが笑みを浮かべて割って入った。

「まぁまぁ……ルーシェさんはよくやって下さってますよ。特に子供達には大人気ですし」

「昔から子供の世話だけは任せられましたから……」

「それでも、ウィル様に気に入ってもらえるなど……そうそうない事です」

トマソンが助け舟を出すと大人達の視線が寝息を立てるウィルへ向かう。こうして寝顔を見ると先程伝説の魔法を使っていた様子は見る影もない。ただのお子様だ。

「精霊を従え、見たこともない魔法を操るお子様、ですか……」

「ええ……」

村長の言葉にセシリアが少し心配そうな笑みを浮かべる。それを察した村長がセシリアに向き直った。

「村長さん、お願いが……」

「みなまで申されますな、セシリア様」

人懐っこい笑みを浮かべた村長が懇願しようとするセシリアに待ったをかける。セシリアが落ち着くのを待って村長は口を開いた。

「この老いぼれにも事態の深刻さはよく分かっております。この度の事は噂にならぬよう村人達にもしっかりと言い聞かせますゆえ、安心して下さいませ」

「村長さん……」

安堵の表情を浮かべるセシリアに村長が頷いてみせる。セシリアがルジオラに視線を向けるとルジオラは照れたように頬を掻いた。

「村を守ってくれた英雄の為ですからね。全力で当たらせていただきますよ」

「父さん、照れてやんの……」

「うるせぇ！」

ここぞとばかりにやり返すルーシェの頭をルジオラがガしがし撫でつける。

その様子が微笑ましく、使用人達が思わず声を上げて笑った。思わぬところで味方を得たセシリアも笑みを深める。
ただ――寝ているウィルは少しうるさそうだった。

◆

小鳥のさえずりと暖かな陽の光を感じて、ウィルは薄っすらと目を開けた。自分を支える感触に寝かされているのだとすぐに気付く。

まだ少し、ぼんやりとする意識の中でウィルはポツリと呟いた。

「しらないてんじょーだ……」

自宅ほど立派ではなく、しかし清潔さの保たれた部屋だ。

二度三度まばたきして、ウィルが幼い思考を巡らす。ドラゴンを倒したところまでは覚えているが、そこまでだ。

「…………んしょ」

ウィルはベッドから這い出した。揃えられた靴を履き、ドアノブに手をかけて引っ張る。

「…………」

やはり知らない廊下に繋がっていた。

ちょっとした好奇心に気をはやらせたウィルだったが、ある事に気付いて表情を曇らせる。

（かーさまたちがいないー……）

急に心細くなって室内を見渡すが、やはりウィル以外は誰もいない。

「かーさまー、れんー？」

呼びかけるが返事はなかった。

「じぃやー？」

トマソンもいない。ウィルは泣きそうになるのを怒る事で我慢した。

（むぅ……だれもいないー）

プンプン。涙目でほっぺたを膨らませる。

このまま部屋にいると更に寂しくなりそうで、ウィルは廊下へ出た。不安を追い払うように大きく息を吸い込む。

「ごめんくださいなー！」

ウィルは他の人の家に赴く時の挨拶を思い出して廊下に呼びかけた。

反応はすぐに訪れた。パタパタとドアの向こうから駆けてくる音が聞こえて、そのまま廊下にある一室のドアが開く。

中から顔を出した女性とウィルの目があった。

「あらあら、起きられたんですね」

笑みを浮かべる女性をウィルがぽかんと見上げる。反応の無くなったウィルに女性が笑顔のまま困り始めた。

「だれー？」

見覚えのない女性にこくんと首を傾げるウィル。

そんなウィルの仕草に女性が笑みを深める。

「村長のお宅のお手伝いをしている者ですよ。すぐにセシリア様を呼んできますね」

彼女はそう言い置くと奥の扉に入って行き、次に姿を見せた時にはセシリアとレンを伴っていた。

ウィルの表情がパッと華やぐ。

「かーさま！」

「ウィル、起きたのね」

セシリアが駆け寄って来るウィルを笑顔で抱きとめ、両手を上げて抱っこをせがむウィルの寝癖を優しく撫で梳かす。

「体は大丈夫？　昨日、また魔力切れを起こしてしまったのよ？」

「だいじょーぶー」

「良かったわ。心配したのよ？」

「ごめんなさいー」

素直に謝ってくるウィルにセシリアが目を細める。昨夜、月属性という強大な力を示したウィルだが身体的にも精神的にもあまり変わりないように見える。いつも通りの優しいウィルのままだ。

セシリアは少ししょんぼりするウィルの顔をのぞき込んだ。

「それじゃあ、ウィル。お風呂に入って体をきれいにしてきなさい」

「はい——えっ？」

返事をしようとしたウィルが手を上げたまま固まる。

セシリアは笑顔のまま続けた。

「村長さんがウィルの為にお風呂の用意をして下さったのよ」

「ええ……」

感動の再会もどこへやら。手を上げたまま、ウィルがセシリアから後退る。そんな反応を見てもセシリアは笑顔のままだ。

「さぁ、ウィル」

「かーさま、うぃるはきれいきれいだからおふろはー」

「ダメよ、ウィル」

一歩前に出るセシリア。

その手から逃れようと更に下がるウィルだったが、何かに阻まれて背後を見上げた。

いつの間にか退路を塞ぐように立っていたレンと目が合う。

ウィルがレンから離れる前にレンはウィルを抱き上げた。

「さぁ、ウィル様」

「やー!」

じたばたと藻掻くウィルだが、それで自由にさせるレンではない。儚い抵抗だ。

「レン、お願いね」

「かしこまりました、セシリア様」

セシリアの笑顔にレンがいい笑顔を返してウィルを連行していく。

「やー、やー！」

「はいはい、ウィル様。きれいきれいにしないと恥ずかしくて外に出られませんよ」

当然、ウィルの抗議が受け入れられる事はなく、二人は廊下から姿を消した。

それからしばし、間があって――

「あー！」

ウィルはきれいきれいされた。


ルイベ村は周囲を森に囲まれている事もあり、木組みではあるが村を囲む門は立派な造りになっている。

そんな門の外で大人達はポカンと口を開けていた。

一様に見上げているのはドラゴンとワイバーンの死骸だ。飛竜の渡りの中でウィル達が仕留めた物である。

相当な量に上る飛竜の死骸はなぜだか木製の大きな台車に載せられ、ズレ落ちないように縄のようなもので縛り上げられていた。それがいくつも連なっている様は村人達を驚かせるのに十分だった。

見上げる村人達は気付いていない。その影で可笑しそうに笑っている精霊達の姿に。夜の間に精霊達が集め、ウィル達が運びやすいように積み上げたのである。

「……なんじゃ、こりゃあ」

村人達が驚く姿は精霊達の格好の肴になっていた。

セシリア達がその知らせを聞いた時、苦笑いを浮かべるしかなかった。それを成し得るのが精霊達の存在しかなかったからだ。ウィルがいるから、それが精霊達の気まぐれでない事はすぐに分かる。

「おー？」

村の子供達――とりわけルーシェの弟妹と遊んでいたウィルは自分を呼ぶ魔力を察してセシリアのもとへ戻った。

「かーさま、せーれーさんたちがー」

「呼んでいらっしゃるの？」

「そー」

ウィルの反応に驚きを隠せない村長たち。

そんな村長達にセシリアが向き直る。

「それでは村長達、私達はそろそろお暇しようかと思います」

「はぁ……あ、いや」

居住まいを正した村長がセシリアに頭を下げる。

「またいつでもお越し下さい、セシリア様。何もない村ですが、一同、いつでも歓迎いたしますので」

「ふふ、また寄らせて頂きますわ」

「うぃるもー♪」

元気よく手を上げるウィルに大人達の頬が綻ぶ。

ウィルは子供達にも別れを言い、門へと移動した。大人も子供も見送りに集まってくる。

先に門の外にいた大人達が飛竜の山からセシリア達の方へ視線を向けた。

その様子にセシリア達が苦笑いを浮かべる。ウィルはというとキョトンとしてセシリア達の前に出た。

「みんな、なにしてるのー？」

「え？　あ、いや……みんな、一夜にして積み上げられた大量のドラゴンに……」

慌てて答える村人の一人にウィルが首を横に振る。

「ちがうよー」

「違う……？」

なんの事だが分からない村人達が顔を見合わせた。

ウィルが気にした風もなく、山積みのドラゴンに向き直る。

「かしるー、しゅー、なんでみんなかくれんぼしてるのー？」

「それは……ウィルがいないと僕達はホイホイ出ていけないよ」

「そーそー」

ウィルの呼びかけに姿を現したカシルとシュウに村人達がどよめく。トルキス家では自然な光景とかしつつあるが、精霊が人前に現れるなど稀なのである。

「みんなもー？」

『あはははは』

『そーだよー』

『みんな、ウィルを待ってたんだからー』

次々と姿を現す精霊達。その様子に村人のどよめきが大きくなった。

「もー、しょーがないなー」

ウィルのやれやれのポーズに精霊達が笑みを浮かべてウィルを取り囲んだ。

精霊と戯れる小さな男の子。その姿は見る者に幻想的に映って——

「奇跡じゃあ……！」

涙を浮かべて拝む老婆の姿にセンリアは苦笑いを深め、ルジオラは呆れたように嘆息した。

そんな彼が自分の息子であるルーシェの傍による。

「まー、色々大変そうだが、元気でやれよ」

「あ、うん……」

「んで、たまに帰って母ちゃんに元気な顔見せてやってくれ」

「分かった。父さんも元気で」

見上げてくるルーシェの頭をガシガシ撫でてルジオラがルーシェを送り出す。準備の整ったセシリア達が見送りの村人達に手を振った。

「あれ？　でもどうやってドラゴン持って帰るんだ？」

村人が首を傾げる。それは誰もが思った事だ。こんな大量の魔獣を運ぶには当然牽引する人や魔獣が大量にいる。セシリア達が連れている騎乗獣では全然足りない。

「じゃーねー！」

不思議がる村人達にウィルが手を振った。そして傍にいる精霊を確認する。変わらず傍にあるアジャンタとシャークティである。

「したがえしゃーくてぃ、つちくれのしゅごしゃ、わがめいにしたがえつちのきょへー」

大量の土砂を巻き上げて巨大なゴーレムが出現する。それを見た村人達があんぐりと口を開けた。

昨晩ウィルの魔法の凄まじさをまざまざと見せつけられた村人達だが、それを間近で見せられると決して見間違いでなかったのだと再認識させられる。

アジャンタに導かれてゴーレムの頭に乗り込んだウィルがある事に気付いて一緒に乗り込んだクララに向き直った。

「くららー、もーもーさんとおうまさんものせないとー」

「分かったわ、ウィル」

クララが頷くと魔法で木を組んで台車をもう一台造った。精霊達に導かれてオルクルとレイホースが台車に載せられる。

それに満足したウィルが前に向き直った。

「それじゃー、おうちにかえろー！」

ウィルの指示にゴーレムが吠えて返す。台車の先頭に立ち、ゴーレムが台車を引いていく。その上にはドラゴンの山、更には付き添う精霊達。最後尾に馬と牛。

風の精霊の補助を受け、ゴーレムがズンズンと進んでいく。

見る間に遠ざかっていくゴーレムの背中を村の人々は呆れと胸の梳《す》くような思いで見つめ、そして歓声をもって見送った。


「なん……だ、あれ……」

強行軍にて王都を目指していたシローが不自然な物を視界に捉えて呟く。大きな芋虫のような何かが街道を王都に向けて進んでいる。かなりの速さだ。

凄まじい速度で進む風の一片の背上で見た事のないものの正体が近くなってくる。それがなんなのか、判断の付き始めたシローの頬が徐々に引きつった。

「まさか……」

「クックック……」

「何、あれ……」

シロー同様に気付いた一片とアウローラがそれぞれ反応をする。一片は笑いを噛み殺し、アウローラは呆れたようにポカンとしていた。

全貌を見渡せる位置まで来た一片が足を止める。

大きな芋虫の正体は大量のドラゴンを山積みにした台車の列だった。その先頭を大きなゴーレムが引っ張っている。

もう嫌な予感しかしなかった。

『あー！　とーさまだー！』

目ざとくシロー達を見つけたゴーレムの主が元気いっぱい伝達魔法を使って呼びかけてくる。

ウィルだなんて、聞かなくても分かってた。うん。

『とーさまー、おーい！』

前進をやめ、コミカルに手を振ってくるゴーレム。苦笑を浮かべて手を振り返すしかないシロー。

その様子を見ればフィルファリアに迫った飛竜の群れをウィルがどうしたかなんて聞くまでもない。

「クックック、アーハッハッハッ！」

耐えられなくなった風の一片が爆笑した。背にシロー達を乗せていなかったら転がりまわっているところだ。

「ヒー、ヒー！　腹が！　腹がよじれる！」

「あらあら……」

荒い息を吐く一片にアウローラがため息をつき、シローはというと緊張の糸が切れたせいかドッと疲れた表情で肩を落とした。彼も休まず、王都を目指していたのである。

「は、はは……」

乾いた笑い声を漏らす当主を他所に、平和の訪れた平原にしばし風狼の笑い声が木霊していた。

〈了〉

✦ あとがき ✦

著者の綾河ららです。この度は「ウィル様は今日も魔法で遊んでいます。5」をお手に取って頂き、誠にありがとうございます。

ファンタジーといえば、ドラゴン。ドラゴンといえばファンタジーです（？）

というわけで、噂のお子様はついに精霊たちとドラゴン討伐に乗り出してしまいました。

この話はウィル様を書き始める前から書きたいと考えていて、どうすれば三歳児VSドラゴンを上手く組み込めるだろうと頭を悩ませていました。しっかりとお膳立てできていれば嬉しいです。精霊たちの手を借りておりますが、ウィルのドラゴン討伐記録は三歳という事になりました。

また、物語の鍵の一つでもある月の精霊も登場しています。こちらも、今後の成り行きを見守って頂けると嬉しいです。

それから、著者の都合によりWEB版の更新が滞ってしまい、ご迷惑をおかけしております。お詫び申し上げます。落ち着いたら、WEB版の方も更新したいと思います。

イラストを担当して頂いておりますネコメガネ先生、この度も素敵な表紙にイラスト、本当にありがとうございます。

そして、漫画を担当して頂いておりますあきの実先生、ぶっ飛んだお子様を可愛く描いて頂き、いつもありがとうございます。

さて、次回は（出れば）今回の結果を受けて悩む大人たちと子供たちののんびりまったりライフになるでしょうか。ウィルがのんびりしていてくれればいいのですが。のんびりしていてくれれば。重要なことなので二回言いました。

担当E様、いつも返信が遅れて中し訳ございません（恒例の儀）綾河もそこはかとなく頑張っているような気がしないでもないのでお付き合いいただけると大変嬉しいです。ご迷惑おかけします。

最後になりましたが、本書をお読みくださいました皆様に最大級の感謝を。

小説版、コミック版、どちらも楽しんで頂けたらと思いますと共に、次巻で皆様にお会いできるのを楽しみにしております。

綾河らら

ウィル様は今日も魔法で遊んでいます。5

発行
2021年10月15日 初版第一刷発行

著者
綾河ららら

発行人
長谷川 洋

発行・発売
株式会社一二三書房
〒101-0003 東京都千代田区一ツ橋2-4-3 光文恒産ビル
03-3265-1881

印刷
中央精版印刷株式会社

作品の感想、ファンレターをお待ちしております。

〒101-0003 東京都千代田区一ツ橋2-4-3 光文恒産ビル
株式会社一二三書房
綾河ららら 先生／ネコメガネ 先生

Printed in japan, ISBN 978-4-89199-761-8
※本書は小説投稿サイト「小説家になろう」（http://syosetu.com/）に掲載された作品を加筆修正し書籍化したものです。